PAULO MENDES CAMPOS

Minhas janelas

Textos selecionados de Cisne de feltro, Alhos & bugalhos, Artigo indefinido, O gol é necessário

COMPANHIA DAS LETRAS

Copyright © 2025 by herdeiros de Paulo Mendes Campos

Grafia atualizada segundo o Acordo Ortográfico da Língua Portuguesa de 1990, que entrou em vigor no Brasil em 2009.

Capa
Alceu Chiesorin Nunes

Foto do autor
Paulo Leite/ AE

Preparação
Márcia Copola

Revisão
Marina Nogueira
Camila Saraiva

Dados Internacionais de Catalogação na Publicação (CIP)
(Câmara Brasileira do Livro, SP, Brasil)

Campos, Paulo Mendes, 1922-1991.
    Minhas janelas : Textos selecionados de Cisne de feltro, Alhos & bugalhos, Artigo indefinido, O gol é necessário / Paulo Mendes Campos. — 1ª ed. — São Paulo : Companhia das Letras, 2025.

    ISBN 978-85-359-4030-5

    1. Crônicas brasileiras I. Título.

25-259851   CDD-B869.8

Índice para catálogo sistemático:
1. Crônicas : Literatura brasileira B869.8
Aline Graziele Benitez – Bibliotecária – CRB-1/3129

Todos os direitos desta edição reservados à
EDITORA SCHWARCZ S.A.
Rua Bandeira Paulista, 702, cj. 32
04532-002 — São Paulo — SP
Telefone: (11) 3707-3500
www.companhiadasletras.com.br
www.blogdacompanhia.com.br
facebook.com/companhiadasletras
instagram.com/companhiadasletras
x.com/cialetras

Sumário

Apresentação — A *palavra necessária* — Flávio Pinheiro, 9

CISNE DE FELTRO (CRÔNICAS AUTOBIOGRÁFICAS), 17

Autobiografia, 19
Meditações imaginárias, 22
Uma senhora, 25
Um homem, 28
Trem de ferro, 32
Videotape da insônia, 34
Conto de dezembro, 38
Conto de dezembro (final), 42
A mulher perdida, 46
Quando veio a guerra, 49
O colégio na montanha, 54
Um saco de confete, 57
Insônia, 60
Ofícios frustrados, 63

Palacete Mon Rêve, 70
Primeiro exercício para a morte, 74
Pai de família sem plantação, 77
Maria José, 81
Minha fome, 84
Minhas janelas, 87
Frustrações pueris, 90
O Major Fajardo, 93
Duas damas distintas, 96
O eucalipto, 100
Experiência com LSD, 104

ALHOS & BUGALHOS (CRÔNICAS DE HUMOR), 109

Meu reino por um pente, 111
Torre de Babel, 114
O despertar da montanha, 118
Diálogo à beira da cova, 122
Bom dia, ressaca, 126
Da gripe, 129
Alhos & bugalhos, 131
Tipos exemplares, 134
Lagartixa, 138
Bandeirantes, funcionários e angustiados, 141
Manchetes mestiças, 145
Medo de avião, 151
Manual da perfeita bobice vocabular, 155
Férias conjugais, 158
Como! Como!, 160
Congelamento, 162
Quadros cariocas, 165
Frases que podem ter dito, 169

As eternas coincidências, 174
Tarde demais para amar, 176
O brasileiro tranquilo, 178
A ignorância das crianças, 182
O bom humor de Lamartine, 184
O bom-copo, 188

ARTIGO INDEFINIDO (CRÔNICAS LITERÁRIAS), 191

O coração das trevas, 193
Walt Whitman, 203
Orlando de Virginia Woolf, 216
Grande sertão: veredas, 227
Fernando Pessoa (1), 230
Fernando Pessoa (2), 233
Bandeira do Brasil — um patrimônio que não requer tombamento, 236
Contradições de Mark Twain, 240
A tristeza de Augusto dos Anjos, 244
García Lorca, 247
O poeta que se foi, 256
Neruda, poeta também erótico, 258
Morte contemporânea, 262
O anjo bêbado, 267
Lembrança de Bernanos, 271
Os diferentes estilos, 274
Quintal alheio, 278

O GOL É NECESSÁRIO (CRÔNICAS DE FUTEBOL), 281

O Botafogo e eu, 283
O gol é necessário, 286

Mané Garrincha, 289
Salvo pelo Flamengo, 296
Copa 1958, 300
13 maneiras de ver um canário, 303
Pok-Tai-Pok, 307
Nostalgia, 309
Poesia é necessária, mas foi frango, 311

Apresentação
A palavra necessária

Flávio Pinheiro

Somos criaturas confrangidas por um destino obscuro, escreveu Paulo Mendes Campos. Fosse vivo, ele teria feito cem anos no dia 28 de fevereiro de 2022. Morreu aos 69, em 1991. Sua prosa, expressa em crônicas, se ocupa sobretudo desta criatura humana. E a palavra "confrangida", que desvela profundos tormentos existenciais, não é escolha casual. Cumpre com precisão o papel de descrever impasses que, na verdade, vão além da angústia e da ansiedade. Que diria ele, então, destes tempos em que entre os confrangidos cresce uma dissidência de boçais, que com seu vozerio e seus atos estiola e degrada mais ainda a condição humana?

Paulo Mendes Campos iluminou becos sem saída da vida, mas não cuidou apenas deles. Suas meditações eram temperadas por um ceticismo produtivo, para além do que há de enfadonho no niilismo ou de cômodo no pessimismo. Sempre teve, porém, um olhar perspicaz para descobrir o sabor oculto nas miudezas e circunstâncias da vida, com humor e ironia refinados e uma destreza para lidar com as palavras decantada em invenção poética. Não custa ressaltar.

Partindo da criatura confrangida, ele transita por um cenário multifacetado, de reminiscências pessoais, referências literárias, pura graça e pelo mundo do futebol, com capítulos especiais sobre a singular mistura de sombrias premonições, superstições várias, "sumidouros de depressão" e espasmos de euforia que só quem torce pelo Botafogo sabe o que é. É desse variado mosaico que esta antologia procura dar conta.

Num gênero tratado como ligeiro e pontual, definição francamente defeituosa, Paulo é dos cronistas menos datados. Suas crônicas atravessam o tempo muitas vezes desprendidas de contingências. Os livros que publicou em vida eram compilações temporais. De tempos em tempos selecionava o que considerava o melhor do que tinha escrito para revistas e jornais e assim compôs "Cego de Ipanema", "Homenzinho na ventania" ou "Hora do recreio", títulos sempre muito bons. Sua variedade temática, que de alguma maneira pode e merece ser organizada, cumpre a função de transbordar os limites do tempo e ser mais fiel à sua latitude.

Esta seleção não engloba tudo. A prosa poética de Paulo Mendes Campos atinge culminâncias em O amor acaba, livro de crônicas com forte acento lírico publicado pela Companhia das Letras em 2013. Suas afeições e desafeições pelo Brasil estão em O mais estranho dos países (2013). Uma miscelânea de anotações faz parte De um caderno cinzento (2015). E Diário da tarde (2014) consuma a utopia de um jornal estupendamente bem escrito e alheio ao fragor dos fatos.

Com estas singularidades, ele brilha na constelação de grandes cronistas brasileiros junto com Rubem Braga, Fernando Sabino, Antônio Maria, Otto Lara Resende, sem contar os egressos de outros gêneros que têm lugar neste firmamento, como Carlos Drummond de Andrade e Manuel Bandeira, poetas, Clarice Lispector, romancista, e Nelson Rodrigues, dramaturgo.

Toda literatura é autobiográfica. Mais escritores além de Jorge Luis Borges disseram isso. Até a distância, tida como virtude, estaria de alguma forma contaminada pela onipresença de vivências pessoais. No caso da crônica, que se ocupa sobretudo do cotidiano, a sentença tem também outras nuances. Não há crônica sem autorreferência, mas algumas vezes a rarefeita futilidade e o lugar-comum que orbitam em torno do umbigo são descaminhos do gênero. O manejo fluido de um repertório vocabular amplo, doses exatas de referências e clareza solar de propósitos, ingredientes que provêm do formato anglo-saxão do ensaio, são metabolizados exemplarmente por PMC.

Mesmo quando ele fala de si próprio. Em "Meditações imaginárias", Paulo faz um inventário de influências que recebeu. Começa num tom pessoal. "A meu avô Cesário devo este horror pelos cães, o pescoço musculoso, a implicância com os países nublados, o riso acima de minhas posses, o pressentimento de uma velhice turbulenta." Arrola, mais adiante, dívidas literárias. "A Baudelaire, em cujo túmulo depositei uma rosa, [devo] a fulgurância do raciocínio, a elegância corrosiva de seu sentimento trágico." E depois: "A Pablo Picasso, [devo] a reacomodação do nervo óptico".

O que soa apenas pessoal alcança voos bem mais altos. As crônicas autobiográficas de PMC apareceram esparsamente na sua produção. Reunidas, poderiam compor um volume que guardasse alguma semelhança com A *idade do serrote*, painel fragmentado de memórias de Murilo Mendes. Ambos, cada um a seu modo, compartilham especiosas dúvidas imanentes. E alimentam-se de remissões ao passado. "Os mortos que fui governam o homem que sou", resumiu Paulo numa frase prodigiosamente concisa, ainda que debite às heranças afetivas um papel determinista demais.

Paulo, além disso, tinha fornida bagagem de leituras. Leu vorazmente. Suas crônicas literárias, que resultam dessas leituras, passam a léguas dos cânones da crítica. Exprimem tão somente reações de leitor. De leitor sensível, bem informado. Dr. Kurtz, o perturbador personagem de *Coração das trevas*, clássico de Joseph Conrad, inspira perplexidades. "O horror, o horror", "a expectoração derradeira" de Kurtz, é para ele "uma súmula metafísica, uma fé sem esperança". *Grande sertão: veredas*, obra-prima de João Guimarães Rosa, é "uma história que agora se torna impossível imaginar não existindo". Paulo filia-se ao personagem. "[...] Riobaldo esteve no Egeu, no castelo que preparava a guerra santa, na grande revolução libertária, no sertão de Minas entre os jagunços, e Riobaldo está a meu lado."

Como Mark Twain, Paulo nunca duvidou de ser um homem engraçado. No seu humor há o ritmo certo da comicidade. Não conseguia falar razoavelmente nenhuma língua estrangeira. Era solidário, portanto, com brasileiros que se resignavam em falar mal idiomas de outros povos. Um amigo seu, habitante há tempos de Nova York, ia além. Traduzia ao pé da letra provérbios brasileiros para o inglês. Certa vez, provocou pânico num *drugstore*. Pediu cigarros. O empregado informou-o de que a máquina com maços de cigarro estava exatamente atrás dele. "[...] comentou, sorrindo: 'Se fosse uma cobra, me mordia'. *Snake?! Where is the snake?** — gritava o homem."

Fernando Sabino contou-lhe que numa viagem de avião sentou-se atrás do cantor, com ares de galã, Francisco Carlos (1928-2003), conhecido também como El Broto. Ao lado de El Broto estava uma francesa. Uma turbulência começou a sacudir o avião. O cantor pediu socorro a Sabino perguntando "como eram em inglês as palavras 'nuvem', 'tempestade' e 'não há perigo' (a fim de formar com elas a frase *no storm: clouds: no danger*).

---

* Cobra?! Onde está a cobra?

As palavras foram subsidiadas, com a advertência de que a moça não era inglesa, e sim francesa. El Broto responde: 'Mas é que eu não sei falar francês'".

No mundo do futebol, que PMC amava, convivem graças e desgraças, o genial e o bisonho, além de insondáveis paixões. Sua identificação com o Botafogo era visceral. "[...] forra-nos [...] um estofo neurótico. Se a vida fosse lógica, o Botafogo deixaria de levar o futebol a sério, fechando suas portas; eu, se a vida fosse lógica, deixaria de levar o mundo a sério, fechando os meus olhos." Na torcida carioca, fazia distinção sobre predileções de gênios: "Bach é botafogo, Beethoven é flamengo, Mozart é fluminense". Ou "Stendhal é botafogo, Balzac é flamengo, Flaubert é fluminense". Pobre Vasco, ficou de fora.

Para muito além dos clichês de praxe do dialeto esportivo, fez elegias literárias a Garrincha, a Pelé e brindou um dos mais elegantes jogadores que o Brasil conheceu parodiando Leonardo da Vinci — "Didi: coisa mental". Derramou-se em versos pelas seleções brasileiras que conquistaram as Copas do Mundo de 1958, na Suécia, e em 1962, no Chile. Começava pelo goleiro: "Gilmar, quando Deus é servido,/ come um frango/ psicanalítico/ por partida. Depois tranquilo-tranquilo, fecha a porta do inferno".

Paulo pontua sua "Autobiografia" com frases curtas que acompanham arbitrariamente datas: "1941 [tinha então dezenove anos] — Não sou mais eu: 1) sou como o rei de um país chuvoso; 2) sou uma nuvem de calças; 3) sou 350; 4) sou triste e impenetrável como um cisne de feltro. E assim por diante". O cisne de feltro tomou de empréstimo de um verso de Pablo Neruda. E dele, seu amigo, traduziu o ciclópico "Canto geral". Também como tradutor, foi dos primeiros a verter versos de Philip Larkin e Dylan Thomas, expoentes da poesia inglesa, só para citar dois exemplos.

Paulo Mendes Campos foi personagem de si mesmo, mas

sempre se entregou à linguagem e às palavras, suas ferramentas para desvendar o mundo. Compassivo e contundente, dependendo do momento, intrigava-o a frase de Terêncio — dramaturgo que nasceu em Cartago (hoje Tunísia) e morreu na Grécia aos 26 anos, em 159 a.C. O dístico de Terêncio foi muitas vezes reelaborado ao longo da história. "Nada do que é humano me é estranho." E PMC acrescentou: "exceto a *joie de vivre*". Implicava com o que há de simplório e gratuito nesta alegria, que ampara a expressão, sendo a vida tão complicada.

Ver-se como confrangido, e a toda a raça humana como confrangida, era também uma reação (muito possivelmente não deliberada), não contra a alegria, que nunca imaginou interditar. Mas talvez contra o que tingiu a época de sua maior produtividade com as cores de "anos dourados". O enamoramento do Brasil com ele mesmo era mais um sintoma de um pequeno país grande, protegido contra sua maioria, num casulo de afluência e branquitude.

Já se disse, e não custa repisar: não há pretos e pobres nas crônicas, e nas honrosas exceções (não as únicas) de algumas de PMC reunidas em *O mais estranho dos países*. Neste país pequeno também estava a Bossa Nova (que cabia na Zona Sul do Rio de Janeiro), contemporânea do apogeu da crônica. A maneira absolutamente única de combinar melodia, harmonia, ritmo e a espantosa emissão de voz de João Gilberto universalizou a Bossa como genuína e louvada arte brasileira. Seus gênios beberam nos terreiros do samba e num tesouro de canções, sem o que não conseguiriam fazer o que fizeram. Assim a crônica é boa literatura porque bebe em boa literatura. A arena do que se convencionou chamar de opinião pública ainda é bastante estreita, embora tenha se alargado nos últimos tempos. PMC tinha consciência de limitações mais difíceis de transpor na época. Na crônica "Frustrações pueris" escreveu: "Nada posso contra a miséria, a não ser protestar; se escrever contra a guerra, nenhum general tomará conhecimento; também não me ouvirão a respeito da pena de morte ou do preconceito racial".*

---

* As crônicas reunidas neste volume foram escritas entre 1950 e 1990 — e se concentram principalmente nas décadas de 1960 e 1970. Antes de serem recolhidas em livro, foram publicadas em jornais e revistas, sendo *Manchete* o periódico mais frequente. Em alguns casos, as crônicas saíram com um título e, quando passaram para livro, ganharam outro nome. Agradecemos enormemente a Katya Moraes, do Instituto Moreira Salles, por ter nos ajudado a coletar essas informações.

CISNE DE FELTRO
(Crônicas autobiográficas)

Autobiografia

1922 — Semana de Arte Moderna, revolta do Forte de Copacabana, morte do papa, o rei entrega o poder a Mussolini. Nada tenho com tudo isso: simplesmente nasço.

1923 — Morre o Rui, Stálin assume a chefia do poder soviético, *putsch* de Hitler em Munique. Eu nada disse, nada me foi perguntado.

1924 — Revolução em São Paulo, estado de sítio. Dou para quebrar minhas mamadeiras, após o ato de esvaziá-las. O califado turco entra pelo cano.

1925 — Começo a ver o diabo dançando em torno de meu berço; e gosto.

1926 — Carmona, presidente de Portugal; Hirohito, imperador do Japão. Ganho um par de botinas e durmo abraçado a elas.

1927 — Com o nome de Charles Lindbergh, atravesso o Atlântico pilotando o *Spirit of Saint Louis*.

1928 — António de Oliveira Salazar torna-se precocemente

ministro das Finanças portuguesas; perco na rua Tupis uma prata de dois mil-réis.

1929 — Craque na bolsa de Nova York. Pulo do bonde em movimento na rua da Bahia, esborracho-me no chão, um Ford último modelo consegue parar em cima de mim, e quase não fico para contar a história.

1930 — Revolução: mesmo com fratura dupla no braço, dou o melhor de mim ao lado das tropas rebeldes e, logo após, ao lado das tropas legalistas. Na caixa-d'água da Serra leio o Barão de Münchausen.

1931 — A Inglaterra deixa o padrão-ouro, Afonso XIII deixa o trono espanhol. Eu, Robinson Crusoé, náufrago no Pacífico, chego a uma ilha cheia de ilustrações coloridas e me torno amigo de Sexta-Feira.

1932 — Revolução de São Paulo. Luto na Mantiqueira, tremendo de frio e de coragem; não tenho muita certeza se morro ou não.

1933 — Morre dentro da banheira o presidente Olegário Maciel. O padre Coqueiro vem dizer que as aulas estão suspensas por motivo de luto nacional. Viva Olegário Maciel! — Fujo da casa paterna, materna, fraterna, mochila nas costas, em busca dos índios de Mato Grosso; regresso ao atingir as terras da Mutuca, hoje subúrbio de Belo Horizonte.

1934 — Hitler é Führer do Reich; eu não sei se sou Winnetou ou Mão de Ferro.

1935 — Mussolini ataca a Abissínia; ataco e defendo no time da divisão dos médios como centromédio.

1936 — Morre George V, viva Eduardo VIII, que renuncia, sobe ao trono George VI. Ganho com alegria o *bilhete azul* do colégio.

1937 — O golpe do Estado Novo me pega de surpresa, quando subo as escadas da capela do outro colégio para a bênção do Santíssimo e uma prática chatíssima de frei Mário.

1938 — Os japoneses tomam Cantão; no Hotel Espanhol, São João del-Rei, os bacharelandos do Ginásio de Santo Antônio tomam vinho Gatão e recitam um ditirambo de Medeiros e Albuquerque (estava no florilégio do compêndio): "Bebe! e se ao cabo da noite escura,/ Hora de crimes torpes, medonhos,/ Varrer-te acaso da mente os sonhos,/ Cerra os ouvidos à voz do povo!/ Ergue teu cálice, bebe de novo!". Foi o que fizemos.

1939 — Começo a guerra.

1940 — Caio com a França.

1941 — Não sou mais eu: 1) sou como o rei de um país chuvoso; 2) sou uma nuvem de calças; 3) sou 350; 4) sou triste e impenetrável como um cisne de feltro. E assim por diante.

1942 — Atingido pelo mal do século (XVIII), mato-me no Parque Municipal. Meu nome é Werther.

1943 — Venço a Batalha de Stalingrado.

1944 — Maquis.

1945 — Tomo o noturno mineiro e me mudo para o Rio, acabo com a ditadura.

1946-1955 — *Yo era un tonto*.

1956-1960 — *Lo que he visto me ha hecho dos tontos*.

1961 — Subo no espaço sideral, dou uma volta em torno da Terra na primeira nave cósmica tripulada por um ser humano. Depois desço no Bico de Lacre, bar dos mentirosos e sonhadores, e digo: "O Mundo é azul".

Manchete, 06/05/1961
Publicada com o título "Ao Bico de Lacre"

Meditações imaginárias

A meu avô Cesário devo este horror pelos cães, o pescoço musculoso, a implicância com os países nublados, o riso acima de minhas posses, o pressentimento de uma velhice turbulenta.

A João Antônio, uma ironia tamisada de ternura, e a ideia cinematográfica de uma tarde em torno de um homem a cavalo por um caminho poeirento de outrora.

A meu avô português, os desregramentos da sensibilidade, lágrimas grotescas de homem, e a repentina desgraça que me visitou altas horas da madrugada em um aeroporto estrangeiro.

A dona Augusta, as primeiras letras sem dor.

A meu tio Ezequiel, ter demonstrado a possibilidade de um suicídio oportuno.

A minha mãe, o manejo do revólver, o gosto do claustro, o recolhimento na hora do crepúsculo, o entendimento da passarela entre o efêmero e o símbolo.

A Marcus Aurelius Antoninus devo a maneira e a figura destas meditações, e a ideia elementar de que os homens são feitos de cooperação como as arcadas dentárias.

A Herodes (WHA) devo a necessidade dramática de justificar-me e o desprezo pelas superstições.

A meu pai, os artelhos nodosos, os teoremas abstratos do espírito, timidez diante do dinheiro, hábito de verduras e leite, o sentimento (incomodamente impreciso) de uma flauta que se esvai nunca sei onde.

Ao professor Roberval, a paciência de ensinar-me frações, quando as matemáticas me pareciam intransponíveis.

Ao professor Amarante, desmoralização da oratória, cautela com os advérbios de modo, comedimento das virtudes, técnica de abrir garrafas de vinho.

A antepassados obscuros, devo a obscuridade, mensagem esvaída, mogno mudo, língua presa na boca.

A minha ama preta Hermengarda, devo a certeza (extraordinário alívio) de que somos todos iguais e a humanidade se modela.

A um escritor inglês de segunda ordem, a ideia de que a poesia é um problema de modulação.

A meu inimigo de Figueira do Rio Doce, a circunspecção diante da morte.

Devo aos poetas de todos os tempos a sobrevivência de minha alma: aos franceses, a ordenação das mais altas hierarquias semânticas; aos espanhóis, a guitarra tocando em duas cordas o diálogo entre o erudito e o popular, inextricáveis; a portugueses e brasileiros, o sabor; aos alemães, o ter-me tornado quem sou; aos melhores britânicos, as muitas flores que desabrocham nas trevas, despercebidas.

A Baudelaire, em cujo túmulo depositei uma rosa, a fulgurância do raciocínio, a elegância corrosiva de seu sentimento trágico; a Shakespeare, a iniciação a todas as formas humanas; a Joyce, integritas, consonantia, claritas.

A minha tia-avó Gertrudes, um remédio infalível contra soluços.

A Mallarmé, o axioma cruel e radioso da frustração artística.

Ao doutor Relling, o entendimento precoce da mentira vital.

A Pablo Picasso, a reacomodação do nervo óptico.

A minha tia Virgínia, extinta por sua própria vontade, o interesse pelas formas dos seixos, galhos ressequidos, carapaças de crustáceos e outros objetos sólidos, sem contar a noção da unanimidade que a todos envolve, passageiros que somos.

A madame Sophroniska, meu interesse pelo câncer que devora a constelação das crianças.

A João Bicança, ter dito que o acrobata não cai jamais no picadeiro.

A Constanze, ela mesma, seus olhos, a alegria de ter investigado, através dessa criatura sem qualquer languidez, até que ponto o senso mais urbano da ordem pode coexistir com um espírito essencialmente demoníaco.

Aos mestres russos, tudo o que aprendi e vale a pena; a Stendhal, o sentimento de minhas carências; a André Gide, *un chemin bordé d'aristoloches*.

A minha avó Margarida, a maneira leve de pisar e fechar portas.

A Minas Gerais, a minha sede, o jeito oblíquo e contraditório, os movimentos de bondade (todos), o hábito de andanças pela noite escura (da alma, naturalmente), a procrastinação interminável, como um negócio de cavalos à porta de uma venda.

Diário Carioca, 02/06/1959

Uma senhora

Dia 29 de novembro era aniversário de dona Estefânia, minha avó. Ganhava sempre um vestido novo, escuro de bolinhas cinzentas ou cinzento de bolinhas escuras. E tinha início a faina espetacular do almoço comemorativo.

Doce entre as mais doces criaturas, mas filha do interior de Minas, celebrava-se o acontecimento com sangue, sangue farto de leitoas, perus e galinhas. As talhadas de carne sadia extravasavam das terrinas, das bacias de folha de flandres, das gamelas, dos panelões de pedra. Improvisavam-se fogões no quintal, disputava-se a prioridade no uso de fornos, trempes e utensílios; mobilizavam-se para o mutirão todos os parentes e alguns vizinhos afobados e solícitos.

E era então um tal de abrir forno, fechar forno, provar, espetar, banhar, salgar, revirar a vianda, discutir acaloradamente se a carne estava no ponto, preparar os molhos, picar a salsa, o alho, a cebola, era uma azáfama de aventais, uma confusão de aromas apimentados, mulheres alvoroçadas indo e vindo, empregadas de todos os tamanhos, os netos menores atravancando a passagem, uma promessa no ar de pão assado, um chiar inquieto de caçarolas ferventes, e recados, e apelos, e gritos de ansiedade, e dolorosas exclamações de desalento, e as tias a se consolar mutuamente, a dizer a cada minuto que o almoço não ficaria pronto na hora.

Ficava. Quando a batalha parecia perdida, quando os primeiros convidados já eram recebidos na varanda com um copo de cerveja ou de vinho, a casa miraculosamente se desencantava, o caos doméstico se transformava em ordem e limpeza, os móveis se compunham para a dignidade especial do dia, o assoalho, o ladrilho e os azulejos fulgiam, os guardanapos e as toalhas de linho saíam das vastas cômodas, as louças, as porcelanas, os talheres e os cristais reluziam, as cortinas lavadas se desfraldavam na brisa, e a gente reparava que o rosto de vovó ficava radiante como o sol que acendia um fogo verde na relva do jardim, nas hortênsias violáceas, nas braçadas de margaridas, nas rosas, as rosas soberbas da casa da esquina. Era uma beleza súbita, toda feita de ânimo juvenil, a beleza de minha avó.

Iam chegando os parentes, os amigos, os grandes abraços entrecortados de risos, os elogios, e dona Estefânia a recebê-los com os olhos cintilando de emoção e inocência, cortando o murmurinho alegre com uma risada que conservou adolescente até morrer.

Os comensais, segundo o grau de intimidade, conversavam pelas dependências da casa, na varanda, na sala de jantar, nos quartos, na copa, na cozinha, no quintal, ou na sala de visitas, decorada esta, pelas mãos das tias, de bizarras paisagens lunares.

A expectativa não era nesse caso o melhor da festa. Com timidez, sem possuir uma absoluta certeza de que tinha chegado o momento oportuno, minha avó dizia: "Bem, gente, vocês devem estar caindo de fome...". É mesmo, ecoavam as tias se desculpando, já passa de uma e meia.

E vinha a procissão de pratos, bandejas, alguidares, travessas, compoteiras, galhetas, lombos de porco que só pediam, se tanto, algumas gotas de limão, o alvadio peru insulado em farofa dourada, o festivo arroz de forno, o divino tutu de feijão, panquecas, tenros pãezinhos recheados de picante linguiça, o imponderável *soufflé*, o macio milho-verde, galinhas ao molho pardo, saladas verdíssimas e rubicundas, o vinho estimulando e poetizando a fome, o café caprichado, o cigarro, e um sentimento sem morte e sem velhice apossando-se dos homens e das mulheres, reduzindo-os a uma sensação de espessa felicidade.

Dona Estefânia foi uma senhora feliz. Não conhecendo a inveja, nunca falou mal de ninguém. Compunha colchas de retalhos coloridos, colecionava pratas de cinco mil-réis em caixas de sapato, viajava de automóvel para fora de Belo Horizonte todas as manhãs, para beber leite de vaca tirado na hora, confiava infinitamente em Santo Antônio, achava uma graça extraordinária na leitura do *Diário da Tarde*, ouvia religiosamente o *Teatro pelos Ares* da Rádio Mayrink Veiga, não erguia a voz, não repreendia ninguém, nunca permitiu em hipótese alguma que qualquer pessoa saísse de sua casa antes de aceitar um doce, um biscoito, um licor. Referia-se a meu avô português, falecido muitos anos antes, como sempre lhe chamou em vida: seu Zé Campos.

Seca e resistente, aos oitenta anos, uma grave infecção a derrubou durante vários meses. Todos esperando a sua morte a qualquer instante. Ela na cama, a sofrer noite e dia, sem queixar-se, compadecida daqueles que a velavam.

Descobriram a sulfa, dona Estefânia saltou da cama e viveu mais cinco anos. Verdadeira, simples, alegre como a água. Só em certos momentos especiais era capaz de perigosa malícia, no truco, quando blefava com o ar mais cândido deste mundo.

Manchete, 25/04/1959

Um homem

Há quase cem anos, um colono português morria aos poucos na tapera de uma fazenda mineira, sozinho. Alguém lhe trazia diariamente um pouco de comida. Também aparecia de vez em quando o menino Antônio, para conversar. E como talvez estivesse mais precisado de companhia que de alimento, o moribundo fez de Antônio o seu herdeiro universal: "Quando eu morrer, levante o meu colchão, tem um presente para você".

Debaixo do colchão de palha estava um punhal. Antônio quis experimentá-lo logo, dando uma espetada na barriga de um jovem escravo. Escondeu-se depois na copa de uma árvore, com medo de que o escravo contasse. Mas o pobre, em silêncio, foi lavar o ferimento no riacho.

Antônio contou-me esse caso quando tinha mais de oitenta anos. Era um homem fascinante e misterioso para mim como um livro de histórias passadas na Ásia; pois tinha a cabeça branca, olhos redondos de pássaro, magro, mãos pintalgadas de manchas, a boca com uma vida própria, submarina, ventas largas, dava gargalhadas alvas, balançava-se ao andar como um navio no movimento de aguagem, arrancava dos bolsos lenços enormes como lençóis, tossia com estrepitoso prazer, pigarreava como um gigante, contava casos e mais casos, sem omitir as palavras próprias, por mais feias que fossem, muito limpo, detestava o frio, ria-se do mundo e vestia-se de preto da cabeça aos pés. Parecia um homem do mar, talvez houvesse nascido para a virilidade do mar nos dias ásperos da rainha Vitória, tudo nele lembrava um marinheiro hiante em sua aposentadoria irreverente; mas vivera toda a sua longa vida nas montanhas de Minas, irrequieto, não parando em lugar algum, desobediente, sem método, cheio de juventude.

Não era marinheiro, era padre. Um padre que rezava depressa as suas missas, de madrugada, um padre pai de dez filhos e que zombava das beatas que o amolavam com escrúpulos bobos. Se era padre, não há motivo para risos de malícia, pois Antônio Motinha de Sousa Lima não infringira os mandamentos da castidade: ordenando-se depois de viúvo, abandonou a sua vida de rábula. Não quis isolar-se romanticamente num convento. Era um verdadeiro padre do século, andarilho, um padre da rua, do sol, da chuva, da roça e da cidade, sempre encontrado dentro de vagões de estradas de ferro ou no lombo de um burro. Invariavelmente vinha e ia, nunca se demorava. Eu o olhava com os olhos tímidos e satisfeitos de uma criança que se diverte ao máximo com a falta de lógica do mundo adulto.

Sofria a tentação vertiginosa do despojamento: dava todos os seus objetos pouco depois de comprados, dava todos os presentes que recebia, dava dinheiro, sapatos, bengalas, galinhas, leitões, livros, brinquedos, crucifixos, carteiras de cigarros, breviários, fumo de rolo, porta-níqueis de metal trançado, santos e santas, tudo que se podia ver e pegar ardia em suas mãos; intimava os outros a receber suas ofertas, dava com uma energia de quem toma. Da voragem de seus bolsos insondáveis, via eu saltar a incongruência do mundo e seu descaso à propriedade. Uma vez, voltava do alfaiate de batina nova e, encontrando-se com um colega de batina esfarrapada, obrigou este santo vigário de Cristo a trocar com ele de vestimenta. Foi um torneio de pobreza, que só abandonou, como sempre, depois de ter vencido.

Brigão nos seus tempos leigos, as vestes talares jamais conseguiram conter-lhe os acessos de indignação. Não que provocasse, pelo contrário, mas era do tipo perigoso, das pessoas que não levam desaforo para casa. Relatava na velhice com irreprimida alegria as suas turras físicas, auxiliadas, quando fosse o caso, com o uso de bengala, faca, porrete, guarda-chuva ou garrucha. Nunca matou ninguém (quase, no dia em que surrava um valdevinos e inadvertidamente ia-lhe enfiando o estoque da bengala) mas viveu oitenta e três anos para narrar, dando risadas, as suas valentias. A um genro que lhe observou certa feita que ele nunca apanhava, mas sempre batia, apesar de não ser um homem robusto, respondeu que seu sangue esquentava primeiro, e isso compensava as desvantagens de outras ordens. Sim, seu sangue esquentava e esfriava primeiro (não remoía rancores), o padre Antônio tinha apetite; mas, desconfio, o Senhor devia estar de seu lado, pondo complacências sobre a cabeça desse seu filho muito mais do Velho que do Novo Testamento.

Já octogenário, atirou pedras e insultos de baixo calão em um sírio que o chamara de urubu, depois de um encontrão desajeitado ao descer do bonde. Foi o seu último *round*.

Quando recebi o telegrama de sua morte, estava na forma do colégio interno, a caminho do refeitório, com aquela fome extraordinária da pubescência. Com água nos olhos e na boca, deixei o meu prato vazio. A fome não passara com a notícia triste, antes se fizera mais atuante; mas não comia, achava que o meu dever era ficar sem jantar. O assistente perguntou-me se estava sentindo alguma coisa. Respondi-lhe com muito orgulho que não: "Meu avô morreu".

Manchete, 13/12/1958

Trem de ferro

A infância era ferroviária. Meninos de meu tempo iam ser maquinistas. Pé descalço no calor do trilho. Cabeleira de capim esvoaçando. Pontilhões me enternecendo. Os êmbolos poéticos do espaço ferroviário. Minha fantasia não era morada de entes sobrenaturais. Máquinas eram sobrenaturais. Sonhos engrenados pelo homem cabiam em nossa medida. Entro no túnel com o sobressalto musical de quem começa um improviso. A penumbra, menos inteligível, mais alusiva que a luz. Divaga nessas entranhas um divertimento perverso de túmulo. Mas a boca de saída berra pelo sol.

A ferrovia tornava possível o possível. Materializava o menino. Os trilhos faziam um caminho à perplexidade. Prometiam convivência, exaltação, aromas, cidades, canções, e alguma solidão admirável.

Existi por antecipação. Olhava carregador, operário, menino do pastel. Pasmado, erguia a cara para o chefe do trem. O sino repicava à entrada do monstro. Passava um tempão espiando o desvio automático. Me falava de outro mundo o pica-pau do telégrafo. Trocaria minhas moedas pela lanterna que o gigante de impermeável esburacado carregava na tarde de aguaceiro. Meus dedos roçavam as garras do limpa-trilhos. Não é só ver pra viver. Sentir na pele a locomotiva. Sujar-me de graxa e carvão. Fui foguista. Guarita. Engate. Luz na curva. Sem saber até hoje decompor esse sortilégio. Quase consumido, subo os vagões sem dizer nada, encantado ainda.

Jornal do Brasil, 11/07/1990

Videotape da insônia

Da casa em que nasci não me lembro nada. Contam que via o demônio e o apontava na parede, alvoroçadamente, como se fora um anjo. Minha vida começa em Saúde, arraial de minha infância, de onde me surgem as estampas essenciais: brincando com Íris no jardim; Íris no caixão sobre a mesa escura; a notícia do assassinato de meu tio Arquimedes, chegada cautelosamente no serão familiar; seu Rodolfo Caçador com sua perna de pau (derrubou o cacho de cocos com um tiro); minha mão de revólver procurando ladrão no quintal; o leproso dos Correios que comia ovos cozidos; meu encontro com a morte do tuberculoso na casa desconhecida; o guizo da mula sem cabeça tilintando na várzea.

Sempre parti sem pena. Ainda hoje é a mesma emoção, uma alegria doloridamente física, uma névoa infantil nos olhos, imitando as lágrimas. Da infância não trouxe no coração uma saudade direta, e tive terror dos mascarados e do batuque noturno dos tambores.

Em Belo Horizonte, ao grito de "avião! avião!", corria para

a rua numa agitação de fim de mundo. Quantas tristezas de sexo precoce eu tive, sentindo, como um alarme, a violência do corpo.

As primeiras letras. Meu ódio à disciplina. O mistério do pátio das meninas. Minha primeira paixão chamava-se Maria e usava tranças. Minha segunda paixão era Maria e tinha olhos bonitos. As fitas em série aos domingos: *O grande guerreiro!* Bob Steele! Buck Jones! *Ruas de Nova York! Tempestade sobre a Ásia!* A importância de retirar um livro da biblioteca pública!

Quando veio a Revolução de 30, estava de braço quebrado. As negras se arrastavam da Barroca até a Serra e aí chegavam famintas, esfarrapadas, apavoradas. Meu pai comprava e distribuía alimentos no armazém. Da caixa-d'água vi um avião bombardear o quartel.

Nossas molecagens! Nossas maldades! As brigas da nossa *quadrilha*! As árvores não cresciam em nossas ruas, a grama não pegava nos jardins, as lâmpadas não ficavam acesas nos postes. A mão imensa e brutal do padre alemão.

Aos onze anos, fugi de casa. Em companhia de Georges e Aristeu, demandei Goiás para viver com os índios. A primeira sede violenta. O desconhecido amedrontando e tentando. Cardoso, velho lenheiro, nos deu em sua choupana cama de palha, café com broa e conselhos mansos: "Acho que vocês vão dar uma estopada, meninos: o mundo é grande e mau".

Reprovado no primeiro ano ginasial, fui mandado para o colégio interno. Lágrimas convulsas na primeira noite. Conheço a pusilanimidade, a traição, a delação, a covardia, a bofetada de um padre. Feroz é coração da infância. Um pátio com uma paineira e um retângulo de estrelas. A saudade à hora do crepúsculo estragou-me os outros crepúsculos. Dramas do sexo e da afeição tiveram apenas o testemunho irreal dos professores. Rebeldia, medo do inferno, sensibilidade — tudo me fez a vida até hoje infeliz. No segundo ano, segundo a linguagem salesiana, comecei a ficar tíbio; participava da Société Impiété.

Não esqueço as férias e o esperar por elas, quando a primeira horda de bichinhos de luz invadia o estudo da noite. Não esqueço nada que haja escapado à vigilância, nenhuma rebeldia, alunos que desafiavam professores, os que fugiam e levavam nossos votos de boa sorte, o ridículo, a oratória besta, a vaidade, a crueldade, a raposice dos pedagogos. Não esquecerei nada. Seu João Maria me chamava de Laplace: não me puniu quando me viu roubar laranja. Obrigado, João Maria. Seu Vicente era manso e consolava os que choram. Seu Gilberto era um ótimo sujeito. Era suave o perfume do eucalipto, suave era o ar, doces eram as ameixas, ásperos e belos eram os caminhos da montanha. Coisas da natureza, obrigado. Obrigado, amigos meus. Que contentamento deixar Dom Bosco e seus fantasmas! Ah! se pudesse levar comigo o aroma das resinas! Que contentamento tomar o trem na antiga Hargreaves e voltar! Que alvoroço de abelhas voltar! As férias vão terminar como sempre e o pórtico negro que me espera é ainda mais negro do que o outro.

Em São João del-Rei conheci sadios holandeses franciscanos e várias liberdades desconhecidas. Os primeiros amigos mortos a desfiar um rosário de tristezas minhas. Aplicação e desprezo pelos estudos, uma adivinhação de poesia nos florilégios estúpidos, frustradas inquietações políticas e patrióticas. A voz grossa e rápida de frei Rufino, a vaguidão de frei Lau querendo escrever com o charuto, o irrepreensível frei Noberto, coisas inocentes que gelam dentro de mim um bloco irremovível.

Em dez meses de estudos bélicos, de marchas, ordem-unida, maneabilidade, manobrando fuzis e metralhadoras, não descobri dentro de mim o soldado. Fui definitivamente um paisano.

Elza era delicada e ia ser dentista. Uma judia guardei como

lembrança de perfeição adolescente. E as decaídas inesquecíveis: são ásperas e conservam purezas intratáveis.

A adolescência é um tribunal inesperado: o julgamento do pai pelo filho, o julgamento do filho pelo pai. Nesse conflito de culpas, apreensões e incertezas está o mistério dos caminhos da vida, sempre errados. Toda a perplexidade do homem cabe no encontro do pai e do filho, quando se encaram com um rancor de acusados à luz da madrugada. Cabe às mulheres a melhor parte do amor e do sofrimento porque as mães não podem julgar, e este é o mais linear dos mistérios.

Folha morta, *déça, délà*, fui arrastado pelas ruas da madrugada. Havia um poder suicida em cada coisa.

Já não entendo teu clamor, ó confusa adolescência. Morreu contigo o sol denso da tragédia. Morreu contigo o pássaro rubro amigo de meu ombro. Morreu contigo meu inconformismo cruel, minha dignidade na desgraça. Contigo a parte de mim mais infeliz e fiel.

Manchete, 12/12/1970

Conto de dezembro

Às cinco horas estávamos todos acomodados na mangueira do quintal de Fausto, menos Duduca, que, não podendo subir sozinho, ficou embaixo, esperando uma ideia. Duduca ainda não tinha seis anos, e estávamos exatamente resolvendo se ele poderia fazer parte do grupo. Decidimos não: era uma criança. Chorando e implorando, Duduca começou a prometer que seria um bom bandido. Duros, não voltamos atrás. Com uma velocidade que nos surpreendeu, começou a catar pedras no chão e a demonstrar que era um bandido sincero e de boa pontaria. Erguendo-se e abrindo um claro na ramagem, Lula ameaçou esborrachar-lhe na cabeça uma portentosa manga-rosa. Duduca, parando de atirar, sorriu mais lindo que o Menino Jesus. Voltamos a conversar, quando um grito dele nos anunciou, já a uma certa distância, que ia contar tudo para dona Sofia, mãe de Fausto. A imensa manga-rosa pegou-lhe bem no meio das costas, provocando um gemido fundo e revoltado.

— Vem, sobe, seu porcariazinho.

Portuga estendeu-lhe um pé, pelo qual Duduca se elevou

ao primeiro galho da árvore, daí grimpando célere para o mais alto da copa, empoleirando-se eufórico, como se nada tivesse acontecido, sobre um ramo que aguentaria pouco mais que o peso de um passarinho.

Se as nossas intenções eram confusas, nosso plano era claro. Naquele ano pediríamos todos coisas iguais a Papai Noel: revólveres, cartucheiras, chapéus de couro, esporas, botas, camisas xadrez. Íamos formar a nossa quadrilha. Papai Noel é o pai da gente, seus bobos, resmungou Duduca lá em cima, com desprezo. Foi um alívio. Se ele acreditasse em Papai Noel, tudo poderia sair errado. Se os nossos pais soubessem que o bando todo estava pedindo equipamento de guerra, não duvidariam de que alguma coisa grave iria acontecer no quarteirão.

Descemos da mangueira quando já era escuro e, entre o tinir de panelas de alumínio, as primeiras vozes maternas chamavam os filhos para jantar. Essas vozes chamavam assim todas as noites, uma, duas, três, dez, vinte vezes, e nunca as mães sabiam onde estávamos, mas sempre as ouvíamos, mesmo a distâncias incríveis, como se ondas nos ligassem a todos os pontos do bairro na noite embalsamada. Éramos oito pestes sadias: Lula, Zeca, Fausto, Alfeu, Portuga, Carlão, eu e Duduca. Naquela noite oito cartas foram elaboradas, passadas a limpo e enviadas ao Céu.

Na véspera de Natal, pouco antes da ceia, vovó chegou da fazenda. Chegou como sempre chegava, sem avisar, como um pé de vento. Vovó me fascinava, mas eu tinha vergonha de enquadrá-la como *minha avó*, pois não se parecia nada com qualquer outra das avós que conhecia, pessoalmente, de vista ou de ouvir contar. Nunca me trouxe balas, nem me deu dinheiro, nem passou a mão pela minha cabeça. Era magra e de preto como o guarda--chuva/guarda-sol que transportava como se fosse um porrete.

As avós dos outros falavam manso e pouco; a minha falava alto, em torrente. As avós dos outros não diziam palavrões; a minha, se fosse preciso, chamava as coisas pelos nomes mais feios. Mamãe me disse que vovó *não tinha papas na língua*. Sem saber o que era isso e sem coragem de perguntar, achei que vovó sofria de um defeito grave, o mesmo defeito de que eu e meus companheiros sofríamos: nós não tínhamos papas na língua, possivelmente uns freiozinhos que prendem as línguas das pessoas que vão dizer um palavrão. Além disso, as avós dos outros não brigavam na rua; a minha brigava. E, principalmente, as avós dos outros não davam tiros; a minha dava. Nunca vi, mas tinha ouvido as histórias em que vovó manejava garruchas, espingardas e o famoso guarda-chuva. Diziam que era muito politiqueira e não levava desaforo pra casa. Diziam ainda que dava meia boiada para entrar na briga e a outra metade para não sair dela. Até num vigário ela descera o famoso guarda-sol. No final de tudo, sobrecarregando minha confusão, costumava dizer, com um sorriso inteligente, que vovó era uma santa, que mulher boa no fundo estava ali, que criatura mais honrada e justiceira estava para nascer. Quando, para meu espanto, ela partia para a missa todas as manhãs, eu tinha a impressão, pela cara amarrada e pela pressa do passo, que ia à igreja brigar com Deus. Ou pelo menos com o representante de Deus.

A presença de vovó significava que naquele Natal ninguém falaria nada: ela falaria tudo. E foi isso mesmo, ela falou sem parar, de pastos, partos, ladroagens, bandalheiras, rixas, prefeitos ordinários, vereadores lambões, mulheres sem vergonha na cara, homens que não aguentavam uma gata pelo rabo. Às vezes, tomando fôlego, fazia uma pergunta qualquer a meu pai ou a um dos meus tios, mas, antes de receber a resposta, com o retorno da respiração, prosseguia na descompostura universal. Eu já morria de fome e desespero, quando, esgotada, vovó ordenou que servissem a ceia e nos mandou rezar em voz alta nove padre-nossos e nove ave-marias. Exagerada em tudo. Dormi no tapete pouco depois de comer, mas amanheci em minha cama.

Manchete, 21/12/1968

Conto de dezembro (final)

Desci a escada correndo e entrei na sala de visitas, onde deviam estar os presentes. Nada havia que me lembrasse o banditismo sobre os sapatos. Aí encontrei apenas um jacaré verde, com quatro rodas, que abria a bocarra vermelha quando puxado por um cordão; uma prata novinha de dois mil-réis; um caderno com lapiseira; um par de meias de algodão, nozes, castanhas, uma caixinha de passas americanas, duas maçãs embrulhadas em papel de seda. Meti a prata no bolso, espalhei o resto com um chute e corri de novo a meu quarto para buscar o bodoque.

Na rua, já encontrei alguns dos meus companheiros uniformizados de bandidos. De puro pudor, não aceitei emprestado o revólver que o Zeca me ofereceu. Quando até o Duduca apareceu de chapéu de couro e cartucheira, meu despeito foi tanto que dei início ali mesmo aos trabalhos do dia: parti com uma bodocada as vidraças fronteiras da casa de dona Donana. Nem eu mesmo esperava meu gesto e tivemos de correr para a copa da mangueira.

Assisti, como magoado e desdenhoso espectador, às provações a que se submeteram os componentes da quadrilha: apagar um fósforo com a mão, comer pimenta-malagueta, riscar o pulso com caco de vidro até correr sangue, levar picada de formiga, receber dois tapas na cara sem reclamar. Presenciei tudo roído de inveja.

Desceram da mangueira e saíram em expedição, eu os seguindo a certa distância, com o ar de quem não quer nada, embora não me impedissem de reunir-me ao bando, mesmo sem vestimenta de vaqueiro fora da lei. Bandido marginal, franco-atirador, ia eu tomando iniciativas próprias, fazendo o bando correr da repressão quando eles menos esperavam. Minhas pedras partiram vidraças, telhas, feriram galinhas, gatos, cachorros. Quando o professor Fulgêncio passou na direção da igreja, vimos que levantou a bengala de longe, mal deu com a nossa turma. Esperei que chegasse bem perto, a uma proximidade jamais ousada antes, e proferi o grito fatal: Jaburu! Despencou-se em cima de nós, bigodes frementes, acertando uma bengalada nas pernas do Alfeu. Depois conseguiu agarrar Duduca, que, esperneando como um demônio, pretendia arrancar-lhe os bigodes. Voltamos ameaçadores, mas cautelosos, ordenando ao professor que largasse o menino. Como vociferasse que não o largaria coisa nenhuma, e tentasse dar uma palmada em Duduca, carimbei as pernas do velho com uma bodocada à queima-roupa. Com um grito de dor e ódio, Jaburu soltou o Duduca.

Demos a volta ao quarteirão, pulamos o muro e nos escondemos na chácara de seu Antenor, que nos odiava ainda mais que o professor Jaburu. Ainda há pouco tempo tinha pegado a turma toda no alto duma jabuticabeira, imobilizando-nos lá em cima com o cano da espingarda (tiro de sal ou de chumbo, a dúvida nos dividia). Quando descêramos a qualquer risco, ele tinha conseguido agarrar o Zeca, mantendo-o preso no porão escuro durante a tarde inteira. Juramos vingança, é claro.

Àquela hora da ardente manhã de dezembro, a chácara tinha a tranquilidade madura do paraíso reencontrado. Comemos de todos os frutos proibidos. Carlão tinha uma pontaria mágica. Quando uma fruta repontava alta demais, permitia que cada um de nós jogasse três pedras escolhidas, mão livre ou bodoque. Sentava-se no chão, songamonga, e esperava. Se a fruta continuasse no galho, erguia-se, magro, torto, recurvo, mocorongo, dava uma corridinha desengonçada, o braço traçava um semicírculo sem elegância, a pedra entrava em trajetória sem firmeza, como se fosse lançada por mão de menina: pois essa pedra chocha ia infalivelmente partir o cabinho, e a fruta descia até as mãos de Carlão; jamais deixou manga ou caju se esborrachar no chão.

Vagando pela chácara, encontramos com alegria, no galho mais baixo duma pitangueira, o filho de seu Antenor. Nozinho abriu para nós uns olhos arregalados. Lula o puxou pela perna até o chão e ele quis gritar, mas não pôde, porque a palma da mão de Portuga o amordaçou com violência. Quando a gente se achava em maioria não batia em ninguém: era a lei dos bandidos. Mas a lei não impedia que tirássemos a calça do Nozinho e o arrastássemos até o tanque dos patos, onde o lançamos espetacularmente depois de três galeios. Já estávamos transpondo o muro com uma agilidade de anjos quando ouvimos os tiros da espingarda de seu Antenor. Sal ou chumbo?

Na rua, depois de mexer com Bigodinho de Arame (só para ouvir em resposta os incomensuráveis palavrões do bêbado), resolvemos ir nadar na Lagoinha. Duduca e Alfeu foram obrigados a voltar, pois não sabiam pegar cavalo no pasto e galopar em pelo.

Quando me aproximei de casa, pouco antes da hora do almoço, vi o portão cheio de gente. Fiz meia-volta, dobrei a esquina, pulei o muro e subi na jaqueira do vizinho, de onde podia ver parte da reunião sem ser visto. Distingui seu Antenor, o professor Jaburu, dona Donana, as irmãs Viegas, a mãe de Duduca, o Italiano Sapateiro, seu Afonso Alfaiate, e uma coorte de meninos curiosos. Agitando o guarda-chuva/guarda-sol na frente de todos, vovó dizia:

— Vocês não têm respeito nem pelo dia de Natal, gente?! Vocês não sabem, seus ignorantes, que o Menino Jesus roubou frutas, quebrou vidraças, fez o diabo!? E tem mais! Meu neto, fiquem vocês sabendo, é um anjo! Hoje é o dia dos inocentes e quem mandou degolar os inocentes foi Herodes! E chega, viu! Arre!

Dando as costas ao grupo estupefato, ela entrou em casa. Lá de cima, pela primeira vez, vi na cara amarrada de vovó um mal-disfarçado sorriso.

Manchete, 28/12/1968

A mulher perdida

Tinha onze anos e usava o primeiro uniforme de colégio, quando, alarmado, descobri a amante. Até ali, o impacto da palavra vibrava em mim no retalho de conversas entreouvidas, na tímida suspeição das fitas de cinema. Não tinha posto meus olhos em amante de carne, não era capaz sequer de imaginá-la, a mulher que sofresse hora a hora o estigma: amante. A palavra imantada cristalizara-se em mim com suas pontas, seus reflexos. Mas agora passava a existir a criatura impregnada de seu fogo. Eu, eu fremia de pânico e desejo de acabar com a fraude da infância e abrasar-me. Pensar na amante, saber que ela se mirava no espelho, que se mostrava aos olhos de homens que não tinham amantes, de mulheres que não eram amantes, isso vinha a ser mais fascinante do que todo o sumo de minha vida.

Via, e não me cansava de ver, as jovens tuberculosas da cidade, mulheres magras que passavam as tardes nas varandas das pensões, contaminadas mas tranquilas, sem demonstrar uma consciência mortal (eu esperava) do horror que as consumia. Trocavam às vezes o tristonho roupão das horas quase todas por um vestido, deixavam as chinelas, coloriam a palidez do rosto, saíam para a rua, tomavam o bonde, sumiam dentro de edifícios, reapareciam nas confeitarias, usavam xícaras de outras pessoas, retornavam às pensões antes de cair no sereno. Chegavam a rir no alto das varandas depois do jantar, e então, parando de entender o resto, eu respirava.

Eram as fronteiras da minha vida. E eis que vinha morar perto de casa, na paróquia de Santo Antônio, entre outras casas de débil estilo normando, uma amante, a amante. As tuberculosas se simplificaram na familiaridade dos fatos consumados. Que morte poderiam carregar consigo, comparadas à amante? A palavra "amante" era de um contágio mais galopante que a palavra "tuberculose". Mas a cidade se recolhia cedo na cama, sem desconfiar da amante.

Escondi o segredo perigoso. Falar a outro sobre a amante seria amputar o meu gosto de saber a verdade nua. Nunca descrevi nada do que amo ou me assusta para ninguém; só depois encontro o jeito de denunciar o que se passa comigo.

Não me recordo de quando a vi pela primeira vez. Levei algum tempo construindo a coragem de vê-la de corpo inteiro, como quando a gente acorda com medo, e só aos poucos assume a ousadia de investigar todo o aposento. Do estremecimento inicial à miopia da timidez, eu a vi devagar, como um pintor sem jeito receia reformar num gesto a figura feliz. Tinha de ser devagar na província do meu abandono.

Um deputado era o amante da amante. Ao cair da tardinha, o automóvel reluzente pousava os pneus macios no calçamento alastrado de capim. Se eu odiasse o deputado, ele deixaria de ser o amante. Eu regressava do futebol, das construções, dos passarinhos, calçado de chuteiras, a cara em fogo, por um campo de flores amarelas. Se o carro estivesse, o bangalô ficava todo fechado, como casa vazia. Sozinha, ela gostava de debruçar-se no portão de madeira, olhando. E eu passava, olhando.

Era branca, imorredouramente limpa, e linda, e bem cuidada, e loura e de olhos alumiados, e de uma serenidade que se entrechocava aos emboléus com o fragor sensual que fazia dentro de mim a palavra. Amante. Pois clamava, até mesmo aos olhos de um inocente, uma dedicação vagarosa na face da amante, nos movimentos meigos, nos vestidos bem passados, nos pés cingidos de sapatos leves. Só os quadris eram um pouco desenhados demais para as mulheres familiares da época.

Só a vi assim, correta, singela, concisa. Não perambulava pelas ruas como as tuberculosas, não tinha amigos, não falava aos vizinhos. Ela estava certa de que trazia na alma um contágio.

Mas sorria para mim. Depois de algum tempo, começou a sorrir quando eu passava, e pensei, pensei com o tumulto que pode contaminar o corpo e o espírito, que a amante iria ser a minha amante. A mulher mais bela ia ser a amante do menino soturno.

Ai, ai, de que adianta um menino? Não era um menino, era um homem, e um homem quer morrer. As ventanias me arrastaram, dispersando-me nas várzeas, as tempestades me espatifaram, os crepúsculos me sufocaram, uma lua doente me envelheceu.

E ela me sorria, doce, doce, como as amantes não sorriem. Como sorriem as águas escondidas. Estava me tornando menino outra vez na doçura sem malícia do sorriso. E uma tarde ela me pediu que entrasse, e eu entrei de chuteiras. E ela passou a mão nos meus cabelos e me deu um doce de leite, que eu comi, depois de responder, cara afogueada, que meu nome era Pedro. A amante queria ser minha mãe.

Minha primeira complicada compaixão pelas mulheres.

Manchete, 07/12/1968

Quando veio a guerra

Tenho saudade da Revolução de 30, isto é, dos meus oito anos. Para os adultos, os acontecimentos se encaminharam dentro de uma certa sequência de fatos, e a conflagração era plausível. Mas, para mim, a revolução foi um milagre, um maravilhoso ato gratuito a saltar de um momento inerte, uma reação em cadeia a partir de um instante, até então chato, em que meu pai entrou em casa e renovou a minha vida: "Estourou a revolução!".

O inesperado irrompeu em mim com uma violência alegre, modificando o curso das minhas reinações. Que se reduziam então: a uma valeta em um terreno baldio, onde me encontrava com índios peles-vermelhas do tamanho de um palmo; os muros, nos quais me comunicava com todos os quintais do quarteirão; as mangueiras, das quais conhecia a forma e a resistência de todos os galhos; as reentrâncias e calosidades de todos os troncos; a noite cheia de jasmins e cavalos; os campos cobertos naquela época do ano de flores amarelas, amarelos que busco ainda em silêncio em Renoir e Van Gogh; o caminho ressequido do Acaba

Mundo; os urubus, feios na terra e bonitos no céu. Eu era enfim uma graça de alienado, senhores.

Apesar desses campos cobertos de flores, devo contar que estávamos dentro do perímetro urbano de Belo Horizonte.

Tinha voltado do grupo escolar, levara de meu corpo o pó vermelho que se esconde agora sob o asfalto da cidade, vestira a calça comprida da roupa de marinheiro, e calçara com dificuldade, com o meu único braço útil, o sapato do pé direito. Foi aí, exatamente nesse instante, que rebentou a revolução.

O braço direito estava na tipoia com duas fraturas.

Aderi logo e de todo o coração ao movimento revolucionário, quando soube que meu pai nos levava para o bairro da Serra, onde residiam parentes. Meu único receio era de que os adversários dos rebeldes se entregassem depressa demais.

Juntou-se alguma roupa e seguimos de automóvel para a Serra, medida cautelosa, pois a nossa casa ficava perto do Regimento de Cavalaria e não distante do Palácio da Liberdade.

Com um braço quebrado, um pé descalço, as férias inesperadas, a guerra, eu não podia reluzir mais de contente, estado luminoso que se chocava com a opacidade baça dos adultos. Foram dias e horas e minutos de uma riqueza inumerável, sem aulas para ouvir, sem roupa para mudar, sem o tédio que adivinha a monotonia dos horários. Vermelho de poeira, cor da minha liberdade, vagava pela colina da Serra, bodoqueava as rolinhas, jogava bola, conhecia outros meninos, ficava sozinho para subir a uma caixa-d'água da cidade, circundada de pinheiros, de onde se podia ver e ouvir o 12º Regimento de Infantaria.

— Agora é a pesada.
— Não, é a leve.

Os tiros das metralhadoras estralejavam na cidade deserta, ressoante no silêncio civil, sem automóveis, sem verdureiros, sem cargueiros de lenha, sem o sorveteiro comprido, magro e vermelho, que cruzava as ruas ensolaradas tocando uma buzina melancólica.

Disseram-me (não sei se era verdade ou se pretendiam assustar-me) que um homem recebera uma bala no peito em um dos bancos da caixa-d'água. Pouco me importava, eu não ia morrer coisa nenhuma. A caixa-d'água me fascinava, com seus pinheiros cheirosos, sua limpeza, a faixa de areia clara que cercava a construção, e, se não exagero, o perfume sadio da água fresca. Era um espaço para mim. Minhas aspirações à gratuidade se realizavam em plenitude.

Fascinação e terror eu sentia pela chácara do Sales, grimpada na encosta, cercada de árvores e cães bravos, uma ilha de verdura no morro depenado. Diziam que seu Sales era um homem ruim, e eu fazia questão de acreditar nisso com todo o fervor da minha imaginação, e ansiava por vê-lo. Ficava olhando de longe a casa do homem sozinho; foi possivelmente a primeira vez que a solidão jogou comigo a sua partida romântica e equívoca.

Foi também uma temporada de fartura, balas, goiabada, queijo, mariola, doce de leite, pois me hospedara no armazém de um tio torto.

Um dia, chegou um caminhão e dele desceram dois homens quase com cara de bandidos. Para minha surpresa, meu tio e um deles se abraçaram como amigos que não se encontravam há muito tempo. Depois, o homem disse que tinha ordem para requisitar a chave da bomba de gasolina de defronte, sob a guarda do tio. Este ficou branco e disse que não. Associei-me, por simples amor à coragem, a esse gesto, fiquei esperando, imóvel como um anjo de igreja. Os dois amigos se olharam de frente com dureza. O do caminhão fez ver a meu tio que era melhor entregar a chave sem necessidade de violência. O tio disse que não. O do caminhão, a um sinal do outro, apontou o fuzil sobre o peito do tio, que entregou a chave com vagos protestos. E eu, de puro e repentino medo, fiz um pipizinho na calça comprida, falência que me humilhou perante mim mesmo durante muitos anos.

Contavam-se coisas lá de baixo. Um vizinho nosso abrira a janela e recebera um balaço mortal. Tinham cortado a água do Doze, e os soldados morriam de sede; depois abriram novamente a água, misturada com azul de metileno. Mais tarde, o butim da guerra, cápsulas, granadas, capacetes, não chegariam a fazer de mim um guerreiro.

Uma tarde, eu estava na caixa-d'água quando um avião começou a sobrevoar o quartel do 12º Regimento. Aguardei, encantado, o bombardeio. O aviãozinho, bonitinho, foi e veio, subiu, desceu, subiu, desceu, e lançou qualquer coisa do céu, qualquer coisa que levantou do chão, longe do quartel, um pouco de poeira; depois, o aviãozinho foi e veio, subiu, desceu, e lançou mais uma bomba, levantando mais um pouco de poeira. Aí, o aviãozinho foi-se embora, voando numa tarde muito azul, muito brasileira, muito azul, aguardando os emboléus de minha vida.

Voltei para casa orgulhoso de ter visto o acontecimento, mas rudemente decepcionado. Achei o bombardeio aéreo um fracasso, nada daquilo que imaginara folheando as revistas francesas da Grande Guerra.

A Serra se viu invadida, aos poucos, de personagens que me obrigaram a outros pensamentos, mulheres, homens e crianças, pardos ou pretos, que lá chegavam sujos, esfarrapados, olhos magoados de pavor, mãos trêmulas. O medo existia; a miséria existia. Vinham fugidos da Barroca, do Barro Preto, dos miseráveis barracos que ficavam no alto do bairro de Lourdes, das vizinhanças da batalha. Sentavam-se no chão, cobriam as mãos com o rosto, e ficavam esperando. Meu pai costumava distribuir mantimentos entre eles, que agradeciam com os olhos molhados e as mãos tímidas. Estavam famintos de tudo. Esse gesto me fez viver ao longo de todos os anos uma gratidão especial por meu pai, como se aquela fome, aquela dor e aquela miséria fossem minhas. Pois era a primeira vez que a vida me levava a sério.

Manchete, 27/02/1971

O colégio na montanha

Os mortos que fui governam o homem que sou. Estou deitado, lúcido, impenetrável ao escuro, matéria do sono. Entre imagens incertas, um desmanchar e reatar de contornos, reconheço a paineira talhada na base a canivete, os pórticos sombrios, uma Nossa Senhora azul insulada num monumento de pedra. Há um insípido refeitório de mármore rosado, onde se servia comida ruim e abundante. Uma vez, numa ascese sem virtude, passei mais de um mês a pão e água. Adiante, uma escada de madeira sobe à enfermaria, ao cheiro de doença limpa, aos cuidados dum farmacêutico de voz sedativa. Depois, a capela, o cofre das almas, o confessionário de que costumava fazer longas e recriminadas abstinências, a imagem de Maria Auxiliadora no altar-mor, ladeada de São José e São Luís Gonzaga.

As paredes eram brancas, irremediáveis. Trituro ainda a tristeza desse branco estampado dentro de mim como um céu de cal. Brancos também eram os dormitórios, onde Deus me via. À noite, além do lumezinho vermelho do oratório, eram mantidas acesas duas ou três lâmpadas foscas. Abusei muito de minha vista, lendo sob a iluminação escassa os romances de "visto" impossível.

O casarão ficava no alto, em meia esfera montanhosa, cercada de magras capoeiras. A poucos quilômetros, a cidade velha, as casas caindo de antigas; íamos a Cachoeira do Campo de vez em quando para chupar jabuticabas. As jabuticabeiras imensas eram dos raros encantos que tinham sobrado do tempo antigo, com a igreja barroca, a praça onde Filipe dos Santos foi preso e a filha do sapateiro italiano.

No Império, o colégio era quartel. O "quando aqui ressoavam as patas dos cavalos dos dragões del-rei" entrava nos discursos contumazes do Padre Conselheiro como um refrão litúrgico. Do lado de fora ficava o melhor, os eucaliptos, os laranjais, a brisa, o caminho da estação ferroviária. Uma alameda de pinheiros e ameixeiras levava aos campos de futebol, de onde voltávamos ao crepúsculo, extenuados, oprimidos pela saudade de casa, a mais intratável de todas as saudades. Seguiam-se duas horas de estudo, de onde costumava ser expulso para montar guarda à noite, encostado a um dos pilares da arcada.

Havia no meu coração, como no verso de Quevedo, fúrias e penas. Sozinho no pátio, o menino se fazia o aprendiz do silêncio constelado e do espanto. Uma porta batia de repente, uma tosse clerical se ouvia sem que se visse ninguém, passos não sei de quem galgavam degraus não sei onde, rápidos como se os descessem. Seu Vicente, o irmão roupeiro, com seu andar de seriema triste, costumava cruzar o pórtico, apertar minhas bochechas com uma solidariedade algo veemente, e ir-se embora no escuro, sem dizer palavra, embora soubesse um desperdício de línguas. Ele só falava ao amanhecer, quando dava milho às galinhas.

Quando voltei para o segundo ano, não chorei mais. As paciências da melancolia endurecem depressa o coração. A beleza do lugar agravava a minha nostalgia, pois, criança, sofri duma timidez depressiva diante da natureza. No tempo de quartel, isolado no morro, a solidão do prédio talvez estimulasse a brutalidade dos dragões; era uma beleza áspera, boa talvez para soldados de cavalaria. Para nós, pobres almas informes, a desolação só denunciava em nós todos os desapontamentos contra a vida.

Ruim na infância é a incompreensão dos mais velhos. Estes são mais infelizes ainda e sofrem de tédio ao medo, à perplexidade, à agressividade da criança. Decidem do destino infantil com palavras lacônicas, nessa mesma reserva cruel que Deus mantém para com os homens. Há uma razão para tudo: o horror é não sabermos distingui-la, e só encontrarmos alívio na resignação ou no desespero. Assim respondíamos com ressentimento à naturalidade egoísta com que os mais velhos nos viam seguir para o purgatório, onde íamos expiar lentamente um crime que ainda não tínhamos cometido.

Oradores leigos em visita ao colégio vinham dizer-nos que eram aqueles os anos mais felizes de nossa vida. Fremíamos de terror pelos anos futuros. Oradores sacros ameaçavam-nos com as pedras e os espinhos em nossa frente. Fremíamos de raiva. A vida não prestava, era uma tortura. Mais que esse temor, era o inferno que se instalava em nós para sempre, a mim poupando para sempre a alegria, quando, nos patéticos retiros espirituais, suportávamos mais do que a nossa força de meninos calejados, e estalávamos, corrompidos, fracos, pusilânimes, ratos apavorados nas mãos terríveis do Deus vivo.

A misteriosa saudade do colégio é cheia de raiva e desprezo. Estou cada vez mais preso àquele tempo, mas é porque as feridas da idade madura estavam contidas nele, como um câncer incipiente. Para mim, as férias vão terminar a todo instante; e eu volto sempre, a todo instante, ao medo infindável.

Manchete, 19/06/1965

Um saco de confete

Era num arraial de Minas nos tempos do café, e lá em casa havia um assustado carnavalesco nas primeiras horas da tarde de domingo. Eu tinha três ou quatro anos, um bigode preto e um saco de confete na mão. A sala rodava cheia de gente que se duelava a confete; éter não havia. Foi quando uma senhora, beijando-me, veio pedir-me emprestado o meu saco de confete, a fim de continuar o seu combate, prometendo-me pagamento dobrado. Não dei, não queria dar, não acreditava que ela me pagasse. Com a mão direita ela arrebatou-me os confetes, enquanto a sua esquerda me acariciava na face. Tive vontade de chorar, mas não chorei, fiquei zanzando pela sala, de mãos vazias, miserável. Ela foi encontrar-se com o seu parceiro daquele torneio de papel, encheu a mão uma, duas, três, quatro vezes, só quatro vezes, e o conteúdo de toda a minha ração carnavalesca se espargiu sobre a cabeça do homem, o seu rosto, a sua roupa, depositando-se o resto, lentamente, sobre o chão de largas tábuas enceradas. Pensei humildemente em apanhar um saco de papel vazio, enchê-lo com as rodelinhas de confete espalhadas pelo assoalho, cheguei a fazer algumas excursões ao bosque de pernas que se movimentavam bruscamente pela sala. Tive medo. "Saia daí, meu bem, você acaba se machucando."

Saí. Fui encostar-me à parede, olhando desconsolado os adultos subitamente selvagens na sua alegria, homens querendo acertar punhados de confete na boca das senhoras, e vice-versa, todo mundo rindo como eu nunca vira rir. Uma imagem absolutamente nova apresentava-se ao meu instinto de conhecimento: entre homem e mulher havia um mistério, uma guerra, uma excitação áspera e cheia de riscos, um desejo de machucar, de rir, de correr, de sofrer, de voltar.

Não despregava os olhos da senhora que me levara o saco de confete, na esperança subnutrida de que se lembrasse de mim. Aproximava-me, deixava que ela se esbarrasse em mim. "Saia daí, meu bem." Ela se esquecera.

Quem sabe, se eu fosse contar para minha mãe? Não, era inútil. Eu recebera com tanta alegria o saco de confete que o valorizava a um ponto exagerado. Se confete era uma coisa que as pessoas grandes tomavam das pessoas pequenas, ninguém, nem minha mãe, iria me dar outro.

Fiquei fechado nas minhas sete chaves, impotente, sofrendo, e fui dar uma volta no quintal, subi a uma árvore, comi um pêssego verde, corri atrás de um gato, lavei meus bigodes na bica. Usei por fim do último recurso que me restava para esquecer, o jogo dos meus momentos de vingança. O quintal era um forte declive, terminando por uma cerca precária de arame, que se limitava com a rua empoeirada; do outro lado, ficava a calçada estreita, a meio metro da rua, e uma casa de telhado triangular, duas janelas ao lado e uma porta no meio. Na soleira da porta era depositada todas as manhãs (retirada ao cair da noite) uma velha paralítica, embrulhada em remendos. Nos meus momentos de ira contra o mundo, vingava-me na velha, rolando na sua direção grandes pedras. Por causa da diferença de nível entre a calçada e a rua, o projétil jamais a poderia atingir. Quando os meus cálculos balísticos eram bem-feitos, a pedra tomava o caminho certo, ganhava uma zona de musgos, ricocheteava pelo chão à medida que adquiria *momentum*, passava pelo primeiro ou segundo vão da cerca, saracoteava como um cabrito bravo pela rua em pó, ia retumbar com alguns estilhaços de encontro à calçada oposta, bem debaixo da paralítica.

Não me lembro se ela fazia uma expressão de medo, talvez a distância não me deixasse perceber qualquer expressão de sua cara escura, envolta em um pedaço de pano. Talvez ela fosse de pedra. Mas eu achava que a velha devia sentir medo da pedra, como eu sentia medo de sua figura, quando a recordava dentro da noite. Ao mesmo tempo, eu experimentava também o orgulho de ter acertado com precisão. *Cet âge est sans pitié* (creio que é de La Fontaine).

Daquela vez foi inútil. Acertei bem no alvo, mas a velha não funcionou, não me arrancou da alma o germe da morte, a dificuldade de ser, a dificuldade de ser um menino a quem tomaram o saco de confete.

Voltei para a sala; a senhora continuava a girar; os olhos mendigos que lhe deitei não tiveram resposta. Teria sido tão fácil abrir a boca, reclamar dela a promessa feita. Seria, mas só se eu não tivesse a alma sempre pegando fogo. O difícil era exatamente abrir a boca, explicar o que se passava. Já preferia sofrer a explicar o que se passava.

Manchete, 05/03/1960

Insônia

A minha insônia é um vasto mural no tempo, composto de quadros díspares e desordenados, cuja unidade em todo o cosmos é um fiozinho mínimo e invisível dentro da Noite: eu. Quando esse eu desaparecer, os quadros terão desaparecido para sempre do Universo, e isso não será um acontecimento positivo ou negativo; porque não terá a menor importância: vejo a fotografia que tirei com minha mãe ao pé do muro do Cemitério do Bonfim; minha roupa de veludo horrendamente roxa; a madrugada de garoa em Barbacena, quando saímos correndo de frio; a mala vermelha de Roberto no grupo escolar, uma beleza de mala; o cavalo botando a cabeça para dentro da janela do hotelzinho e os olhos faiscantes do cavaleiro, retornando para dizer que se sentira insuportavelmente sozinho depois de nossa visita: o cavaleiro era Georges Bernanos; os japoneses em Ircutsqui a tomar sopa com um ruído intolerável; Nossa Senhora Auxiliadora com seu manto azul, no centro do pátio; o nome Marmeladov quando eu era menino; as flores amarelas; o sol na bruma seca de setembro e Maria falando sobre uma música tristíssima de Albéniz; minha briga com o Vaquinha na entrada da capela; aquele menino doidinho que puxou a orelha do frade; o frade que fazia círculos concêntricos com a fumaça do charuto; o raio caindo com estrépito no pátio enlameado; o silvo do carro de boi quando padre Questor discorria sobre os Déspotas Esclarecidos; o pombo Branquinho retornando ao pombal com uma beleza que me desesperava, com o sentimento efêmero e o alvoroço de uma tarde irreparável; a machadinha que eu perdi entre mamoeiros e achei de novo; o meu Polar 22; as flores amarelas; aquela noite em que o amigo Luís me emprestou as obras completas de Verlaine; o camundongo encontrado morto atrás do quadro; a bodocada no olho do gato; o cartão perfumado dentro do livro de Pascal; as meninas que atiravam beijos do adro da matriz; os olhos de Vivien Leigh na *Ponte de Waterloo*; a capa de *Tarzã, o Filho da Selva*, de *Jacala, o crocodilo*, de *Mowgli, o menino-lobo*; Cifuentes lendo no refeitório a morte de Winnetou, e a gente pretendendo não chorar; a mulata gorda dançando ao amanhecer em um botequim sórdido na praça da República; a noite de febre e delírio em que ajoelhei aos pés de meu avô, dizendo que eu devia todas as favas do mundo; as flores amarelas; o sol na bruma seca de setembro e Maria falando sobre uma música tristíssima de Albéniz; a noite em que dormi no chão e um exército de formigas passou sobre o meu corpo; o banco da praça da Liberdade; o tuberculoso morrendo em Alvinópolis; Pedrinho Paulista (isso não vi, mas imagino) descendo do trem para morrer no jardim; o dia em que o circo — o primeiro — desfilou pelas ruas do arraial; padre Alcides atenazando meus mamilos até que me jorrassem lágrimas de ódio e dor; as flores amarelas; frei Rufino dizendo, a grande velocidade: res, rei, rei, rem, res, re — latim é muito fácil; quando o automóvel entrou na praça Paris e vi o mar; dois rapazes pretos cobertos de sangue se trucidando em um bar da rua Tupis; o italiano, que passava a tarde a fumar cachimbo, sentado na pedra que ficava debaixo de uma árvore espinhosa; o sol na bruma seca de setembro e Maria falando sobre uma música tristíssima de Albéniz; as flores amarelas; pestanas arqueadas sobre olhos verdes, azuis, castanhos; e capas de chuva; e mão trêmula descalçando luvas; e a imagem de Gautier: *Glissani de l'épaule à la hanche,/ La chemise aux plis nonchalants,/ Comme une tourterelle blanche/ Vint s'abattre sur ses pieds blancs*; e o resto; e as flores amarelas; e as primeiras gravuras impressionistas: *La Gare Saint-Lazare, Un dimanche d'été à la Grande Jatte*; os barcos apodrecendo no parque; o general de Garibaldi dentro do esquife no museu-cemitério de Palermo; e flores amarelas; e grandes bispos mortos alçados nas paredes; e flores amarelas; e o cadáver de uma criancinha morta no ano em que nasci; e o sol na bruma seca de setembro e Maria falando sobre uma música tristíssima de Albéniz; e a dama de ouros, o sete de copas, o quatro de paus, e assim por diante, indefinidamente, um fiozinho mínimo e invisível dentro da Noite; e flores amarelas batidas pelo vento, rolando pelo mundo.

Manchete, 27/08/1966

Ofícios frustrados

Tinha onze anos quando quis trabalhar e, para meu espanto, a família me pegou na palavra (era a chance de arrancar-me à malta), colocando-me atrás do balcão da loja comercial de meu tio.

Vendia artigos para homens. Não se foi até hoje minha lembrança enternecida pelas velhas manufaturas brasileiras, camisas UMG, chapéus Ramenzoni, meias Lupo, sabonete Eucalol, fixador Stacomb, brilhantina Royal Briar, suspensórios Ypu, colarinhos Marvelo.

Assimilei todo o sumo da publicidade (e da natureza humana, Matias Aires), ao verificar que até eu conseguia vender uma gravata, simplesmente mentindo ao adulto: "Esta fica muito bem no senhor!".

Os adjetivos persuasórios eram os antônimos dos de hoje: a gravata tinha de ser *séria*, a camisa *distinta*, meias *discretas*. Disso não tenho pingo de saudade: prefiro o espalhafato da moda atual à ridícula circunspecção daquele tempo.

Gostava que me tratassem como caixeiro e não como sobrinho do patrão. Quando o gerente me dava licença para lanchar, eu virava homem, entrava no Café Íris e pedia um café pequeno e um bolo inglês. Minha mãe me dizia para tomar média, mas eu achava mais bonito tomar café pequeno. Deixava uma prata de quinhentos réis sobre o mármore e o moço me agradecia a gorjeta.

Meu tio Tatá era um mão-aberta: qualquer vago conhecido que chegasse ao caixa e pedisse um vale era atendido; claro que um dia a registradora estava estofada de papéis irresgatáveis e vazia daquelas imensas notas de quinhentos mil-réis que garantiam o sucesso dos negócios. A loja foi vendida.

O tio mudou de ramo e, terminado o ginásio, lá estava eu com ele outra vez numa empresa de construção de casas, feitas em grupos nos descampados urbanos da antiga Belo Horizonte, e vendidas pela Tabela Price.

Minhas tarefas de escritório eram elementares: fazer as folhas semanais de pagamento (sempre aparecia no fim do cálculo o diabo duma diferença de duzentos réis), controlar as carteiras profissionais, pingueponguear pelos bancos com uma pasta de duplicatas. O ministro Magalhães Pinto era o gerente que eu mais visitava.

Às sextas-feiras era bom; sempre gostei de pagar e às sextas eu pagava. Nenhum amigo nos sorri mais contente de nos ver do que o operário sorri ao pagador. Achei tão bom que teria evoluído nessa carreira e chegado a Papai Noel, se pudesse.

Monótonos foram os meses inteiros que passei nos depósitos da empresa, inventariando cacarecos, tábuas de tantos centímetros de largura, ripas de tantos metros de comprimento, cremonas imprestáveis, pregos de não sei quantas polegadas. Tudo isso numa nuvem de poeira, o Ezequias me apertando com o serviço no escritório, um tédio só aliviado pelas histórias do porto de Hamburgo, contadas pelo triste e velho Helmut.

Enjoei da construção civil. O Hélio, o Otto, o Fernando apareciam a toda hora no escritório e, a qualquer hora que chegassem os vadios, eu argolava o paletó e caía fora, enfrentando os olhos estupefatos de patrões e colegas com um cinismo poético. Íamos para o parque falar de poesia.

Uma vez, e só uma vez conheci a glória: foi quando publiquei meu primeiro artigo no jornal, sobre a poesia de Raul de Leoni. Apenas a família e os amigos mais íntimos tomaram conhecimento desse instante de plenitude, mas pouco importava: a glória não está fora mas dentro de nós. Não há qualquer diferença de qualidade no sentir-se glorioso. Chacrinha e Sartre provam igual emoção no favor público. Não, é claro que me engano; a glória do filósofo pode ser doce no princípio mas sempre acaba amargosa.

Quanto ao meu triunfo, não o cegavam as luzes do Chacrinha nem o iluminava a lucidez triste de Sartre: era uma glória solitária, imotivada, burra, completa.

Durante algum tempo me transformei num cabide de empregos, todos eles modestos, ao gosto dos patrões; somados os vencimentos, o dinheiro dava para eu viver magnificamente uns dez ou quinze dias e o resto do mês sem problemas, isto é, continuando a dormir e comer na casa de meus pais. Essa duplicidade de padrão, valiosa à minha educação, foi interrompida quando o Otto me iniciou nos ritos da promissória; ficou o padrão e foi-se a tranquilidade.

Não sei bem hoje (naquela época também não) como fazia para trabalhar no escritório de construção civil, tomar conta da biblioteca da Diretoria de Saúde Pública, dirigir o suplemento da *Folha de Minas*, escrever para este jornal e para o *Estado de Mi-*

nas. À noite ainda costumava ajudar de graça no *Diário*, redigindo noticiário que vinha do Rio por telefone. É claro que fazia tudo mal, mas mesmo assim não entendo, sobretudo se me lembro que passava a maior parte do tempo no Parque Municipal; na praça da Liberdade, nas mesas do Trianon, da Pampulha, do Pinguim, da Celeste, da Elite, e em sofridos amores peripatéticos pelo bairro da Serra.

Em matéria de estudos igualmente, minha história é cômica e frustrada. Depois de passar por três ginásios, decidi estudar odontologia, levianamente, apenas para livrar-me mais depressa do curso universitário. No fim de um ano desisti, indo dar comigo na Escola Preparatória de Cadetes de Porto Alegre: queria ser aviador. No fim de um ano desisti (amo até hoje os aviões) e cursei o segundo ano complementar de odontologia. No fim de um ano desisti e passei para o complementar da Escola de Direito. A certa altura o Otto e eu estudamos inglês para fazer um concurso que nos levaria a uma escola de aeronáutica em San Antonio no Texas. Mas desisti. Fiz concurso para a Escola de Veterinária, acumulada com a de Direito. Frequentei vagamente um curso noturno de sociologia. Não tenho a menor lembrança do motivo que me fez também frequentar um curso de estatística. Entrei numa prova do primeiro concurso de natação do Minas Tênis Clube e tirei o último lugar, muito atrás do penúltimo colocado. Ia aos concertos da Sinfônica, às conferências literárias e jogava na guarda do segundo time de basquete do Ciclo Moto Clube.

Durante a guerra fui convocado e passei uns poucos meses me levantando de madrugada para correr com frio e sono até o 10º Regimento de Infantaria. Meu batalhão, segundo me disseram, iria fazer trincheiras na Itália; mas desistiram temporariamente de mim e a guerra acabou.

Começava a paz, eu atingira a maioridade e não tinha uma

profissão. Uma tarde na rua da Bahia, o padre Dutra, hoje cônego, sugeriu com sensatez que eu deixasse a mania da literatura para aprender economia. Foi quando um banqueiro me ofereceu a bom preço um lugar de assessor da diretoria. Recusei. Tomei o noturno e desci no Rio sem profissão, sem emprego, sem ciência. Vim morar no Hotel Mem de Sá, entre homens balofos cor de cera e mariposas coloridas, lindas e gastas.

No Rio, eu não era mais um homem à procura duma profissão, mas dum emprego qualquer que me permitisse flutuar. Saí do Hotel Mem de Sá e fui morar no Leme, numa pensão que tinha o nome cafoníssimo de Palacete Mon Rêve. Para mim era um pesadelo, principalmente por causa da comida que paguei adiantado e não conseguia comer: o refeitório tinha o odor de irremediável melancolia. As refeições na rua me levaram depressa o dinheirinho que trouxera de casa; quando passei da condição de filho de família pequeno-burguesa a desempregado, não experimentei a aflição mas um estranho alívio. Um dia tentarei definir para mim mesmo a natureza do sentimento pleno de superioridade que me vinha, ralado de fome, ao olhar da porta do restaurante os que jantavam, convencidos assombrosamente de que tinham o direito de comer o quanto quisessem, enquanto outros não podiam comer nada. Deixo de fazê-lo agora por não estar contando minha vida, mas arrolando cômicas frustrações profissionais.

Afastou-me da carreira da fome, que é a mais rápida, o poeta Carlos Drummond de Andrade. Com a mesma solicitude humana de seus versos, seco e certo, Drummond me arranjou dois empregos e ainda me emprestou uma máquina de escrever. No Instituto Nacional do Livro comecei a trabalhar para um dicionário da literatura brasileira, mas a direção da casa pouco depois suspendeu a obra, reduzindo-se minha tarefa a fazer ao lado de Eneida um levantamento bibliográfico da crítica literária publicada em revistas. O segundo emprego foi numa publicação trimestral da Câmara de Comércio chileno-brasileira, sob a direção do poeta, astrônomo, fotógrafo, impressor e uma porção de coisas mais: Sílvio da Cunha. Era este o contrário de mim, mestre de vários ofícios e artesanatos, enquanto eu ciscava pelo mundo como a galinha que busca minhocas na terra árida.

Quando a verba que me mantinha no Instituto do Livro chegou ao fim e a revista da Câmara de Comércio resultou insolvente, Augusto Frederico Schmidt tinha me arranjado um lugar no *Correio da Manhã*. Apesar de apadrinhado, fui obrigado a mostrar que era capaz de escrever uma reportagem, tudo isso porque Paulo Bittencourt, tendo descoberto que eu era parente de um amigo seu, não podia acreditar que eu redigisse uma oração com sujeito, verbo e complemento.

Mais ou menos na mesma época fui fiscal de obras (sempre a construção civil) do Ipase.

Duas ou três noites por semana eram empregadas no planejamento dum grande negócio que não chegou a realizar-se: uma livraria de alta classe em Copacabana. Levamos meses discutindo se serviríamos na livraria chá, sorvete ou uísque. Entrariam com o capital Carlos Lacerda, o médico Marcelo Garcia e Fernando Sabino: minha quota na sociedade seria integralizada em trabalho. Como não chegássemos a uma conclusão a respeito do uísque, do sorvete e do chá, encerramos o assunto.

E encerro também esta crônica, com a qual, através da minha experiência particular, quis apenas sugerir que somos no Brasil pelo menos uns quarenta milhões de amadoristas.

Ah, me esqueci de dizer: logo depois da guerra quis ir para

a China trabalhar para a Unrra; só não fiz o curso de paraquedista porque exigiam um treinamento muito demorado; e quando era menino de calças curtas meu destino era o hábito de frade.

Manchete, 22/02/1969, 01/03/1969 e 08/03/1969
Publicada em três partes

Palacete Mon Rêve

Quando vim de Minas para o Rio, fui morar, com o perdão do nome, no Palacete Mon Rêve, rua Gustavo Sampaio.

O antigo palacete transformara-se em pensão mofina, que eu, decerto em virtude da minha instabilidade financeira, achava dostoievskiana.

Dividia o meu quarto com a moça mais bonita da pensão. Mas me explico: um tabique de papelão separava os nossos leitos, um tabique tão viciado ou complacente que não se podia virar demasiado na cama estreita sem invadir a outra. Diga-se logo que a minha vizinha, embora não revelasse qualquer preconceito quanto a essa relativa intimidade de nossos corpos, avolumando-se às vezes para cima de minha cama, jamais sugeriu, por olhar, palavra, gesto ou omissão, que essa intimidade transpusesse as muralhas de Jericó. E que almas negras não teríamos quase todos se o pecado verdadeiro não estivesse afinal na transposição da muralha! Mesmo de papelão flexível, uma parede é sempre uma parede, e preserva a nossa alma das delícias do inferno. Naquele caso, a moça e eu dormíamos castamente juntos, encarregando-

-se o tabique de zelar pelo advérbio de modo. Quando encontrava minha jovem e intocada companheira de quarto, na hora do café, seu ar era de um recato sublime, até mesmo de um sublime desinteresse por mim, e atrás de seus óculos escuros não era possível enxergar os seus olhos castanhos.

O prédio era em forma de T. Meu quarto, o último do corpo central da construção, ficava no ângulo reto da ala direita, onde se enfileiravam outros quartos, outros problemas, outras ansiedades.

Uma noite, quando me arrumava para dormir, ouvi no quarto ao lado, o primeiro da ala, uma voz de mulher moça a clamar em tom indignado contra as constantes infidelidades de um homem. O ataque era de pessoa para pessoa, as acusações eram sérias e cheias de ameaças, mas não se fazia ouvir em resposta a voz do acusado.

A mulher dizia mais ou menos o seguinte:

— Tu pensas que eu ia ficar a vida toda feito uma idiota? Não vês que eu tinha percebido tudo há mais de seis meses? Você é um cafajeste completo, Joãozinho. Fiz tudo por você, fui fiel, passei humilhações, não adiantou nada. Ainda se você me enganasse de vez em quando, uma, duas, três, quatro vezes. Mas pensar que vou ficar calada só porque te amo, isso é que não, meu filho! E com uma ex-amiga minha! Isso é que não, meu bem! Para você estava tudo muito cômodo, não é? Naturalmente achaste que eu nunca teria o topete de dar o estrilo. Pois estás muito enganado. Uma mulher tem sempre a sua moral. Por mais baixa que seja. Até vagabunda do Mangue tem moral, fique você sabendo. Pois agora, vais ficar com tua sem-vergonha. Porque a mim você não verá nunca mais. Nunca mais! Chega! Oh, se chega!

Confesso que, eventualmente também meio cafajeste, subi ao peitoril da janela, ralando de curiosidade. E vi. Vi, em um quarto mais ou menos parecido com o meu, uma jovem de vinte e poucos anos, nada feia, maquilada com exagero, vestida com a chamada elegância duvidosa. Enquanto ela prosseguia na descompostura, retirava de um armário peças de roupas, para arrumá-las dentro de uma, duas, três malas de mão.

Na cama de casal jazia um homem maduro e grande. Bastava espiá-lo para verificar que a companheira dele estava certa: Joãozinho era um cafajeste da cabeça aos pés, cafajeste por nascimento, vocação, educação, determinação, filosofia, religião... Cabelos pretos demoradamente penteados, barba raspada com meticulosidade neurótica, bigodes a capricho, camisa creme de palha de seda, gravata prateada com uma pérola, calças escuras bem passadas, sapatos de duas cores. O todo da figura era robusto, no limite do obeso, a pele amarelo-esverdeada de quem nunca tomou sol.

Expressão não tinha. Fitava o teto, jogando para cima vastas baforadas de fumaça.

A mulher, imprecando, continuava a fazer as malas. Às vezes parava e dirigia-lhe um insulto mais duro, torneava um detalhe mais cru; mas o bruto acendia cigarro atrás de cigarro, imparcial e tranquilo.

Por fim, ela passou a chave nas três malas, ajeitou o cabelo, e foi postar-se diante dele em desafio:

— Adeus, Joãozinho.

Hierática, esperou uma resposta. Ele moveu a cabeça para o lado dela, com o olhar sempre neutro, virou as pernas em câmera lenta para fora da cama, amassou o cigarro no cinzeiro, levantou-se, segurou-a pela gola do vestido; em silêncio, com uma serenidade profissional, sem desperdício de gestos, Joãozinho aplicou na amada uma dúzia de sonoros e ritmados tabefes, de dorso de mão na face direita e de mão espalmada na face esquerda.

A cena foi tão rápida, tão natural, tão técnica, que não tive tempo nem razão de espantar-me. A última tapona atirou-a, a soluçar com entusiasmo, sobre as malas. Ele voltou solenemente para a cama como um navio de guerra regressa ao ancoradouro depois das manobras. Acendeu outro cigarro, não disse palavra. Ela chorou, chorou ainda por bastante tempo, depois se ergueu, espasmódica, e foi derramar as derradeiras lágrimas sobre a camisa de palha de seda. Joãozinho a recebeu como um pai, sofrido e grave, acolhe uma filha transviada.

Minutos depois, a moça lavou os olhos e o rosto, abriu a primeira mala de onde começou a retirar as peças de roupa. Sumiu por um momento, reapareceu em uma camisola de seda, aninhou-se de novo no peito largo de Joãozinho, beijou-lhe a boca e a cara esverdeada, muitas vezes. Ele sumiu também por um momento e reapareceu em um pijama horrendo. Deitou-se, ela se ajeitou ainda mais, pedindo proteção.

— Joãozinho, ainda gostas um pouquinho de mim?

Joãozinho não respondeu. Sua mão de unhas esmaltadas procurou o comutador e a treva da noite penetrou dentro do quarto.

Manchete, 30/04/1960
Publicada com o título "Casa de pensão"

Primeiro exercício para a morte

Que foi que houve? Houve um instante dentro da madeira noturna, uma canção a tremular na onda, uma boca articulando pedras, um quintal com umas galinhas doentes, uma maçã dentro do sapato, um tiro de fuzil na tarde calcinada, uma guerra com estampas cheias de sangue, um grito intermitente no meu corpo, Deus de branco, Deus de vermelho, Deus despido sobre o ladrilho. Houve um pensamento no alto, carregado por uma nuvem crua. Pobres, milhões de pobres, mãos desgalhadas, pernas feridas, caras de estopa e fuligem. Me lembro de contrações musculares, de náuseas-piedade, de ódio-esquecimento, em salas algodoadas com mulheres, com triângulos louros, ruivos, morenos, e um perfume que fazia esquecer o aroma dos lírios enfumaçados. Houve um retrato tirado na província ao lado de um poeta em pedaços. Um ladrar de cão na madrugada. Do mundo me lembro, era um mundo escuro e rápido como um túnel com uma dor qualquer. E a gente ria e ria e ria. Os pinheiros alongavam-se na serra, os sapos engordavam no perau. Houve um remédio escorrendo no pijama, grosso, minha mãe, ah, minha mãe, de onde vim. Houve um discurso furioso prometendo a morte e um discurso delicioso prometendo comida e amor. E não deram nada. Fiquei anos e anos no fundo de um bar, olhando esmagadoramente um copo vazio. Façamos um pouco de ordem: antes de tudo, houve uma coisa qualquer que eu não via, que não havia. Podia ser o avesso. O avesso da árvore, o avesso da luz, o avesso da palavra "depois". Consegui ler um livro até o fim, o homem calvo voava sobre o parque, as vacas faziam desencanto, porque o tempo acaba demais como um fruto que se come quase podre. Houve de repente uma senhora branca dentro da banheira e o horror da hora, a hora-horror, parada dentro do relógio, um coágulo dentro da taça, um rato dentro da cama. Houve um tapete tão profundo e tão difícil que, envergonhado, me enrolei, me escondi. Houve um conselho, que me deram, tão certo, tão certo, que me esqueci. Houve uma fanfarra ainda, seguida ingenuamente por um cão idiota, caçador só de música, e depois, minha mãe, os remédios escorrendo com uma doçura intolerável pelo meu corpo. E foi então que vi a violência. Não me lembro o que era a violência, mas dela nasciam crianças, noites em claro, espinhos, mentiras, pasmos, dicionários, sentenças. Ah, se me lembro, no princípio houve também só a milícia dos arcanjos de pedra-sabão. De pedra-sabão era no espaço o jorro do órgão do coro, meu primeiro exercício para o túmulo, meu cão, meu cão-em-mim, o cão de estar aqui, ou lá, onde estive, ou não estive, onde flui, ou não flui, onde fui, ou não fui. Tenho quase a certeza, balsâmica (ah, minhas palavras, tão bonitas) de que fui um cão, um cão que farejava uns restos de música de fanfarra, por onde os homens tinham passado. Os homens não eram cães: eram importantes, e cheiravam a água de lavanda quando se vem dum enterro ou dum banquete, com a respiração audível e um bafo cansado de satisfação e mais um lenço branco que se passa na testa suada e se suspira. E se suspira. Houve um ruído de prego que se bate com ressentimento, um moço descarnado tombando de bêbado entre carneiros, uma campainha de telefone (ah, houve telefone) soando com terror na noite, no cerne da noite, o âmago da noite, o coração paralítico da noite, a noite da noite, o *point of no return* da noite. E depois não amanheceu, minto, amanheceu uma vez no *lobby* encerado com um saxofone mudo. Apesar dos pesares, com a morte na alma, fui um cão. Cheguei a ser um cão. Latia. Quando a minha alma passava da morte que existe agora à morte que vai existir daqui a pouco, da morte que existe daqui a pouco à morte que existe mais adiante, *ad infinitum*. Latia. Cultivei termos simpáticos, fui uma vez ou outra ao teatro, fumei um cigarro entre dois atos, beijei a mão de uma senhora, colaborei na construção duma ponte, jantei num restaurante com vinho, publicaram meu retrato na revista do serviço público com um adjetivo, comprei a crédito, chegaram a rir quando falei uma coisa engraçada (para um cão, bem entendido). Latia. Uivava, gania, latia. Nada puderam fazer por mim, fiquei amando nos terrenos baldios, fuçando latas de lixo, farejando restos de música. O presidente da República me fazia latir. Latia à toa. Uma vez, lati quando uma grande dama me disse que eu possuía uma voz cheia de *speaker*. Uma tarde, quando um corretor de seguros me falava com impressionante entusiasmo sobre a civilização ocidental, lati até chorar. Houve um momento no aeroporto gelado, quando vi agora o meu primeiro exercício para a morte, ou para a vida, sim, houve. Houve a vida, quase tenho a certeza desconfiada, mas não balsâmica, de que houve a vida, a vida de um cão, mais que as imagens quebradas de inverno, primavera, verão e outono, mais que Pai, Filho e Espírito Santo, semente, haste, galhos, folhas, flores e frutos.

Manchete, 12/05/1962

Pai de família sem plantação

Sempre me lembro da história exemplar de um mineiro que veio até a capital, zanzou por aqui, e voltou para contar em casa os assombros da cidade. Seu velho pai balançou a cabeça, fazendo da própria dúvida a sua sabedoria: "É, meu filho, tudo isso pode ser muito bonito, mas pai de família que não tem plantação, não sei não...".

Às vezes morro de uma nostalgia aguda. São os meus momentos de sinceridade total, nos quais todo o meu ser denuncia a minha falsa condição de morador do Rio de Janeiro. A trepidação desta cidade grande não é minha. Sou mais, muito mais, querendo ou não querendo, de uma indolência de sol parado e gerânios. Minha terra é outra, muito outra, minha gente não é esta, meu tempo é mais pausado, meu espaço não é asfaltado, meus assuntos são mais humildes, minha fala, mais arrastada. O milho pendoou? Vamos ao pasto dos Macacos matar codorna? A vaca do coronel já deu cria? Desta literatura rural é que preciso.

Eis em torno de mim, a cingir-me como um anel monstruoso, o Rio de Janeiro. Os automóveis me perseguem na rua, os edifícios crescem fazendo barulho em meus ouvidos, mulheres interplanetárias desfilam em suas calças compridas, a guerra comercial não me dá tréguas, o clamor do telefone me põe a funcionar sem querer, a vaga se espraia e repercute no meu peito, minha inocência não percebe o negócio de milhões articulado com um sorriso e um aperto de mão. Pois eu não sou daqui.

Vivo em apartamento só por ter cedido a uma perversão coletiva; nasci em uma casa de dois planos, o de cima, da família, sobre tábuas lavadas, claro e sem segredos, e o de baixo, das crianças, o porão escuro, onde a vida se tece de nada, de pressentimentos, de imaginação, do estofo sombrio dos sonhos. A maciez das mãos que me cumprimentam na cidade tem qualquer coisa de peixe e de mentira; não sou desta viração mesclada de maresia; não sei comer este prato vermelho e argênteo de crustáceos; não entendo os sinais que os navios trocam na cerração além da minha janela. Confio mais em mãos calosas, meus sentidos querem uma brisa à boca da noite cheirando a capim-gordura; um prato de tutu e torresmos para minha fome; e quando o trem distante apitasse na calada, pelo menos eu saberia em que sentimentos desfalecer.

Dentro do Maracanã estrídulo e colorido, que saudade da saudade que me dava! Da saudade incerta que me dava nas bucólicas partidas de futebol à beira do rio, com um bambual verde-amarelo retorcendo-se nas ventanias de antigamente, os zagueiros rebatendo a bola para o alto, as moças gritando desafinadas quando o centroavante mandava um chute longo e sem direção para os lados da água.

Caminhando às vezes, emparedado, pela rua Visconde de Pirajá, costumo tomar, sem que ninguém me veja, o itinerário invisível de uma rua poeirenta, poucas casas cor de barro, a alfaiataria civil e eclesiástica exibindo a sua Tesoura de Ouro, a Pensão Ideal me esperando com seu portal azul e suas cadeiras de palhinha, o Cinema Odeon me tentando com A *vingança do Zorro*. Vou andando, respondo a sorrisos à direita e à esquerda, dou notícias da lavoura, olho o coqueiro crestado na frente da agência dos Correios, vejo meu filho descalço com um bodoque na mão mirando o tiziu que saltita na cerca, cruzo a praça da estação com um relógio parado e um girassol em movimento, descanso sobre a pedra polida que serve de banco debaixo do espinheiro frondoso. Tiro o meu canivete preto e faço um cigarro de palha. Estou de botinas, barba grande, roupa de brim bem manchada, alegremente melancólico. Só não sei aonde vou. Talvez comerciar, trocar um arreio por uma carabina, uma canastra por um sabiá, um relógio de parede por um galo de briga. Ou vou prosear com o meu compadre Joviano, o melhor caçador destas bandas e um carapina de mão-cheia. Ou pescar lambaris. Mais provavelmente, ó perene e insidiosa capitulação de meu ser, vou é dar uma passada na venda do Juca, beber duas ou três cachaças, comendo fatias de mortadela, sentindo o cheiro da rapadura e do fubá, escondido das injustiças humanas ali naquele mundo paciente de homens simples, com regadores e vassouras de assa-peixe penduradas na porta, mastigando lento uma lasca de bacalhau cru, presença seca do oceano misterioso nestas misteriosas montanhas de Minas. Pois também aqui, sob a aparência prestimosa dos objetos, a vida é uma febre que torna imprecisa a fronteira entre a realidade e a fantasia. Aqui também a criatura às vezes para, olha, pergunta: o que há? E os mamoeiros sacodem suas folhas como patas membranosas, as lavadeiras batem roupa na pedra, a fumaça sobe das casas, as borboletas voam à toa, o cachorro vira-lata segue preocupado pela trilha da roça, as vacas fazem na várzea a sua refeição de capim e nuvens, o crepúsculo obriga o homem a andar mais depressa e com um pouco de medo, a noite envelhece prematura, o sol nasce de novo, e ninguém sabe o que há. Mas há.

Ando bem sem automóvel, mas sinto falta de uma charrete. Com um matungo que me criasse amizade, eu visitaria o vigário, o médico, o turco, o promotor que lê Victor Hugo, o italiano que tem uma horta, o ateu local, o criminoso da cadeia, todos eles muito meus amigos. Se aqui não vou à igreja, lá pelo menos frequentaria a doçura do adro, olhando o cemitério em aclive sobre a encosta, emoldurado em muros brancos. Aqui jaz Paulo Mendes Campos. Por favor, engavetem-me com a máxima simplicidade e do lado da sombra. É tudo o que peço. E não é preciso rezar por minha alma desgovernada.

Manchete, 08/08/1959

Maria José

Faz um ano que Maria José morreu. Era meiga quase sempre e violenta quando necessário. Eu era menino e apanhava de um companheiro maior, quando ela me gritou da sacada se eu não via a pedra que marcava o gol. Dei uma tijolada no outro e acabei com a briga como por milagre.

Visitava os miseráveis, internava indigentes enfermos, devotava-se ao alívio de misérias físicas e morais do próximo, estudava o mistério teológico, exigia sempre o mais difícil de si mesma, comungava todos os dias, ingressou na Ordem Terceira de São Francisco. Mas nunca deixou de ter na gaveta o revólver que recebera, menina-e-moça, das mãos do pai e que empunhou no quintal noturno, perseguindo um ladrão, para espanto de meus cinco anos.

Já perto dos setenta anos, ela explicava para um amigo meu que tinha chegado à humildade da velhice; já não se importava com quem tentasse ofendê-la, mas conservava o revólver para a defesa dos filhos e dos netos. Tratou-me com a dureza e o carinho que mereciam a rebeldia e o verdor da minha meninice. Ensinou-

-me a ler as primeiras sentenças; me falava no Cura de Ars e nos dois Franciscos, o de Sales e o de Assis; apresentou-me aos contos de Edgar Poe e aos poemas de Baudelaire; dizia-me sorrindo versos de António Nobre que decorara em menina; discutia comigo as ideias finais de Tolstói; escutava maternalmente meus contos toscos. Quando me desgarrei nos primeiros enleios adolescentes, Maria José com irônico afeto me repetia a advertência de Drummond: "Paulo, sossegue, o amor é isso que você está vendo: hoje beija, amanhã não beija, depois de amanhã é domingo e segunda-feira ninguém sabe o que será".

Logo que me fiz homenzinho, deixou a dureza e se fez a minha amiga: nada me perguntava, adivinhava tudo.

Terna e firme, nunca lhe vi a fraqueza da pieguice. Com o gosto espontâneo da qualidade das coisas, renunciou às vaidades mais singelas. Sensível, alegre, aprendeu a encarar o sofrimento de olhos lúcidos. Fiel à disciplina religiosa, compreendia celestialmente as almas que se transviam. Fé, Esperança e Caridade eram para ela a flecha e o alvo das criaturas.

Tornara-se tão íntima da substância terrestre — a dor — que se fazia difícil para o médico saber o que sentia; acabava dizendo que doía um pouco, por delicadeza.

Capaz de longos jejuns e abstinências, já no final da vida, podia acompanhar um casal amigo a Copacabana, passar do bar da moda ao restaurante diferente, beber dois ou três uísques em santa serenidade e aceitar com alegria o prato exótico.

Gostava das pessoas erradas, consumidas de paixão, admirava São Paulo e Santo Agostinho, acreditava que era preciso se fazer violência para entrar no reino celeste.

Poucas horas antes de morrer, pediu um conhaque e sorriu, destemida e doce, como quem vai partir para o céu. Santificara-se.

Deus era o dia e a noite de seu coração, o Pai, a piedade, o fogo do espírito.

Perdi quem me amava e perdoava, quem me encomendava à compaixão do Criador e me defendia contra o mundo de revólver na mão.

Manchete, 06/01/1968

Minha fome

Escreverei sobre a minha experiência de fome? Escreverei. Uma experiência tão minúscula, comparada a outras que já foram escritas? Escreverei. Mas chega a ser ridícula, comparada a milhões de outras que não foram escritas?

Escreverei. Todas as experiências de fome deveriam ser relatadas e publicadas. Principalmente a fome das criaturas que não sabem escrever.

A minha foi curta e viva, quase alegre. Publico uma confissão vexatória.

Passei pouca fome durante pouco tempo, graças aos deuses. Menino-e-moço deixei as terras de meu pai. Quer dizer: deixei a despensa paterna, modesta porém certa; deixei meus vencimentos vagos de homem sem profissão (civil ou de fé); deixei-me.

Rumei para o Rio de Janeiro, que o elegante penumbrismo poético chamou de cidade do vício e da melancolia.

Do vício o Rio era um pouco, mas nem tanto assim. Da melancolia era menos ainda. O Rio era, para ser intragavelmente elementar, dois mundos: o A e o B. O mundo A era leviano, o mundo B era sério; o mundo leviano era educado, o mundo sério era ignorante e pobre. Dividi-los em Zona Sul e Zona Norte seria mais elementar do que pretendo ser. Os mundos A e B estavam misturados, mas discerníveis a um olhar mediocremente agudo.

Por direito de origem eu me destinava ao mundo A, leviano e educado.

Leviano, isto é, o mundo A não queria saber nada a respeito do mundo B; educado, isto é, o mundo A frequentou os melhores e os piores colégios e ganhava dinheiro mensal. O mundo B, por sua vez, era sério porque não ter nada é coisa séria; e era ignorante porque nada ter é, em si, a ignorância.

Pois lá estava eu, uma flor singela remetida ao mundo A (remetida pelos deuses), mas extraviada no mundo B. Extraviada por uma indesculpável razão: eu não tinha emprego, isto é, não tinha dinheiro, isto é, não tinha comida.

Jamais dormi na rua, a não ser quando o meu bel-prazer ou as divindades boêmias o exigiram. Os deuses, com divinas razões, só me negaram comida e bebida. Comida de luxo (luxo de um habitante de A extraviado em B), isto é, razoavelmente farta, limpa e temperada. Bebida podia ser chope e cachaça. A tinha o hábito de melhores bebidas, mas ao abandonar os empregos de homem sem profissão, esperava por tudo, com a veracidade educacional de seu mundo.

E a fome chegou. Foi um espanto. Assim como espantei-me ao ver do alto o deserto; como espantei-me ao ver os meus primeiros mortos; como espantei-me ao ser traído pelas pessoas que deixavam de amar-me. Foi assim que me espantei ao encontrar a fome.

A fome é negra e dura, declamava um sujeito gaiato do meu tempo de estudante. Mas por que eu? Eu! classe A, por leviandade e educação, apenas de passagem por B, certo de que a leviandade e a educação me levariam de retorno ao conforto de A.

A fome é negra e dura, sei. Mas a minha foi suave e iluminada. Um indivíduo de A jamais dá certo em B. Achei monstruosamente boa a fome. Descobri o orgulho. Olhava com desprezo os balofos que devoravam macarronadas. Eles comiam. Com que direito comiam? O direito de todos. Logo: eu também tinha direito a comer. Por que eu (eu!) não comia? Se eu, de A, tinha direito a comer e não comia, eu era superior aos outros habitantes de A. E cheguei mesmo a desprezar os habitantes de B, que comiam pobremente, mas comiam.

Até que um belo dia, por virtude de minha leviandade e educação, regressei ao mundo A. E nunca mais vi o anacoluto da fome.

Manchete, 29/07/1972
Publicada com o título "Um toque pessoal"

Minhas janelas

Em geral as pessoas possuíram automóveis e se recordam de todos eles. Eu possuí janelas e ajuntei para a lembrança um sortido patrimônio de paisagens. Minha primeira providência em casa nova é instalar meus instrumentos de trabalho ao lado duma janela: mesa, máquina de escrever, dicionários, paciência. Além de pequenos objetos familiares: um globo de lata, uma galinha de barro, um Górki de porcelana, um Buda de marfim e três cachimbos que há muitos anos esperam aparecer em mim o homem tranquilo e experiente que fume cachimbo. A janela também faz parte do equipamento profissional do escritor. Sem janelas, a literatura seria irremediavelmente hermética, feita de incompreensíveis pedaços de vida, lágrimas e risos loucos, fúrias e penas.

Tive muitas janelas, e nenhuma delas mais generosa e plena do que esta de que me despeço na manhã de hoje. Amanhã cedo mudarei de casa, de janela, e até de alma, pois o meu modo de ver e viver já não será o mesmo fatalmente. Não falo de mim, mas do que foram as janelas por meu intermédio.

Quando era menino, nunca olhei pela janela, mas fazia

parte da paisagem dum quintal, doce e áspero a um só tempo, com seus mamoeiros bicados pelos passarinhos, as galinhas neuróticas em assembleia permanente, o canto intermitente do tanque, e o azul sem morte. (*Comme le monde était jeune, et que la mort était loin!*) Criança do meu tempo, do tempo das casas, só chegava à janela em dia de chuva, amassando o nariz contra a vidraça, para ver o mistério espetacular das águas desatadas, as enxurradas maravilhosas, as poças onde os moleques pobres e livres podiam brincar com euforia.

Portanto, só na medida em que ganhamos corpo e tempo vamos aprendendo a conhecer a importância das janelas. Morei em Belo Horizonte, no Leme, Copacabana, Leblon, Botafogo, Silvestre, andei aí pelo Brasil e por outros países. Meus olhos deram para ruas quietas ou frenéticas, pátios melancólicos, morros cobertos de mataria, pedaços de mar. Vi coisas, muitas coisas, só não vi a linda mulher nua que os outros homens já viram de suas janelas. O resto eu vi. Vi um garoto pequenino comandando o mundo de cima dum telhado, vi um afogado dando à praia ao amanhecer, vi um homem batendo numa mulher, vi uma mulher batendo num homem, vi auroras profusas e chamejantes, vi poentes dramáticos, vi uma menina morrendo num pátio, vi as luminárias inquietantes dos transatlânticos, as traineiras indo e vindo, vi operários equilibrando-se em andaimes incríveis, vi um general a bater-se com um soneto, vi a tormenta, o sol, a tarde cristalina, o verde, o cinza, o vermelho, a folha, a flor, o fruto, o farol da ilha, o féretro passando, a moça saindo para as núpcias, a mãe voltando da maternidade com um filho, o bêbado matinal, o casal de velhinhos crepusculares, o mendigo irrompendo pela rua como um versículo do Novo Testamento, vi através de minhas janelas todas as formas inumeráveis da vida, e a noite que chegava para engolfar o mundo em escuridão.

Buscava um lugar que me servisse e encontrei Ipanema. Já

me mudei muitas vezes dum bairro para outro, já me mudei até de cidade, mas, nos últimos anos, só tenho trocado um lugar de Ipanema por outro lugar em Ipanema. Ando cansado de andanças, isto é, a idade vai chegando. Não quero mais ir, quero ficar; não quero mais procurar, quero conhecer o que já encontrei; para quem sou, as alegrias e as tristezas que já tenho estão de bom tamanho.

Vou perder dentro de poucas horas esta magnífica janela, incomparavelmente a melhor peça deste apartamento, e a mais vivificante de todas as janelas em que trabalhei e morei. Peço pois um minuto de silêncio, um minuto de silêncio em derradeira homenagem aos meus telhados de limo lá embaixo, minhas amendoeiras cambiantes, meus pinheiros líricos, minhas gaivotas, meu mar, minhas ilhas, minhas vagas, meus dias de ressaca, meus dias de calma, meus barcos; dou adeus para o meu mar noturno, invisível e trágico, e adeus para este mar cheio de luz.

Manchete, 09/07/1960

Frustrações pueris

Escrevo-as na esperançosa suposição de que todas as pessoas vivas também alimentam frustrações mais ou menos parecidas; se tal não acontecer, o azar é meu:

Nunca ouvi o rouxinol; nem a cotovia.

Não fui um dos pescadores que viram passar o avião de Lindbergh perto das costas da Irlanda.

Não morri nas Termópilas.

Não participei da amizade de Vittoria Colonna; nem de Louise Labé, Emily Brontë, Lou Andreas-Salomé, tantas outras.

Gostaria de ter vindo na frota de Cabral, mas com um extraordinário poder de profecia.

Não morei com Lênin em um hotelzinho de Montparnasse e, portanto, ele não me ensinou a jogar xadrez.

Não tenho jeito para pesca submarina; não atravessei a Mancha a nado.

Ingrid Bergman, quando a vi em Paris, não me chamou para jantar; Ava Gardner não me telefonou quando chegou ao Rio; não fui assistente de Einstein; não mantenho nenhuma correspondência com Charles Chaplin; quando era menino, não ganhei de presente o verdadeiro revólver de Tom Mix.

Não fui vizinho de Bach em Leipzig, não acompanhei o enterro de Mozart, não estive na primeira audição da 5ª *sinfonia* de Beethoven; Débussy não tocou para mim a *Suite Bergamasque*.

Durante os *twenties* dava os meus primeiros passos em Minas Gerais: em vez de ser em Nova York um jovem romancista rico.

Não conspirei com Robespierre e os outros.

Não flanei pelos cais do Sena antes da guerra de 14.

Não fui companheiro do poeta Shelley na Itália.

Jamais conseguirei escrever um só terceto da mesma qualidade dos versos da *Divina comédia*.

Nunca possuí uma cabana de madeira à margem do Reno.

Nunca pude dizer: "Não sei se passo o próximo verão na Toscana ou em Pequim".

Não passei uma tarde com Eça de Queirós bebendo vinho, comendo queijo e contando anedotas.

Nada posso contra a miséria, a não ser protestar; se escrever contra a guerra, nenhum general tomará conhecimento; também não me ouvirão a respeito da pena de morte ou do preconceito racial.

Não estive presente à última corrida de touros em Salvaterra.

Não estou neste instante em diversos lugares onde acontecem coisas importantíssimas; ou em uma praia nordestina, onde não estivesse acontecendo nada.

Não sei pilotar um avião.

Não assisti a nenhuma olimpíada (grega ou moderna).

Não sou capaz de inventar a mais simples melodia.

"Não amei bastante o meu semelhante" (faço meu este verso de CDA).

Não fui o marido de Eva.

Não sei o que é cálculo vetorial, por exemplo.

Não entendo a teoria dos quanta.

Não consigo mais matá-las (as bolas altas) no peito.

Não consigo tocar um pouquinho de qualquer instrumento.

Frequentemente confundo *poussez* com *emportez*.

Se coubesse também a mim reconstruir a civilização, não saberia fazer uma campainha.

Não entendi muito bem o que uma gaivota queria me dizer, há muitos anos, em um porto cheio de bruma.

Nunca fui à pesca da baleia.

Não possuo uma vitrola digna de um almirante batavo.

Nunca soube aliviar a angústia de ninguém.

Não inventei um específico fatal contra essa gripe que me imbeciliza na manhã de hoje.

Não me foi confiado o dom da alegria, mas tenho de conquistar as migalhas desta última ao meio de uma irremovível disposição ao sofrimento.

Manchete, 28/05/1960

O Major Fajardo

A cena se passa em 1900, e estamos defronte da igreja de São Francisco, em São João del-Rei. Pequena multidão rodeia um homem a cavalo. Um menino ali presente, hoje ilustre psiquiatra, guardou vivos esses episódios provincianos das primeiras tardes do século.

A figura do cavaleiro, com suas pernas secas e compridas, arredondava-se no ventre, afilava-se de novo nos peitos, alongava-se no melancólico pescoço, arrematando tudo uma cara feia, chupada, de olhos alterados. Vestia uma farda coçada e trazia espada à cinta. Triste figura com mais de meio século no espinhaço incapaz da linha reta.

O animal, uma besta fraca, entrada em anos também lembrava o cavalo de Gonela, que *tantum pellis et ossa fuit*.

O D. Quixote são-joanense ignorava a vida e o arrependido passamento do engenhoso manchego. Não era uma cópia, mas uma criação genuína. Repetia o Quixote porque o estimulava uma igual nobreza de alma, o heroísmo incontível, uma santa inclinação na defesa dos justos e no justiçar dos torpes. O Major Fajardo (assim era conhecido) armava-se e batia pelo Brasil. Não o animavam, e nem os conhecia, os ideais cavaleirescos da península Ibérica.

Não fora ao Paraguai. Sofrendo em 1864 a invasão de Mato Grosso, a humilhação, o desafio, a petulância, a afronta, só mais de trinta anos depois, já governado o país pela mão republicana e econômica de Campos Sales, o Major Fajardo saiu em campo para defender o imperador, contra López, contra a possibilidade duma rendição vergonhosa ao Paraguai.

Para o major, os paraguaios, naquele início do século XX, tinham descido a serra do Lenheiro, levantado fortificações, e espreitavam a pacatíssima São João del-Rei. Isso acontecia umas três vezes por ano, quando o grão de sandice germinava na cabeça do homem. Então, o major encilhava o *Curupaiti* (nome que prometia vingança) e ia buscar o Sancho.

Sim, tinha um Sancho sem tirar nem pôr, o Ezequiel sapateiro, inimigo, como o outro, de arruídos e pendências. Torcido pelo major em suas ambições civis, foi o último voluntário da Pátria a alistar-se. Quando o major se contentava de seus serviços e de sua bravura, promovia-o solenemente em praça pública; quando Ezequiel não brilhava pela valentia era rebaixado, sob a vaia geral dos que se divertiam às custas dos dois.

— Alferes Ezequiel, a Pátria está em perigo. A postos!

O pobre sapateiro recolhia do tamborete as nádegas pesadas e vinha à soleira, ar contrariado.

— Alferes Ezequiel, posição de sentido, rugia o major.

Nos olhos do remendão, sob o estímulo do comando, brilhava o senso da hierarquia, e Sancho se perfilava com o garbo infantil dos militares gordos.

— Nem um minuto a perder. Nossos arrabaldes estão em poder do inimigo, vamos.

— Mas, major.

— Avia-te.

— O senhor garantiu da última vez que o Brasil estava livre desses malditos paraguaios.

— Têm parte com o demo, voltaram.

— O tempo não está bom, ponderava o alferes.

— Caísse sobre nós o dilúvio. É a Pátria que chama, é o imperador ameaçado.

Seguidos do povo, iam os dois, o sapateiro com um clarim cingido à barriga fofa, a cavalgar um pangaré desenganado.

As escaramuças terminavam tristemente para o Ezequiel, que, gordo e mole, não conseguia safar-se a tempo dos cachorros ferozes de dona Aninha Viegas, em cujas bananeiras as tropas paraguaias sempre se escondiam. Mas o major comemorava infalivelmente a batalha com alguns amigos.

— Foi árdua, muito árdua. Por um triz, as nossas tropas não se viram envolvidas por López. Eu mesmo quase caí prisioneiro. Teria preferido a morte! Ele me deu valor — e, com o cálice de cachaça, o Major Fajardo apontava na estampa da parede as barbas do imperador.

Manchete, 18/06/1960

Duas damas distintas

Duas horas da vagarosa tarde de dona Josefa, que se aplica ao ponto de cruz no canapé. É em Copacabana. Do tapete morno, dos reposteiros tristonhos, dos móveis de jacarandá, do espelho em ébano entalhado, do piano de mogno, das porcelanas, de tudo, exala (segundo a expressão da neta) um cheiro horrível de cemitério. A avó não se agasta; esse odor de cemitério é o único vivificante para ela; o que sugere a morte aos olhos da garota em flor, a ela recorda a vida. Se a criada ousasse abrir uma janela, se o vento da praia entrasse, dona Josefa decerto morreria sufocada.

Mas agora dona Josefa se levanta, verifica se o relógio bateu certo, sobe as escadas. Duas e meia. Daí a três quartos de hora, ei-la de novo na sala: vestido longo de seda preta, borzeguins de pelica, gorjeira de folhos engomados, chapéu de palha italiana, mitenes de renda nas mãos enrugadas. A neta repete mais uma vez: "Ih, vó, parece até que a senhora vai ao baile da Ilha Fiscal...".

É claro que é um absurdo, mas dona Josefa vai mesmo à rua, vai sair, enfrentar Copacabana lá fora! Digo ainda: há mais de vinte anos que sai a essa mesma hora, há mais de vinte anos que tem um pecado às quatro horas da tarde. Perdendo o marido e a mocidade a um só tempo, tendo casado os filhos todos, renunciou a tudo, fechou-se com seus fantasmas, cobriu-se de austeridade da cabeça aos pés, mas...

Mas tem um pecado. O *chauffeur* (pronunciado bem à francesa) abre a porta do carro e dona Josefa é conduzida ao longo da praia, alcança Botafogo, onde deixou um pouco de sua juventude, chega à cidade, que ela não vê, há o problema diabólico de encostar o automóvel, ela desce, vai pela rua dos Latoeiros (hoje Gonçalves Dias), chega a seu destino. Solene, seca, decidida.

Seus olhos se fixam na vitrina de doces da confeitaria. Meditação, dúvida. Depois, o indicador parte com uma voluntariedade que só possuem as mulheres que já foram muito bonitas e continuam muito ricas. "Este aqui." O empregado estende-lhe o doce. Dona Josefa come devagar, com um prazer seco. "Agora aquele ali." Tem que ser aquele ali, nenhum outro. E o dedo vai apontando, este, aquele, ali atrás; ela vai comendo devagar os seus docinhos, e a cidade estruge, e a mocidade desfila pelas ruas, a bossa nova jorra do alto-falante, derruba-se um morro, aterra-se uma praia, inaugura-se um arranha-céu. Dona Josefa não tem nada com isso. Bilac também não tem nada com isso. Mas o poeta está morto no seu túmulo. Dona Josefa está viva diante duma imensa prateleira de doces. Este. Aquele. Solene, seca, desdenhosa.

A outra senhora, sem maiores relações com a primeira, de meia-idade, bonitona, foi abandonada pelo marido. Triste, às vezes desesperada, esbaldando-se em lágrimas torrenciais, vive com intensidade a sua hora tango argentino. Por fim, coitada, gasta pelo desconsolo, entrou naquela faixa que os norte-americanos chamam de *nervous breakdown*. Deixou de sair, de se arrumar, de comprar roupas, e até mesmo de almoçar e jantar, ela que amava os vestidos bonitos, as festas, ela que se fizera famosa na sociedade carioca por seu amor teórico e prático à boa mesa.

Naturalmente, suas inúmeras amigas prestam-lhe constante e carinhosa assistência. Mas em vão. Essa Dido moderna faz questão de permanecer inconsolável na sua mágoa de amor. Sim, em geral passa as tardes na companhia de solícitas amigas, mas jogada a um divã, suspirando de cortar o coração, invectivando oportunamente (com o perdão da palavra) a vagabunda que lhe roubou o marido.

No momento, ela está prostrada, olhos vermelhos, cabelos desfeitos, sem qualquer pintura no rosto. Ao lado, a melhor amiga faz as unhas.

E eis senão quando Dido sai correndo, abre a porta, despreza o elevador, desce aos pulos a escada, gritando: "Samanguaiá! Samanguaiá!".

A amiga não pode ter a menor dúvida: deu-lhe uma coisa, pobrezinha! Aquela correria inesperada, aquela palavra sem sentido... E corre ao encalço da que enlouqueceu por amor, apavorada com a ideia duma tragédia maior, lá na rua.

Pois eu lhes conto que não encontrou o corpo de Dido ensanguentado no asfalto. A cena é outra: Dido mexia excitada dentro do balaio dum vendedor ambulante.

— Que é isto, Heloísa?

— Ah, minha querida, isto é samanguaiá e do bom. Um estouro quando bem-feito! Há séculos que eu não comia samanguaiá!...

Só ela tinha ouvido o vendedor apregoando os samanguaiás, um molusco muito raro, que recomendo a todos que sofrem do mal de Heloísa (ou Dido). Pois dentro de pouco tempo, ela entrava em animada convalescença; embora outros sustentem que o desejo de comer samanguaiá já fosse o princípio indiscutível da cura.

Manchete, 01/07/1961

O eucalipto

Não tenho nada contra o eucalipto, Deus me livre! Ouvi a frase logo ao entrar no escritório dum editor. Este, ao apresentar-me ao velhinho que nada tinha contra o eucalipto, pediu-me com bom humor uma declaração de princípio:

— E você? Tem alguma coisa contra o eucalipto?

Mineiro não se compromete assim assim. Sentei-me, tirei um cigarro, sorri, olhei o velhinho, muito simpático. O sorriso dele me dizia o seguinte: eu, se quisesse, podia ser à vontade contra o eucalipto, ele, em absoluto, ficaria zangado, apenas lamentava que eu não estivesse presente à conversa desde o início, mas de certo modo isso até era bom, pois a minha opinião seria mais livre.

Quem era o velhinho? De doido não tinha nada. Mas que conversa mais estranha era aquela, ali no ponto mais esfuziante da cidade?

Quase fui respondendo que não, eu também não tinha nada contra o eucalipto; seria, no entanto, uma resposta seca por demais, perto do incivil. Poderia dizer ainda que não entendia bulhufas de eucalipto, pura verdade. Mas vi, felizmente — em súbita iluminação —, que essa resposta magoaria o velhinho! Ora, quem não conhece eucalipto? A pura verdade era pura mentira: estudei num colégio cercado de eucaliptos, eu os amava, e até hoje o perfume de suas folhas me perturba e... angeliza. Embora inseguro das consequências de minha resposta, tomei um ar imparcial, decidindo-me:

— Gosto do eucalipto.

O velhinho sorriu com modéstia, como sorriem as flores silvestres, e ficou torcendo por um pouco mais de compromisso da minha parte. Pronto a desdizer-me, caso isto lhe causasse qualquer contrariedade, acrescentei:

— Dizem que resseca a terra...

Ele me olhou com uma bondade que me envergonhou por dentro: pois já não me lembrava que ainda existia no mundo aquele tipo delicado de bondade. Depois me explicou:

— Em parte, é verdade... Resseca um pouco a terra. Mas vamos esquecer isto. Se o eucalipto possui tantas qualidades, lindas qualidades, se ele traz tantos benefícios, por que a gente irá logo buscar lá embaixo, nas profundezas das raízes, um defeito, que não é tão grave quanto espalham por aí? Ninguém é perfeito. A gente pode ficar nas virtudes do eucalipto, que não estará faltando à verdade. Pobre Azevedo, o meu amigo Azevedo!

Pela primeira vez notei tristeza nos seus olhos raiados. E o Azevedo, quem seria? E por que "pobre Azevedo"? Teria sucumbido debaixo dum tronco de eucalipto? Adivinhou que me faltava um dado essencial à inteligência da conversa:

— O Azevedo era o meu melhor amigo, desde os tempos da Escolinha. Olha, ainda não tínhamos barba, e já saíamos juntos pelas matas, estudando... Pois o Azevedo brigou comigo por causa do eucalipto. Não brigou propriamente, mas ficou meio ressabiado, ficou...

Perguntei:

— Ele é contra o eucalipto?

O velho me fixou, aturdido:

— Ahn? Quem?

— O Azevedo é contra o eucalipto?

— Mas de maneira nenhuma! O senhor é muito jovem e, além disso, não tem a obrigação de saber as minúcias da coisa. Hoje em dia, quem dispõe de um tempinho para prestar atenção em assunto de árvore? Mas o Azevedo é justamente o verdadeiro pai do eucalipto, um apaixonado pelo eucalipto... A ação dele nesse sentido foi decisiva. Se hoje o senhor tem o gosto de ver eucaliptos por todo o Brasil, pode estar certo que se deve isto quase que exclusivamente a ele...

De pura maldade, provoquei:

— O Azevedo fez a nossa paisagem, que era tão variada, ficar um pouquinho monótona.

Dessa vez o velhinho teve um sobressalto:

— Por favor, não fale assim, não fale assim. O que devemos todos ao Azevedo, ao grande Azevedo, é imenso. O que ele fez pelo eucalipto é sem dúvida uma beleza de trabalho. Se o senhor estivesse mais a par do que se passou, na realidade, não culparia tanto o Azevedo por aquilo que se poderia chamar de monotonia da paisagem.

Suspirou, perdoando a minha ignorância:

— Foi tudo um mero mal-entendido: eu nunca tive nada contra o eucalipto. Não há quem aponte em toda a minha vida profissional, e olhe que ocupei cargos de direção por mais de trinta anos, a menor prevenção contra o eucalipto. Já chegaram a dizer que eu persegui o eucalipto: é maldade, é calúnia! O que houve, de fato, foi o seguinte: eu e o Azevedo, eu e ele, amávamos o eucalipto. Agora, acontece que mantive a cabeça fria, e o Azevedo perdeu a dele — tomou-se de paixão. Só pensava no eucalipto, dia e noite, só falava nisso, o tempo todo. Eu não tinha nada contra, mas não queria que um amor exagerado pelo eucalipto acabasse por prejudicar o trato das nossas outras essências, tão lindas, tão nobres, tão brasileiras, tão generosas... Pois uma noite, durante a reunião geral da Sociedade, perdi a paciência e, na frente dos outros todos, disse que a paixão do nosso Azevedo pelo eucalipto não estava levando em conta as nossas outras árvores... A imbuia, o cedro, a peroba, o jacarandá, tantas outras... O Azevedo ficou ressentido para sempre. Hoje me arrependo, mas que hei de fazer? Há certos momentos que é impossível calar aquilo que a gente traz no coração...

Manchete, 15/07/1961

Experiência com LSD

No último sábado de agosto de 1962, às 14h30, eu entrava num apartamento da rua General Glicério pela primeira vez. Diante do dr. Murilo Pereira Gomes ia submeter-me à experiência da dietilamida do ácido lisérgico. Cinco ou dez minutos depois, já tinha ingerido três bolinhas coloridas e aguardava. Por quê?

A experiência me seduzia em si mesma, mas certas informações talvez esclareçam melhor as raízes de minha curiosidade. Quando me dirigia para Laranjeiras o dia estava tão luminoso, a temperatura tão agradável, as cores tão nítidas, que pensei: hoje não é vantagem sofrer os efeitos dum psicotrópico. Reparei sobretudo na intensidade cromática duma flor que não sei se tem o nome de laburno. Na verdade brincava comigo mesmo: meu desejo de conhecer a consequência da droga era profundo — e esse é o adjetivo preciso para o caso.

Por que profundo? Resumo com a maior economia possível uma série de fatos e circunstâncias que cobrem um período de mais de vinte anos.

Quando era adolescente e resolvi fazer-me escritor, ou achei que era escritor, comprei três cadernos: num fui copiando poemas sobre a morte; no outro anotava todos os trechos que me pareciam pertinentes ao problema do tempo; transcrevia no terceiro verso e prosa que se referissem à solidão. Tempo, solidão, morte. *No way out.* Em vez de sair para o mundo, mesmo que ficasse em casa, eu me fechava num quarto escuro; mesmo que saísse para a rua, estava confinado a três dimensões depressivas. Por um motivo ou por outro, eu me negava a própria vida sobre a qual tinha a pretensão de escrever. Fechando as portas da comunicação do mundo exterior (e também do interior, quase por uma consequência), fadava o meu destino de escritor a uma frustração cruel. Mas não sabia. Pior que isso, e ignorando ainda mais as conclusões de minhas três premissas, criava condições intoleráveis a meu destino de homem simplesmente.

Aos vinte anos de idade, trabalhando numa biblioteca de medicina, dei para ler tratados sobre a loucura, tóxicos estupefacientes, os únicos que eu podia entender ou que de certo me interessavam naquela sala. Foi assim que me caiu nas mãos e na alma o tratado dum médico francês sobre um princípio ativo do qual nunca ouvira falar: o *Anhalonium lewinii*, extraído da raiz dum cacto mexicano chamado peyotl. Falei com entusiasmo a médicos e leigos sobre o livro. O desconhecimento da mescalina era total. Obrigando-me ao silêncio até há poucos anos, quando li *As portas da percepção* de Aldous Huxley. Dessa vez, com sensacionalismo, o mundo científico e cultural entrou em contato com a mescalina, tendo sido preciso para isso que um escritor de grande sedução intelectual experimentasse a droga e transcrevesse suas vivências.

Li com muita curiosidade o livro de Huxley há alguns anos e o reli há poucos dias, antes de realizar a minha própria experiência. Os pontos que me chamaram mais a atenção nas duas leituras são sensivelmente diversos: também nós fazemos parte do texto, e este pode transformar-se à medida que nos transformamos. Atribuo esse meu deslocamento de foco sobretudo a algumas leituras sobre zen-budismo, feitas recentemente. Em resumo diria que me sinto muito menos seguro sobre minhas percepções da realidade do que, por exemplo, há dois anos atrás.

Fisiologicamente, o ácido lisérgico, como a mescalina, inibe a produção de enzimas que regulam o suprimento de glicose nas células cerebrais. Os sintomas provocados se devem em essência a essa redução da taxa normal de açúcar de que o cérebro apresenta constante necessidade.

Aldous Huxley, advertindo que a reação individual, aqui como em tudo o mais, sempre é de rara importância, faz uma súmula possível dos sintomas gerais de todas as pessoas que ingerem mescalina: redução da capacidade de lembrar e pensar diretamente; impressões visuais grandemente intensificadas, o olhar recuperando a inocência da percepção infantil; diminuição do interesse pelo espaço; o interesse pelo tempo caindo quase a zero; experiência nos mundos interior e exterior simultânea ou sucessivamente; o registro de impressões extrassensoriais não é comum.

Bem, eu estava na sala do apartamento do médico e aguardava com um máximo de curiosidade mas sem a menor ansiedade.

Os primeiros sintomas surgem em geral depois de uma hora, disse-me o médico. Passado esse tempo, comecei a alimentar ligeiramente duas desconfianças: quem sabe se o hábito do álcool não me criasse no organismo uma resistência muito forte à pequena dose ingerida? Quem sabe se o médico me ministrara uma pílula inócua e estivesse a realizar comigo uma simples experiência de sugestão?

Pouco depois passei a sentir uma leve pressão no cérebro, entre o couro cabeludo e o crânio, as mãos e os pés bastante frios.

Uma pessoa presente me pergunta se a música da vitrola me incomoda. Já estava a responder sinceramente que não, quando essa pessoa se sentou numa cadeira, ocultando-me uma garrafa de cerveja colocada no assoalho e da qual o sol arrancava reflexos. Notei então que estava sentindo em relação àquela garrafa um interesse desusado, um interesse aparentemente fora do comum, embora não muito intenso. Passei a olhar para um cinzeiro de metal, onde também fulgia a luz solar, e achei que o objeto me parecia mais *vivo*, mais presente, mais *interiormente* luminoso. Era divertido, mas permaneci desconfiado, pois o teor da experiência não me é estranho em outros estados psíquicos.

Estenderam-me um pequeno álbum de reproduções de quadros de Matisse. Talvez as cores me parecessem mais intensas; talvez, pensei, apenas o trabalho de impressão fosse de boa qualidade. Olhei as páginas com interesse, mas um interesse que ainda podia ser a própria curiosidade pela experiência. A sensação me parecia pobre. Não sabia que dentro de poucos minutos seria lançado numa experiência psicológica inteiramente nova.

Manchete, 15/09/1962
Publicada como "Primeiros passos"

ALHOS & BUGALHOS
(Crônicas de humor)

Meu reino por um pente

Filhos — diz o poeta — melhor não tê-los. Já o prosador Aníbal Machado me confiou gravemente, certa vez, que a vida pode ter muito sofrimento, que o mundo pode não ter explicação alguma, mas que, filhos, era melhor tê-los. A conclusão parece simples, mas não era; Aníbal tinha ido às raízes da vida, e de lá arrancara essa certeza imperativa de que a procriação é uma verdade animal, uma coisa que não se discute, fora do alcance filosófico. "Eu não sei por quê, Paulo, mas fazer filhos é o que há de mais importante." Engraçado é que, depois dessa conversa (há uns cinco anos), fui descobrindo devagar a melancólica impostura daquelas palavras corrosivas do final de *Memórias póstumas*: "não transmiti a nenhuma criatura o legado de nossa miséria".

Filhos, melhor tê-los. Aliás, o mesmo poeta corrige antiteticamente o pessimismo daquele verso, quando pergunta: mas, se não os temos, como sabê-lo? Ou, resumindo: filhos, melhor não tê-los, mas é de todo indispensável tê-los para sabê-lo; logo, melhor tê-los.

O leitor vai se rir de mim quando souber que comecei a crônica desse jeito depois de procurar em vão o meu bloco de papel. Pois se ria a valer: o desaparecimento de certos objetos tem o dom de conclamar, por um rápido edital, todas as forças neuróticas que moram nas províncias de meu corpo. Sobretudo instrumentos de trabalho. Vai-se-me por água abaixo o comedimento quando não acho minha caneta, meu lápis-tinta, meu papel, minha cola... Quando isso acontece (sempre), até taquicardia costumo ter; vem-me a tentação de demitir-me do emprego, de ir para uma praia deserta, de voltar para Minas Gerais, de renunciar...

Ridículo? Sim, ridículo, mas nada posso fazer. Creio que seria capaz (talvez seja presunção) de aguentar com relativa indiferença uma hecatombe que destruísse de vez todos os meus pertences. O que não suporto é a repetição indefinida do desaparecimento desses objetos sem nenhum valor, mas sem os quais a gente não pode seguir adiante, tem de parar, tem de resolver primeiro.

Stanislaw Ponte Preta inventou, certa feita, que eu usava ventilador para pentear os cabelos. Calúnia. Sou o maior comprador de pentes do estado da Guanabara. Compro-os em quantidades industriais pelo menos duas vezes por mês, de todos os tamanhos, de todas as cores. Sou quase amigo de infância do vendedor de pentes que estaciona ali na esquina de Pedro Lessa com rua México. A princípio, pensou que eu estava substabelecendo o comércio dele, comprando para vender mais caro, mas um dia eu lhe contei a minha tragédia familiar e ele me sorriu e confessou: "Lá em casa é a mesma coisa".

Chego em casa com os meus pentes e os distribuo a mancheias. Dois para você, três para você, quatro para você — segundo o temperamento e a distração de cada um. Aviso a todos que vou colocar um no armário do quarto, um no banheiro, um em cada mesa de cabeceira, dois na minha gaveta. Terminada essa operação ostensiva, fico malicioso e furtivo; secretamente, vou escondendo outros pentes por todos os cantos e recantos, debaixo do colchão, no alto de um móvel, atrás do meu exemplar dos *Suspiros poéticos e saudades*. Em seguida, reúno solenemente toda a família, inclusive o Poppy, tiro do bolso um pente singular, o mais característico encontrável na praça, e digo: "Este é o meu pente; este ninguém usa; neste, sob pretexto algum, ninguém toca. Estão todos de acordo ou algum dos presentes deseja levantar qualquer objeção?".

Estão todos de acordo. A sinceridade do meu clã nesses momentos é de tal qualidade que, por um dia ou dois, tenho a ilusão de que, afinal, venci, de que descobri o *approach* certo para a família incerta. Mas, meu São Luís de Camões, ó caminhos da vida, sempre errados! Os dias passam, o vento passa a descabelar-nos, e os meus pentes, os meus pentes também passam. Misteriosamente, inexplicavelmente, eles desaparecem, pouco a pouco, com certa malícia, um a um, dois a dois, até chegar o momento dramático no qual, depois de vasculhar todos os meus esconderijos, fico em cabelos no meio da sala e, como Ricardo III em plena batalha, exclamo, patético: "Um pente, um pente, meu reino por um pente!".

Eu não fui — diz o primeiro; eu não fui — diz o segundo; eu não fui — diz o terceiro; Poppy, cuja especialidade é comer meias e sapatos, não diz nada, mas abana o rabo negativamente.

Não foi ninguém, foi Mr. Nobody, foi o diabo, foi a minha sina.

A minha mansão tem apenas três quartos e uma sala. Pois é inacreditável a quantidade de objetos que estão desaparecidos aqui dentro. Um dia, quando me mudar, a gente vai achar tudo, e sorrir um para o outro com uma nostalgia imprecisa, e dizer em silêncio que, filhos e pais, é melhor tê-los.

Manchete, 03/02/1962
Publicada com o título "Pentes e outros objetos"

Torre de Babel

Jamais consegui falar razoavelmente uma língua estrangeira, inclusive a dos portugueses. Quem nasce no continente americano não possui língua própria, resignando-se a falar mal o idioma dos outros.

Quando pus meus pés em Paris, sabia de cor alguns poemas de Baudelaire e Mallarmé; pois, algumas horas mais tarde, precisei de comprar algodão. O farmacêutico me perguntou, impaciente, o que eu desejava; antevi o desastre. Naquele primeiro contato com o estrangeiro, a minha timidez vocabular assumiu um aspecto grave, obliterando-me por completo a memória. Seria incapaz no momento de lembrar-me que *le lion est le roi des animaux*. Como em sonho, respondi com automatismo que desejava *amidon*, embora estivesse absolutamente certo de que "algodão" em francês não era esta palavra. *Amidon?!* Riu-se de mim o homem mas reafirmei, covardemente impávido, que desejava era *amidon* mesmo. Saí humilhado com o meu pacotinho de amido na mão, derramando-o (vingança primária) na porta da farmácia, e insultando-me em voz alta: "*Coton*, seu burro, *coton*".

Na China ensinaram-me a dizer "gambê", significando, num brinde, que estamos convidando os demais a ver o fundo do cálice. Pois num jantar, na presença de senhoras e pessoas gradas, levantei a minha cachacinha de arroz e disse "gambê" triunfantemente. Vai brincar com a língua chinesa. Não entoei direito a palavra, mudando-lhe completamente o sentido, causando em torno uma pesada consternação. Baste dizer que eu deveria ser expulso do recinto, não fosse indiscutível a minha inocência.

Tenho um amigo diplomata que sabe inglês como gente grande. Mas em Londres, onde servia, morrera um compatriota nosso meio importante; meu amigo telefonou a uma agência funerária, pedindo que enviassem ao morto uma coroa. Qual não foi o seu espanto, e de todos os brasileiros presentes ao velório, quando viu sobre o peito do defunto uma enorme coroa de metal: havia encomendado *crown*, quando a palavra certa seria *wreath*.

Uma senhora inglesa, recém-chegada ao Brasil, foi passar o verão em Petrópolis na companhia de uma amiga, que não sabia inglês. O que não impedia as duas de conversar o dia todo. O método era bem complicado, embora no fim desse certo, quase sempre. Uma manhã, a brasileira quis saber se a outra também vira a boiada que passara de noite pela estrada. A inglesa não chegava a entender. Depois de várias voltas infrutíferas, a brasileira perguntou se a inglesa sabia o que era *beef*? Claro. Pois pela estrada tinha passado *beef* vivo, muitos *beefs* vivos, dezenas e dezenas de *beefs* vivos. Durante uma semana, até que chegasse socorro no sábado, quando os maridos subiam e desfaziam as dúvidas remanescentes, a senhora inglesa custava a dormir, tentando imaginar que diabo poderia ser *beef* vivo, temendo ao mesmo tempo uma nova invasão desses seres misteriosos que andavam aos bandos.

Conheci uma argentina simpática, que achava ridículas as nossas palavras "pente" e "frango" (embora ela dissesse *peine* e *gajina*). Fui à forra uma noite, durante uma recepção, em que ela justificou o seu ar abatido com esta afirmativa encantadora: "No, *no estoy triste: tengo catarro*".

Há também o caso do cearense, brilhando para a família completa num restaurante de Paris, ao fazer os seus pedidos muito desenvolto, e que a certa altura chamou o garçom: "*Qu'est-ce que vous me recommandez pour le désert?*". E deu-lhe o garçom a resposta parisiense: "*Mais, un chameau, évidemment*".

Ao visitar o Rio o ator François Périer, fui entrevistá-lo para um jornal. O homem levou um susto danado, quando uma bonita confrade presente tirou da bolsa um cigarro e pediu-lhe: "*Donnez-moi, s'il vous plaît, un phosphore*". A moça ficou tão passada com o seu engano que tratou de arranjar uma bolsa de estudos na França.

O senador Benedito Valadares estuda francês com afinco e devoção há muitos anos, é este o lado gratuito de sua existência. Às vezes, ele se toma de amores por um vocábulo ou expressão apanhado nos romances de Loti ou Bourget. Certa feita, esqueceu as tricas políticas, passando mais de um mês absorto na doçura singela de uma frase, espantando colegas e amigos; vinha alguém lhe falar sobre a sucessão e outros bichos e, ao meio da conversa, o senador tomava um ar extático, fora do mundo, dizendo para si mesmo: "*Et Maurice est un très gentil garçon*". O que foi, perguntavam-lhe. Dizia que não era nada, não.

Fernando Sabino viajava de avião, tendo à sua frente uma cantora francesa e o cantor brasileiro que atende pelo apelido de El Broto. O avião jogava muito, e o artista nacional, pretendendo tranquilizar a francesa, virou-se para trás três vezes, perguntando ao escritor como eram em inglês as palavras "nuvem", "tempestade" e "não há perigo" (a fim de formar com elas a frase *no storm: clouds: no danger*). As palavras foram subsidiadas, com a advertência de que a moça não era inglesa, e sim francesa. El Broto responde: "Mas é que eu não sei falar francês".

Fernando Lobo, logo que chegou aos Estados Unidos, pouco depois de Pearl Harbor, fez sucesso com uma piada involuntária, quando num restaurante pediu um guardanapo para limpar a boca. Mas, em vez de *napkin* (guardanapo), disse *jap* (japonês); no lugar de *mouth* (boca), falou *mouse* (camundongo), sendo o resultado final esta obra-prima: "Quer me trazer um japonês para eu limpar meu camundongo?".

Outro amigo gostava, em Nova York, de traduzir rifões e provérbios, como se fossem suas expressões espontâneas. Os nativos muito admiravam a sua graça e invenção, quando dizia em inglês "cada macaco no seu galho", "você parece que viu passarinho verde", e coisas que tais. Mas uma vez provocou certo pânico num *drugstore*, quando, ao informar-lhe um empregado que a máquina de cigarros estava atrás dele, comentou, sorrindo: "Se fosse uma cobra, me mordia". *Snake?! Where is the snake?* — gritava o homem.

Sabe o leitor o que é um *Schelgesetzentwurf*? Nem eu. Nem Mark Twain. Mas aprenda com este a tirar proveito da sua ignorância linguística. Embora sem saber seu sentido, o humorista americano dizia que se preocupava com o *Schelgesetzentwurf* como se fosse um filho seu, e por nada deste mundo resolveria o problema formulado nessas dezoito letras.

Manchete, 20/12/1958

O despertar da montanha

Assim como há quem sofra de insônia, sofro eu de despertar. Meu sono é tão nebuloso, tão viscoso, tão atravessado de assombrações e armadilhas, que me custa o indizível ter de me arrastar desse brejo ancestral para as obrigações do mundo urbano. Existe um poema de Henri Michaux que conta o angustioso renascimento do planeta gasoso em que certas pessoas se transformam depois da viagem noturna.

Enquanto pude, filho ou chefe de família, proibi que me fosse feita qualquer pergunta durante a minha primeira hora de vida cada manhã. Você hoje vai cedo para a cidade? Uma questão à toa como essa, em vez de me puxar para a frente, me empurra de novo para trás, para o pântano primevo, onde se conhece apenas o desconhecimento. Quer um ovo quente? E eis-me outra vez cadáver que não morreu de todo, um morto ainda emaranhado no pesadelo de ter vivido.

Quando os pequenos foram crescendo (são dois, como no "Plebiscito", um menino e uma menina), minha interdição começou a ser desmoralizada. Abro os olhos omissos e, como um cão que estranha o dono, tenho vontade de latir para o fundo. Venho de charnecas nevoentas, venho de violentos desencontros e nada quero. Sou só um pedaço de homem, sem forças para galgar os degraus do dia que se oferece. Já inclinado a regressar para sempre ao meu povoado de fantasmas, de horrores e êxtases selvagens, ouço uma voz a pronunciar palavras incompreensíveis e, decerto, sinistras. Faço um esforço sem direção. Uma faísca sonora articulou a palavra "papai", estilhaçando a treva que vedava a face do abismo. Papai era eu. Abro os olhos idiotas e vejo uma carinha que não me é de todo estranha. Depois de sofrida reflexão, admito que pode ser minha filha. Mas terei uma filha? Desisto de saber. Fujo por um túnel, ando, ando, e reapareço do outro lado, onde a mesma carinha me espera com a sua condenação. *Papai.* Papai sou eu mesmo, digo para tranquilizar-me. Remuovo destroços, procuro espancar pelo menos o grosso do nevoeiro, agarro-me ao abajur, ao armário, à persiana, e o homem da caverna consegue afinal emitir uma palavra: Hã! A menina, esperançada, repete a sentença ininteligível:

— Como é que eu distribuo dois mil e quatrocentos litros d'água por três reservatórios, de modo que o primeiro tenha cinquenta e quatro litros mais que o segundo, e este sessenta e três litros mais que o terceiro?

Diante desse enigma repelente é muito melhor voltar à condição de ameba, mas já é tarde: estou grudado a uma zona intermediária, numa desolada terra de ninguém, entre dois mundos absurdos. Abre-se um pouco mais a réstia do entendimento, mas o impasse continua. Com timidez e ressentido orgulho, confesso: Não sei. A carinha não se afasta e compõe outro enigma, como se fosse possível a gente ignorar uma coisa e saber outra, como se os enigmas todos não constituíssem um único e esmagador enigma:

— Uma livraria manda pagar a uma casa editora de Paris

uma fatura de mil e quinhentos francos por intermédio do Banco de Londres.

Suspiro de desespero. A esfinge continua implacável:

— Eu quero saber qual a quantia necessária, em moeda brasileira, se trinta francos valem uma libra, e esta, quarenta e oito cruzeiros.

Aquela libra a quarenta e oito cruzeiros me tonteia:

— Não sei; pergunte à sua mãe que é inglesa.

Fecho os olhos. (*Puxa, papai!*) Abro os olhos. Reconheço com uma alegria de bicho inferior que a menina impertinente sumiu. Posso regressar aos meus pampas impalpáveis, às minhas campinas eternas. Mas uma pata de urso me agarra pelos cabelos. *Papai*. Abro os olhos com relutância e vejo uma cara redonda e resolvida de menino.

— Pai, os músculos formam o que chamamos de carne?

— É claro, respondo sem convicção, só para ficar livre daquela cara de maçã.

— Quais são os símbolos da pátria?

— Que pátria?

— Da nossa pátria, ora bolas.

— Não me lembro de todos.

— Como eram constituídas as bandeiras?

— Mesma coisa de sempre: um pedaço de pano e um pedaço de pau.

— Deixa de ser burro, pai; essa até eu sei: as bandeiras eram constituídas de homens, mulheres, moços, velhos, índios amansados, padres, animais domésticos e bestas de carga.

— Se você sabe, por que está perguntando?

— Queria ver se você é mesmo ignorante.

— Vê se não chateia, Daniel.

Recebo uma patada no ombro e reconheço que perdi o combate: vou nascer de novo. A luz me machuca. Usando de todos os meus pseudópodos, rastejo até o chuveiro. A água faz bem aos animais.

Do outro lado da porta as perguntas também chovem:

— Qual é o antônimo de "fervor"?

— O barulho do chuveiro não me deixa ouvir.

— Que conseqüências trágicas sofreu o Brasil na Segunda Guerra Mundial por não possuir estradas?

— Hein? Depois eu conto.

— Movimento de translação é assim ou assim?

— Não posso ver pela porta, não é, Gabriela?

— Como Pedro Álvares Cabral podia saber que tinha chegado na baía Cabrália?

— Engraçadinho!...

— Como era mesmo o nome direito do Caramuru?

— João Ramalho, menina.

— Que João Ramalho, pai!

— Uai, não é não?

— João Ramalho é aquele que ajudou Martim Afonso de Sousa na capitania de São Vicente.

— Ah, isso mesmo: o bacharel de Cananeia.

— Mas eu quero saber é o Caramuru.

— O do Caramuru eu não sei não.

Manchete, 21/09/1963

Diálogo à beira da cova

Cheguei um pouco atrasado no cemitério, e precisava perguntar na recepção, ou que melhor nome tenha, por onde andava o meu defunto. O funcionário prestava no momento umas informações a uma senhora, uma senhora de uns quarenta e poucos anos, já meio amarelecida em seu princípio de outono. Ela acabava de formular a seguinte pergunta:

— Qual dos dois o senhor acha melhor? Pode falar com toda a franqueza.

— Mas é mesmo para a senhora? — quis certificar-se o empregado, um sujeito gordo, de bigodes opulentos e tisnados, de um sorriso familiar e complacente, nada fúnebre.

— Sim, é para mim mesma, ela confirmou com naturalidade.

Ele, vagamente galante, ponderou sem convicção:

— Mas a senhora tão moça, tão forte, e já pensando nessas coisas...

— É do meu temperamento — cortou a dama, toda de preto vestida.

— No fundo talvez a senhora tem razão — comentou misteriosamente o funcionário.

— Resolvi deixar tudo arrumadinho. Isso de estar forte não significa coisa nenhuma. A gente nunca sabe quando vem a bicha.

— É isso mesmo — voltou ele com o mais gordo de seus sorrisos. — A senhora está dizendo uma coisa que é pura verdade: a gente nunca sabe.

Seu modo de falar era absolutamente sincero, sem qualquer ironia: trabalhando com os mortos, aquele homem não tinha tempo de pensar na morte, e ouvia com admiração aquelas palavras banais a respeito da insegurança da vida. Para ele, os mortos morriam na hora, chegavam na hora, eram enterrados na hora. Se acaso um cadáver se atrasava ou se antecipava, isso estava errado. Ela arrematou o seu pensamento:

— Coisa que não suporto é dar amolação a parentes. Só por isso é que resolvi escolher a minha cova, pagar ela e ficar em paz.

— Bem, como é para a senhora mesma, vou ser muito franco. O da quadra 16 é melhor. Mas muito melhor.

— Ué, por quê? Aquele perto do muro me pareceu que não tinha nenhum inconveniente. O senhor quer saber de outra? Coisa que me dá aflição é ficar no meio do bolo. Nunca fui de Carnaval. Aliás, desde menina que sempre preferi viver no meu cantinho, onde ninguém pode me amolar...

— Mas...

— Não é preciso dizer. Estou viva, mas nem depois de morta suporto confusão. Além do mais, sou louca por flores... Gostei tanto daquelas, tão bonitas, tão amarelinhas...

— A senhora não me leve a mal — insistiu o funcionário —, mas as flores não querem dizer nada.

— Como assim?

— É claro, madame. Nem sei como aquelas plantas nasceram por ali. Mas amanhã elas morrem e fica tudo pelado que dá gosto. Sou empregado aqui e não posso dar com a língua nos dentes, mas, se a senhora quiser ouvir um bom conselho, fique com o da quadra 16, que estará muito bem servida.

— Ah, mas o senhor tem de me contar o motivo. Pode dizer.

— Madame, para bom entendedor, meia palavra basta.

— O senhor não repara não, mas sou danada de teimosa. Lá em casa até me chamam de Maria Teimosa. Enquanto o senhor não me confessar por que o da quadra perto do muro não serve, não arredarei o pé daqui. (Pausa e sorriso coquete.) "Daqui não saio, daqui ninguém me tira..."

O funcionário olhou para os lados, deu com a minha cara cem por cento distraída, inclinou-se um pouco, vencido, disse em voz baixa:

— Se a senhora me promete segredo...

— Claro, serei um túmulo.

O gordo, num sussurro, quebrou o segredo profissional:

— Aqueles todos ali perto do muro dão água.

— Dão água?!

— Quer dizer, têm infiltração.

— Muita?

— Muita.

— Água... água...

Por um segundo esperei com espanto e admiração que ela citasse Shakespeare: *"Water is a sore decayer of your whoreson dead body"*. Mas, em vez de Shakespeare, ela preferiu um suspiro:

— Ah, realmente com água é meio desagradável. Ai, ai! Nada nesta vida sai como a gente quer. Pois bem, então vou ficar com o da quadra 16, que hei de fazer! Mas o senhor nem pode imaginar minha tristeza. Achei aquele perto do muro, aquele das florzinhas amarelas, tão simpático, tão repousante! E ando tão cansada, tão enjoada de tanto barulho, tanta confusão...

Manchete, 06/02/1960
Publicada com o título "Diálogo no Caju"

Bom dia, ressaca

Não é nada fácil despedir uma ressaca instalada em seu quarto, disposta a ficar o dia todo, sobretudo quando a gente já deixou de ser há muito o que se chama um broto. Ressacas em geral são fiéis e suscetíveis; para driblá-las, *hay* que ser de circo, qualquer distração — como nas aventuras acrobáticas — podendo causar a morte do artista.

Primeira providência: quando você desprega os olhos e vê que ela está mesmo a seu lado, não demonstrar o mais ligeiro sinal de surpresa, mas recebê-la com uma ternura um tanto distraída:

— Bom dia, Ressaquinha.

Respire fundo três vezes. Não dar maior atenção aos vagidos dela, suas caretas, àquele hálito de abominável melancolia. Não se considere um crápula, um homem sem palavra, que isso é o que ela deseja. Mantenha a cabeça imóvel a fim de não denunciar com um gemido a sua dor sísmica. Esqueça os seus compromissos, por mais graves que sejam (o remorso é uma das brechas por onde pode penetrar a fera), fingindo-se absolutamente livre, como se dispusesse de seu tempo à vontade. É de todo necessário que ela não desconfie do seu encontro na cidade com um gerente de banco.

Se ela lhe oferecer maldosamente um cigarro, aceite-o, para abandoná-lo depois de três ou quatro lentas tragadas. Olhar pela janela é sempre perigoso: pode estar fazendo um magnífico dia chuvoso e frio, mas pode também uivar lá fora um sinistro e tormentoso astro-rei. Não é efeito literário: este é o nome do sol nos estados de ressaca. A visão macabra de um dia luminoso costuma esmorecer sem remédio os ressacados de mais hábil talento.

Por mais violenta que seja a sua vontade de tossir, não o faça; a convulsão poderia trazer-lhe consequências imprevisíveis, sendo compensador qualquer sacrifício no sentido de adiar esse desejo para momento mais propício.

Evitar o café. Proceda como se fosse dormir ainda, sem cair na leviandade de prometer que jamais... Essa capitulação, além de falsa, condiciona uma desmoralização interior que insufla forças novas à inimiga.

As ressacas não morrem de amores pela cama, existindo algumas, no entanto, extremamente espertas, que se acomodam indefinidamente ao leito. Mande buscar um jornal: contorne os cronistas da noite, mergulhe com paciência nas seções de economia, caso você aprecie futebol, e nas páginas esportivas, caso se interesse por economia. A atitude pode desorientá-la alguma coisa.

Sem levar a mão ao coração (e se o fizer, não revele pelo menos o seu nervosismo pela taquicardia), peça um jarro de água geladíssima e duas aspirinas. Como o gato, a ressaca teme água fria. Espere o momento preciso. No que a ressaca bobear, arraste-se até o chuveiro, escancare a torneira, escove os dentes. O jorro da água, prenunciando o impacto frio, amolece um pouco mais a tristonha. Em seguida, com o destemor digno de um almirante batavo, enfrente o chuveiro, sem importar que a água o sufoque um pouco, pois a sufocação deverá também atingi-la. Reze três padre-nossos e três ave-marias, e comece a tossir.

Existindo o mar perto de sua casa, ótimo; não existindo, paciência. Almoce, não deixe de almoçar, faça-me o favor. Se gostar de jiló, pode se ter em conta de um homem privilegiado, pois todas as ressacas de minhas relações, como quase todo mundo, detestam jiló. Fígado fresco de galinha é outro alimento que elas nada apreciam. Bebida, o ideal por enquanto é mate gelado.

Toque na vitrola discos de Bach ou Débussy, mas somente peças para piano ou cravo, jamais sinfônicas. Uma boa ressaca é tarada por música orquestral. Fuja das arestas do rock'n'roll, das espirais do bolero, dos círculos concêntricos da valsa vienense.

Deite-se no divã e leia mais um pouco, de preferência uma história boba de revista frívola. Jamais poemas de Baudelaire com aqueles crânios plantados de bandeiras negras!

Quando a ressaca já estiver bastante aborrecida com esse tratamento, é cair na rua, cometendo no primeiro botequim a violência final, um chope bem tirado, um só. E vá enfrentar o gerente. Mas há ressacas versáteis, assim como há sujeitos indefesos. Posto o quê, não aceitaremos reclamações.

Manchete, 29/11/1958

Da gripe

É uma doença que não tem gabarito de doença, e daí seu extraordinário poder de isolar o indivíduo. Ataca todo mundo. Crianças: sobretudo aos sábados; soldados: durante as manobras; civis: quando se encontram em lua de mel clandestina; donas de casa: no dia do jantar de cerimônia.

As mais deploráveis vítimas da gripe são os médicos. Gripados, eles ficam humildes e gostam que a gente receite para eles. Cronistas, outras vítimas prediletas da gripe. Mas ninguém sabe se a gripe provoca a falta de assunto ou se a falta de assunto é que provoca a gripe. A verdade é que ninguém escreveu sobre o assunto gripe coisa que prestasse.

A gripe antes de tudo enche. Quando enche, a gente espirra; enche de novo, a gente espirra. Ao espirrarmos acontece o seguinte: durante precisamente doze segundos é como se houvesse se registrado um distúrbio no cosmo; uma falha no sistema de gravitação; uma batida de duas estrelas; um esfarelar de meteoritos. A gripe é um desequilíbrio metafísico e astronômico.

Gilberto Amado assegura que a gripe é a manifestação mais

ou menos branda do *chólera-mórbus*, que dizimava os povos antigos. Acredito. Também acredito que a chuva de estrôncio-90, invisível e constante, seja o fator das últimas epidemias de gripe. Acredito tudo. O fato é que não aguento mais. Não sou mais. Já tomei vitaminas aos potes. Inútil. Já vi um limoeiro espirrando em uma noite de garoa, em São Paulo.

Manchete, 25/04/1964
Publicada com o título "Composição gripal"

Alhos & bugalhos

Muita atenção, companheiro! Não confunda as coisas, para não dar galho. Não confundir, antes de tudo, o verde com o vermelho, nem o acelerador com o freio. Não confundir alhos com bugalhos, nem Carolina de Sá Leitão com caçarolinha de assar leitão.

Não confundir David Garnett com Arnold Bennett, nem Jesse Owens (atleta americano, quatro medalhas de ouro nas Olimpíadas de 1936) com John Owens (também atleta americano, mas do século passado). Não confundir T.S. Eliot (escritor nascido nos Estados Unidos, que viveu em Londres) com Elliot Paul (escritor americano que viveu em Paris).

Não confundir aspidistra (uma planta) com a serpente que matou Cleópatra. Não confundir também o que os antigos chamavam de áspide (não identificada) com a áspide do nosso tempo.

Houve um Mário de Andrade no Brasil e há um Mário de Andrade na África. Não confundir Sucre, capital da Bolívia, com La Paz (sede do governo boliviano); nem Haia (sede do governo holandês) com Amsterdam (capital da Holanda). Não confundir o pintor francês Chagall (nascido na Rússia) com o pintor brasileiro Segall (nascido na Rússia), nem Julien Tanguy (revolucionário, retratado por Van Gogh) com o pintor surrealista Yves Tanguy. E não confundir o pintor Monet com o pintor Manet.

Não misturar vultuoso e vultoso. Não confundir o escritor Kafka (tcheco da literatura alemã, autor do personagem K.) com o professor K. Koffka (autor de tratado sobre a Gestalt).

Nos países de língua francesa, não confundir (eu, andando depressa, confundo muito) *poussez* com *emportez*. Nos de língua inglesa e nos aviões, não confundir *push* com *pull*; nos de língua alemã, não confundir *Eingang* com *Ausgang*.

Não confundir Strauss (João, autor das valsas vienenses) com Strauss (Ricardo, alemão, autor da ópera *Dom João*). Nem confundir Händel (que morou em Londres) com Haydn (que esteve em Londres). Houve um William Croft, que foi organista na abadia de Westminster, e houve um William Crotch, organista, que foi professor de música em Oxford.

Ah, não confundir impotável com imputável; nem mugir com mungir; nem dispensa com despensa; nem zarabatana com barbatana; nem barbatana com bar bacana; nem intemerato com intimorato; nem cadafalso com catafalco...

Não confundir um verso de Schmidt ("Se chegasse à tua casa, o tímido olharia") com esta hipótese perturbadora: se chegasse à tua casa o time do Olaria...

Não confundir North Dakota com South Dakota (ambos ao norte dos Estados Unidos) e nem confundir North Carolina com South Carolina (ambos ao sul dos Estados Unidos). Não confundir *crown* (coroa real) com *wreath* (coroa de defunto). Não confundir René Lalou com Jean Cassou.

Uma vez, pus um bando de lagostas voando sobre o deserto porque confundi *langosta* (gafanhoto) e *langosta* (lagosta).

Não confundir *thief* (ladrão) com *chief* (patrão), ainda que seja verdade muitas vezes. Nem confundir José Geraldo Santos Pereira com José Renato Santos Pereira (mas isso é impossível, pois são gêmeos idênticos, e eu os conheço há trinta anos e os confundo resignadamente).

Não confundir *cricket* com *croquet*, nem *croquet* com *croquette*. E não confundir Jean Racine com Louis Racine, Antoine Arnault com Antonin Artaud ou Arnaut Daniel. Samuel Butler (do séc. XVII) com Samuel Butler (do XIX). José Feliciano de Castilho com António Feliciano de Castilho. Francisco García Calderón com Ventura García Calderón. D. H. Lawrence com T. E. Lawrence. Fernando Namora com Joaquim Namorado. F. Schlegel com W. Schlegel. Silva Alvarenga com Silva Dias, Silva Dias com Silva e Orta, Silva e Orta com Silva Jardim, Silva Jardim com Silva Lisboa, Silva Lisboa com Silva Ramos, Silva Ramos com Silva Ramos, pois há dois: um filólogo meio poeta e um poeta meio filólogo.

Por essas e por outras é que a gente acaba doido (ou doudo).

Manchete, 14/07/1962
Publicada com o título "Difícil e enjoado na vida"

Tipos exemplares

A ciência da chateação, segundo certa corrente moderna, apresenta três princípios básicos: o homem nasce com a tendência natural de exercer a chateação; a chateação é uma exorbitância, tolerada, dos direitos do homem em sociedade; em determinadas situações, todo homem é capaz de produzir chateação.

Em outras palavras: só a força de vontade diminui em nós a chateação inata, compulsiva; não há leis naturais contra a chateação; o Evangelho legislou com profunda sabedoria ao falar: ama o próximo como a ti mesmo; a chateação é uma espécie de *struggle for life* da organização animal mais adiantada; reduzir a nossa capacidade de aborrecer o próximo ao mínimo é um resultado de esforço pessoal; chatear, muitas vezes, é um acontecimento exterior à própria vontade de quem chateia.

A ciência pode ainda ser resumida em uma única frase: damos o nome de chato ao indivíduo que produz um tipo de chateação diferente do nosso.

A classificação de todos os tipos está ainda muito incompleta, mas poderemos apresentar algumas figuras bastante caracterizadas, a título de curiosidade.

Há um tipo de gente que não te deixa contar vantagem. Se viste a Kim Novak, ele jantou com ela. Se vais a Paris no ano que vem, ele vai dar a volta ao mundo na próxima semana. Se ganhaste algum dinheiro, ele está milionário. Se lhe contas, pelo contrário, que andas perdendo dinheiro, ele está na mais negra miséria. Se viste uma senhora desmaiar na rua, ele viu uma velha a despencar-se do edifício da *Noite*. O tipo é denominado NEC PLUS ULTRA.

Há um tipo chamado APERTO LIBRO ou DIABOLICUS. É o sujeito que te fala exatamente as coisas que não desejas ouvir no momento. São terrivelmente intuitivos. Se estás justamente voltando do médico, ele pergunta: "Como é; ficaste bom da úlcera?". O DIABOLICUS te põe a par de todas as conversas nas quais falaram mal de ti.

O tipo amoroso, afetivo, chama-se AB IMO PECTORE (do fundo do peito). Traz um eterno elogio nos lábios. Pergunta pela patroa e pelas crianças com exemplar regularidade. Faz um ar de extrema compaixão se lhe dizes que o Pedrinho anda meio resfriado. Não admite de maneira alguma que lhe pagues o café. Tem a respiração triste, audível, e o olhar é lânguido.

HABEAS CORPUS é o tipo que, depois de uma hora de conversa, na qual se explica um assunto sem interesse, dá uma folga e se despede. Pois, mal chega em casa, o telefone toca: é ele que retorna ao assunto pelo fio.

O tipo essencialmente ativo e inquieto apelida-se IN ACTU. Enrola e desenrola sua gravata enquanto fala, segura tua mão, enlaça-te a cintura, sacode teu ombro, dá pancadinhas no teu peito.

O PER JOCUM é também conhecido por BY JOKE, pois se trata de um chato muito difundido na América do Norte. É o cara que esguicha água nos teus olhos com a flor da lapela, dá choque com a mão, puxa a cadeira quando vais sentar, assusta as pessoas com uma cobra de cortiça etc. É um sujeito intenso e difícil.

AURA POPULARES é o tipo especial dos sujeitos levados à política através da popularidade granjeada em outras profissões.

DE GUSTIBUS é o tipo do chato que, depois de exprimir asneiras a respeito de arte, cita exatamente o provérbio: *"De gustibus et coloribus non disputandum"*.

O camarada que diz segredos aos ouvidos de todo mundo, pedindo discrição, alegando fonte secreta e fidedigna, é chamado INTER NOS ou AQUI PRA NÓS.

AD OSTENTATIONEM é o sujeito que diz: "Por que não largas esse teu emprego e fazes como eu? Só no mês passado ganhei quatrocentos e cinquenta mil cruzeiros sem fazer força!". Há inúmeras variantes.

Do tipo inquisitorial se diz IN SOLIDO. São os que fazem perguntas assim: "Quanto achas que custa um carregamento de tomates de caminhão de Friburgo até Niterói?". Se respondes que não tens a mínima ideia, ele te fixa implacavelmente nos olhos: "Podes fazer um cálculo". Não te deixa enquanto não respondes.

INTELLIGENTI PAUCA é o tipo que não fornece dados suficientes à compreensão daquilo que dizem. Tipo de penosa dialogação. Morou?

Os formalistas, os que se exprimem através de frases feitas, são chamados IPSIS LITTERIS. De polidez enervante e um convencionalismo verbal desesperador. Não usam galicismos e palavras plebeias. Empregam sistematicamente os sinônimos incomuns das palavras usuais. Nunca dizem "recebi sua carta", mas "chegou a mim a sua missiva".

AD USUM são as pessoas que, ao visitar um amigo, dizem logo: "Que apartamento simpático!". Para eles, o menino "já está um homem" e a menina "já está uma moça". Ao contrário dos

IPSIS LITTERIS, convencionais da forma, são os convencionais do conteúdo.

EX PROFESSO é o tipo que te proíbe qualquer palpite sobre um determinado assunto porque ele conhece isso de dentro para fora.

O NÃO ME TOQUES latiniza-se NOLI ME TANGERE. É a mulher que passa com o chamado decote atrevido e, quando, cedendo à curiosidade natural da espécie, arriscamos um olho, ela faz uma cara de vilipendiada. É perigosa. Incita o marido a brigar.

Chama-se QUALIS PATER a chateação que se repete de pai para filho.

SUI GENERIS é qualquer tipo inclassificável.

Por fim, dá-se o nome de POST MORTEM ao chamado de qualquer tipo que tenha o hábito de baixar em sessões espíritas.

Manchete, 30/07/1960

Lagartixa

Sinto nojo e medo de lagartixinha doméstica, acabei odiando o pobre bicho. Outro dia vi um menino brincar com uma, das menores por sinal, e estremeci como se a criança estivesse a catucar um violento jacaré.

Meu apartamento vinha sendo a residência de três enormes lagartixinhas. Noites maldormidas. Pensei: preciso matá-las para livrar-me do receio de que me caiam na cara durante o sono.

Ontem liquidei duas!

A primeira foi mais difícil. Para começar, fitei-a longamente, como a convencer-me de minha superioridade física e moral. Armado de um cabo de vassoura, aproximei-me cauteloso, enquanto ela me olhava, a duvidar de minhas reais intenções. Não é possível — concluiu — que este sujeito vai me dar, a mim que nada lhe fiz, uma cacetada. Como eu continuasse avançando, recuou um pouco, mas, pejando-se da covardia, tornou a refletir que eu não teria motivos para maltratá-la.

Seu nobre raciocínio custou-lhe o rabo, o rabo porque, no desconcerto da emoção, o golpe desviou-se alguns centímetros do alvo. Enquanto o rabo — momento puro de misterioso terror — estertorava no chão, a bichinha esgueirou-se pela parede, ocultando-se atrás de um móvel. Os saltos do rabo solitário me acabrunhavam. Senti meu valor desfalecer. Agora, no entanto, o problema era outro: tratava-se, piedosamente, de livrar a lagartixa daquele rabo inquieto, ou seja, destruir a lagartixa aleijada. De que vale uma lagartixa sem rabo? De que vale um rabo sem lagartixa? Afastei o móvel, tive a impressão triunfante de que ela fremia de horror.

Desferi o segundo golpe com tal confusão de sentimentos que a infeliz ficou descadeirada. Tonta, sem noção do perigo, começou a arrastar-se penosamente pelo rodapé, desgraciosa e lenta. Com a terceira bordoada, estrebuchou de barriga para cima. É cadáver, respirei.

Coisa nenhuma. Ao remover o corpo, fui surpreendido por um pulo que a colocou de novo, toda estragada, na posição normal. Veio-me um frio ruim à espinha. Tive vontade de sair, dar uma volta pela praia, tomar um conhaque. A essa altura, entretanto, já não podia permitir a mim mesmo fraquezas dessa espécie. O tiro de misericórdia (ai de mim) teria liquidado um gambá.

O assassinato da segunda (a verificação chocou-me bastante) foi incomparavelmente mais fácil. Menos emocionado, já meio habituado ao crime, desferi apenas dois golpes furiosos e fatais.

Joguei os corpos no lixo, e estava a escrever isto, quando alguém, lendo por cima de meu ombro, corrigiu a minha ignorância em dois pontos: primeiro, que lagartixa dá sorte; segundo, que, decepado o rabo de uma lagartixa, cresce-lhe outro. Assim sendo, quanto ao rabo retifico logo: uma lagartixa sem rabo, a longo prazo, vale uma lagartixa inteira. No tocante à sorte, quero dizer que o extermínio das duas inocentes parece que me ajudou muito a libertar-me do medo. A terceira lagartixa, ausente na hora da matança, pode ficar agradecida ao sacrifício de suas irmãs. E se ela me der sorte, eu lhe pouparei a vida.

Vanguarda, 30/05/1950
Publicada com o título "A lagartixa"

Bandeirantes, funcionários e angustiados

A humanidade se divide em três categorias: bandeirantes, funcionários e angustiados. Também todas as coisas do universo se dividem nas três categorias.

Há em todos os seres um princípio bandeirante, um princípio funcionário, um princípio angustiado — predominando a diretriz mais forte. Filósofos, poetas, estadistas, soldados, operários, comerciantes e industriais podem pertencer a qualquer uma das três categorias. Só os exemplos elucidam.

Cristo é um bandeirante de altíssimo grau. Os políticos, quase todos, são funcionários. Os poetas, quase todos, são angustiados. Mas Whitman, por exemplo, foi um poeta bandeirante; Hitler foi um político angustiado; as religiões, bandeirantes de saída, acabam funcionárias.

Às vezes as três forças se revezam em uma só criatura: Rimbaud foi bandeirante, depois angustiado, acabou funcionário.

Não há ser humano que não tenha dentro de si as três compulsões.

Se uma grande empresa souber assinalar a categoria dos candidatos a empregos, seu problema de qualificação básica estará resolvido. Mesmo o homem de predominância angustiada, é de se lembrar, será preferencialmente útil em muitas funções: as que dependem de inventiva, por exemplo.

O Brasil sempre foi um país originalmente bandeirante dominado pelos funcionários. A força funcionária é muitas vezes útil ou indispensável; no caso das entradas e bandeiras, por exemplo, o bandeirantismo do empreendimento resultaria em desordem não fosse a contrapartida funcionária da organização. Mas há casos nos quais a força funcionária pode sufocar uma ação bandeirante.

A beleza é bandeirante. A morte é angustiada mas possui uma forte contingência bandeirante. O serviço fúnebre, claro, é funcionário.

As ortodoxias são funcionárias, mas o católico Chesterton foi um bandeirante. A arquitetura é uma ciência funcionária, mas quando procura ser mais bela é uma arte bandeirante.

Os objetos em geral são funcionários, mas podem ser vistos sob um ângulo bandeirante. O firmamento é bandeirante. O mar é o grande bandeirante. A música é bandeirante em si, mas os fabricantes de música são funcionários.

O bandeirante *vai em frente*; o funcionário *fica*; o angustiado *circula*.

O círculo é a imagem perfeita do angustiado perfeito; a espiral pode ser a imagem perfeita de um angustiado imperfeito.

A seta simboliza o bandeirante.

O ponto é o funcionário.

Teilhard de Chardin, como Karl Marx, é um bandeirante inconsútil.

A linguagem é bandeirante, mas a gramática é funcionária. O anacoluto é angustiado.

Diante de uma estrutura funcionária sentir a vontade de

mudá-la é o natural do bandeirante; ver uma dinâmica bandeirante e sentir a vontade de aquietá-la é o natural do funcionário; não suportar estruturas, nem as estáticas nem as dinâmicas, é o natural do angustiado. O ideal do funcionário é o óleo que lubrifica, o verniz que dá brilho, o pano que limpa por cima.

O goleiro é um funcionário que corre risco em suas inelutáveis excursões bandeirantes. A linha de zagueiros também é funcionária. O meio de campo consciente utiliza-se dos dois princípios; o ponta de lança que não for bandeirante nega seu destino.

O banqueiro é funcionário, mas o capital, em si mesmo, é bandeirante.

Os animais muitas vezes se definem claramente: a baleia é bandeirante, como as aves migradoras, os peixes, os cavadores de galerias etc.; a formiga, o boi, o burro, são funcionários; o falcão e a mosca são angustiados; os cães, tal qual os homens, podem participar das três categorias.

A ambição, mesmo a de pior qualidade, é bandeirante. A inveja é angustiada. O álcool é bandeirante, mas o bêbado pode ser angustiado e até funcionário. O amor é bandeirante mas acaba funcionário ou angustiado. O tempo é bandeirante, o relógio é funcionário, e a nossa reação diante dele é angustiada.

Da luta entre os espíritos bandeirante e funcionário nasce o espírito angustiado, que pode também nascer do equilíbrio entre os dois. O angustiado tanto pode ser síntese quanto o produto entre os outros dois fatores. O angustiado é quase sempre um bandeirante que por algum motivo perdeu o sentido reto e caminha dentro de um círculo: o psicanalista é um desentortador de curvas.

As noções de Céu, Purgatório e Paraíso são funcionárias; o símbolo dos três estágios é bandeirante; o conhecimento deles pode ser angustiado.

Toda estrutura funcionária tem por origem um princípio bandeirante ou angustiado, inclusive o funcionalismo público.

"Ver o mundo no grão de areia" é uma visão bandeirante; repeti-la sem responsabilidade espiritual é um gesto funcionário.

O discípulo é de natureza bandeirante; o mau professor é funcionário; a relação entre os dois costuma ser angustiada.

O angustiado quer eliminar a área de atrito entre o bandeirante e o funcionário. Sabe que há dentro dele o bandeirante e o funcionário, e não suporta isso.

Suprema habilidade bandeirante: descobrir que a pedra, funcionária, é na realidade bandeirante. Pois na verdade todo o reino natural é bandeirante. A própria tragédia terrestre é bandeirante. Mas pouca gente sabe disso. E, quando o sabe, não se liberta necessariamente da angústia.

Manchete, 10/08/1968
Publicada com o título "Três princípios universais"

Manchetes mestiças

Brasil pede ao FMI tempo pra fazer necessidade em Peraí.

O F do I garante garantir a M do FMI!

Morreu ontem ao entardecer o mar do Leblon.

Ipanema em estado grave.

Atropelado ressuscitou e atirou-se de encontro a uma carreta!

Brasile è mobile.

Eureca! — bradou, empunhando mais ou menos a espada o marechal Deodoro, jogando-se da bandeira privada ao laguinho público do Campo de Santana.

Au Brésil l'État c'est le mois.

Le Brésil n'est pas un pays sérieux. Tant mieux!

Vitam impendere vero. Ma non troppo.

Dominus vobiscum — breque do novo samba do Crioulo Doido.

Zecola juntou a moçada no terreiro pra contar o samba-enredo que ia abafar o Carnaval: O poema inda não bolei, mas já descobri o breque e não abro: *Tem mulher morta na Variante*.

To be or not to be — vai cantando o bem-te-vi.

Yo no creo en brujerías... Creo en transas monetárias... creo en periódicas urticárias... creo en mala suerte bancária... creo en Maria Candelária...

Pianista baleado na Barra ao voltar a si.

* * *

Vestiu uma camisa amarela e, em vez de tomar chá com torrada, tomou heroína.

Porto Seguro, 22/4/1500 — Acaba de aportar a esta enseada o almirante luso Pedro Álvares, que virá a ser Cabral após o pensamento de seu excelentíssimo genitor. O navegador não trouxe na comitiva qualquer membro de sua família.

No duelo de Id e Ego, quem ganhou foi o padrinho — um psicanalista.

E Caramuru, batendo nos peitos, disse aos portugueses que o cercavam: "*Me*, Tarzan!". E os portugueses, para ele: "Tem piada, sr. Diogo, tem piada!".

Quando Montaigne viu os índios do Brasil em Marselha, criou o grifo que se tornou famoso: "*Que sais-je?*". Em inglês claro isto significa: "Há mais coisas entre o céu e a terra, meu querido Horácio, do que sonha a nossa vã filosofia". Em alemão claro: "Esta salsicha de Viena tá com gosto de torta capixaba!". Em espanhol claro: "Onde anda Sancho Pança?". Em português português: "Vamos almoçá-los antes que nos ceiem!".

Em tocante festa no Parque Ibirapuera, em São Paulo, dedicada à Criança, Severino Raimundo Ribamar da Silva, de sete anos de idade, ao receber um troféu e o título de Menino-Padrão, foi apresentado à Vaca e ao Copo de Leite. O troféu simbólico, cinzelado em prata, é uma alegoria ao passado pecuário do Brasil, tendo por incentivo cívico uma alusão latina à nossa bacia leiteira, com as figuras de Rômulo e Remo a mamar nas tetas da Loba de Roma, cultural convocação juvenil à imorredoura e maternal vitalidade da nossa herança greco-romana. O bojo do troféu (ou bacia) desenrola, em fino lavor, a topografia do Brasil pojado de Leite, a explosão da Via Láctea (Ave! Bilac!) e, por fim, a avacalhação geral. A base da bacia, com o máximo rigor naturalista, reproduz um Pé-Duro, orgulho da criação nacional. O jovem agraciado, depois de sorver o Copo de Leite, pediu à sra. Mãe do Prefeito para ir ao banheiro. Ao voltar, vinte minutos depois, pediu desculpas à Comissão de Mães, esclarecendo: "Esse troço me deu um troço". Os presentes de bom humor discretamente se divertiram com a desavisada diarreia do Menino-Padrão.

Em Coelho Neto, uma servente escolar, grávida, às dezessete horas da tarde de ontem, fez um verso irregular: — Ser Mãe é ter dor de barriga na fila do INPS!

Anchieta escrevia na praia poemas em latim porque os índios não sabiam português.

O Bacharel de Cananeia nunca abriu um escritório porque a advocacia já não dava: clientes, poucos; cruzados, muito pouco; direito, nenhum.

Se Alberto de Oliveira tivesse sido palmeira num píncaro azulado, há muito que já teria sido serrado ou queimado.

O Brasil tem um litoral de oito mil e quinhentos quilômetros de óleo diesel.

— Independência ou IBGE! — bradou dom Pedro na beira do Ipiranga. — I-B-G-E! — clamaram em coro os dragões del-Rei.

Os óculos passam a custar quatro dólares e meio mais que os olhos da cara.

EPITÁFIO: Nascer, nasceu em Monte Azul, Minas Gerais. Morrer, morreu por aí pelas redações de jornais.

Duelo de bala entre duas garotinhas em Campo Grande!

A palavra da Tecnologia: — Vamos acabar com os rios poluídos e transformá-los todos, sem exceção, em rios poluentes! Poluentes!

Torturador declara *in extremis*: — Deus, que é Deus, sabe que sempre defendi os Direitos Humanos de meus superiores.

O que mais desjunta é a conta conjunta.

Freud é Freud, e o psicanalista é Maomé, disfarçado de Alá.

Em Piabetá, RJ, três subversivos devoram a filhinha duma leitoa!

Quando chegou ao Brasil o segundo navio negreiro, os passageiros julgando que tinham regressado ao porto africano, exclamaram aliviados: *"Hom', sweet hom'!"*.

Jornal do Brasil, 25/01/1987

Medo de avião

Uma vez, depois de ter narrado para amigos um acidente quase fatal, arrematei dizendo que estava vivendo de graça há mais de quinze anos. Meu filho, presente, perguntou por quê. Respondi que eu já podia ter entrado pelo cano... eu e ele. "Eu também estava no avião?" — perguntou o garoto. "Não, eu é que ainda não era casado." O menino fez uma cara chateada e metafísica: "Não, eu não entrava não". Os amigos se riram da vontade que ele tinha de viver. O garoto, dramático, falou com uma certeza furiosa: "Eu dava um jeito de nascer de outro pai".

Foi em 1946 ou 1947. Tempo fechado no fim de uma tarde, sobrevoávamos o Rio, em um avião norte-americano de transporte de tropas. Voltávamos da cidade mineira de Bocaiuva, onde havíamos presenciado um eclipse total do Sol. O avião, informado pela torre, já se preparava para furar as nuvens terrosas e aterrissar. Dentro do aparelho, além de professores, éramos uns poucos jornalistas: José Guilherme Mendes, Otto Lara Resende, Nertan Macedo, eu.

Escrevia tranquilamente a reportagem do eclipse, quando,

de repente, não mais que de repente, o avião caiu e eu subi. Subi com todos os outros companheiros (menos o José Guilherme, que sempre viajava amarrado) e nos chocamos duramente contra o teto do aparelho. Mas o avião não parava de cair. A queda é um átimo em câmera lenta. Enquanto caía, o fio de consciência que me restava só fazia um pedido: esborrachar logo contra o chão, encurtar a agonia. Não sei por que me passou também pela cabeça a ideia insensata de que iríamos explodir ali por perto do Obelisco. Mas os motores roncaram outra vez, o avião descreveu uma parábola para baixo e galgou para mais alto. Aguardando uma segunda queda definitiva, demos conta de que havia feridos a bordo. Narizes que sangravam, braços torcidos, ombros traumatizados. A mim, por sorte, doía-me apenas a parte do corpo providencialmente acolchoada. Um professor de astronomia, com a clavícula partida, e Otto Lara Resende, com a cabeça trincada, eram as duas vítimas de maior seriedade. Otto, mais pálido que a palidez, foi recolhido do chão e colocado em uma maca, de onde ficou nos olhando com uns olhos relampejando de espanto. Por nossos olhos devia passar também o mesmo relâmpago. Porque, na verdade, não tínhamos a menor ideia do que acontecera, e esperávamos, dessa vez com um medo refletido, o mergulho no abismo. O comandante, não o piloto, um americano meio gordo e bonachão que atendia pelo nome de Major Burlando, enquanto providenciava os primeiros curativos para os feridos, explicou-nos sumariamente que perdêramos a rota e nos dirigíamos a Belo Horizonte. Só meia hora depois nos contou que o nosso avião andara tirando fino em um avião comercial, e que, para evitar a colisão, nosso piloto desatacara bruscamente o motor, embora pouco esperançoso de reequilibrar de novo a aeronave.

Chegamos a Belo Horizonte já bastante tarde. Surpreendeu-me que a primeira iniciativa da tripulação fosse percorrer as asas do avião para investigá-las. Disseram-nos que a coisa tinha sido a uma distância mínima. Só mais tarde soube que de fato batemos no outro avião, e que este nos cortara o fio do rádio e amassara um pouco uma asa do nosso. O Major Burlando nos disse logo, rindo-se, que, se não existissem condições de pouso em Belo Horizonte, teríamos de ter saltado de paraquedas, pois a gasolina chegara ao fim.

No dia seguinte, pela manhã, voltávamos ao Rio. Com a exceção do Otto, que ficou de cama, com a cabeça quebrada.

A aventura cortou para sempre a carreira de um entusiasta da aviação, o Otto. Dentro de um avião, este se portava, até aquela data, com uma inconveniência admirável, divertindo-se em amedrontar amigos e conhecidos. Pois terminou ali a carreira do gozador, que amava até as tempestades no ar e se ria a valer com a *paura* dos outros.

Hoje, os amigos que conhecem o pavor aéreo do Otto não são capazes de imaginar o antigo herói, uma espécie de Saint-Exupéry-Macunaíma dos aviões de carreira. Mas cá estou eu para dar testemunho.

Contarei apenas um caso. Todos conhecem o poema "Morte no avião", de Carlos Drummond de Andrade: um homem acorda, toma banho, veste-se, sai para a rua, vai a um banco, passa em escritórios, almoça um peixe em ouro e creme, compra um jornal, tem dor de cabeça, toma um comprimido, vai em casa, toma um táxi, chega ao aeroporto, entra no avião, decola, voa sobre os negócios e os amores da região, rola de repente pulverizado e se transforma em notícia.

Esse poema tinha acabado de sair no suplemento do *Correio da Manhã*. Otto recortou a poesia e levou o recorte ao aeroporto, onde embarcávamos para Belo Horizonte. A nosso lado, vieram sentar-se o sr. Juscelino Kubitschek, então deputado federal, e o sr. José Maria Alkmim. O primeiro a quem Otto passou o intimidante poema foi o sr. Juscelino Kubitschek, que achou os versos muito bonitos e os estendeu logo ao sr. Alkmim, cochichando para nós: "O Alkmim morre de medo". De fato, logo à leitura das primeiras linhas, o deputado, que por sinal é de Bocaiuva, franziu a testa e não quis mais nada, devolvendo o recorte como quem repele uma condenação à morte: "Isso não é brincadeira que se faça". O sr. Kubitschek se ria às gargalhadas. O Otto Lara Resende também. Pois isso se deu antes do eclipse de Bocaiuva.

Manchete, 11/04/1964

Manual da perfeita bobice vocabular

DO VERBO — A Pátria? Lateja em nossos corações. A moral? Vilipendia-se. A fé? Remove montanhas. A saudade? Dilacera. As estrelas? Tremeluzem.

DO ADJETIVO — O pracinha? Bravo. O corcel? Veloz. As Parcas? Implacáveis. Os insultos? Soezes. A vaca? Plácida. A historieta? Fescenina. O artista? Renomado. O momento? Culminante. O ébrio? Inveterado. A brancura? Virginal. O erro? Crasso. Os prados? Verdejantes. A saudade? Pungente.

DO SUPERLATIVO — O céu? De um azul puríssimo. O impacto? Violentíssimo. O dever? Amaríssimo. A vingança? Crudelíssima. A flor? Belíssima. O poeta? Inspiradíssimo. O inimigo? Acérrimo. A missão? Aspérrima. O solo? Ubérrimo. O servo? Fidelíssimo. O cristal? Fragílimo. O estilo? Castigadíssimo.

DA LOCUÇÃO ADVERBIAL — Ele sabe português? A fundo. O sangue jorrou? Aos borbotões. O assunto? Não veio à baila. E a chuva? Caía a cântaros. E os boêmios? Vagam pelas ruas a horas mortas. E as benesses? Distribuem-se a mancheias. E ele decidiu? A seu talante. E o rico vive? À tripa forra. Eis senão quando... ele entrou de mansinho.

DO U'A — Foi quando irrompeu na rua u'a mulher nua. E a mãe? U'a mãe é sempre u'a mãe. U'a mão escreve u'a mão. U'a mão lava u'a mão.

DOS PURISMOS ABERRANTES — Nasóculos. Ludopédio. Cinesíforo.

DO AMERICANISMO — *Weekend* (fim de semana). *Short-story* (conto). *Party* (festa). *Gin* (djin).

DAS TERNURAS HUMILHANTES — Uma professorinha. Uma pobre negrinha. O pobre coitado de um contínuo.

DO GENITIVO — As flores d'alma. Uma garganta de ouro. A harmonia das esferas. O golpe da sorte. O fel da vingança. A encruzilhada do destino. O soldado coberto de glórias. Uma vênus de ébano. A isenção de ânimo. A nudez da verdade. Os celeiros da fartura. Os apelos da carne.

DAS COMPARAÇÕES — Branco como a neve. Feliz como um rei. Louro como o sol. Puro como um sorriso de criança. Belo como um sonho.

DA SENTENÇA LATINA — *De gustibus et coloribus non disputandum. Vanitas vanitatum, et omnia vanitas. Mens sana in corpore sano. Alea jacta est. Memento homo, quia pulvis es et in pulverem reverteris.*

DO APORTUGUESAMENTO IRREAL — Dizer ou escrever "garção", e não "garçom".

DA ANTONOMÁSIA — O Águia de Haia (Rui). O Poeta da Pedra (Carlos Drummond de Andrade). O Corso (Napoleão). A Terra das Tulipas (Holanda). O País das Valsas (Áustria). O Império do Sol Nascente (Japão). A Loura Albion (Inglaterra). A Península Bótica (Itália).

DA METONÍMIA — Em lugar de Exército, espada. Em lugar de mar, Netuno. Em lugar de morte, Parcas. Em lugar de guerra, Marte. Em lugar de imprensa, o Quarto Poder. Em lugar de cão, o melhor amigo do homem.

DA MESÓCLISE — Dir-me-ias a verdade?

DA ÊNCLISE — Fê-las você mesmo? Fi-las.

DO NO — Não no-lo negueis.

DO MO — Foi meu amigo quem mo contou.

DO MUI — Ela é mui gentil.

DO PARTICÍPIO IRREGULAR — Ele foi corrupto pelo poder. Devoluto o livro... Tendo enxuto o rosto...

DAS IMPOSTURAS CIENTÍFICAS — Diastase. Síndromes. Enzimas. Ácido acetilsalicílico. Semiologia. Cefalalgia. Nictóbata.

DAS FORMAS SINCRÉTICAS — Absurdidade. Tesoiro. Cobarde. Registo.

DAS METAS (tendência para palavras difíceis) — Metátese. Metafrasta.

DA SINONÍMIA PRECIOSA — Apêndice nasal (em lugar de nariz). Missiva (carta). Iluso (iludido). Lentescente (úmido). etc. etc. etc. etc. etc. etc. etc. etc.

Manchete, 22/10/1960

Férias conjugais

Na primeira vez em que apareceu sozinho os amigos repetiram a cansada malícia.
— Então, solteiro, hein!
Mas ele sorriu enigmático e puro como se houvesse recuperado a virgindade.

Durante uma semana, viveu venturoso como um rei. Sentia-se dono de um poder extraordinário e não queria gastá-lo.

Deixava-se embalar na volúpia da liberdade. Podia chegar tarde, levantar a qualquer hora, jogar cinza no tapete, ouvir a vitrola no máximo, bebericar com os amigos depois do trabalho, tudo...

Funcionou durante uma semana essa tranquilidade régia. Depois, as providências tomadas pela mulher começaram a falhar. A geladeira esvaziou e começou a pingar água. Deu dinheiro à empregada para comprar novas provisões, e ela abarrotou a casa com um desperdício de alimentos. As frutas apodreciam. O jornaleiro, por falta de pagamento, deixou de levar-lhe os jornais. O telefone, também por falta de pagamento, foi cortado. Uma velhinha, que vendia biscoitos, levou a manhã inteira conversando com ele. Cúmulo do azar, a empregada desapareceu. Teria morrido atropelada? Teria levado as joias? Não havia ninguém para atender a porta. Não tinha camisa limpa, a tinturaria não trazia o seu terno. Foi fazer café e queimou a mão. Doido de fome, quis fritar um pedaço de linguiça e o fogão explodiu.

Seu reinado foi entrando rapidamente no crepúsculo. Estava ilhado e feroz entre as coisas que se desmantelavam.

Outro dia, finalmente, acordou cercado de água por todos os lados. Tinha na véspera deixado a torneira aberta, caso a água chegasse enquanto dormia.

Trocou de roupa, meteu os pés na água, contratou com o garagista a drenagem da casa, bateu apressado para a primeira agência de Correios e Telégrafos: "Morto de saudade volte o mais breve possível ponto beijos".

Manchete, 17/04/1954

Como! Como!

Como a vida é lenta! Como a esperança é violenta! Como o Guilhermão era poeta! Como a cidade está cheia de buracos! Como o Juscelino é simpático! Como as memórias do Nelson estavam interessantes! Como ele empacou no Mangue! Como está caro o camarão! Como existir é difícil! Como me parecem estéreis os usos todos desta vida! Como deixaram de me comunicar a morte de Dolores! Como dói a minha cabeça! Como dói o meu joelho!

Como a medicina entende tão pouco de joelho! Como o vício do fumo é uma droga! Como a Caixa Econômica é enjoada! Como a tarde de maio é bela! Como é bacana a Claudia Cardinale! Como é que o Roberto Campos bateu nossa carteira! Como eu adoro aipo! Como estava bom, o dourado que me enviou o Austregésilo de Mendonça! Como eu gostaria agora de estar em Ouro Preto! Como como! Como como sobretudo em Ouro Preto! Como eu comeria muito mais se eu acreditasse em comer! Como Ouro Preto é *chic*! Como eu gostaria da tarde sem fazer nada! Como eu iria na boca da noite olhar Mariana! Como a poesia de Alphonsus é triste! Como seria bom ficar batendo papo com Lili e Ninita! Como o Ivã é calmo! Como o André ficaria dormindo no quarto ao lado! Como a noite teria mais estrelas!

Como é demais ser alérgico! Como a esperança vinha sempre após a pena! Como é inteligente e tranquila a carta que uma senhora me enviou de Brasília! Como é bom bacalhau alto bem-feito! Como como! Como é bom queijo e vinho! Como estou envelhecendo! Como a Dolores foi das mais honradas criaturas que passaram por aqui! Como ninguém mais fez pés de moleque como a Dolores! Como vivo inundado de lembranças! Como sou boboca!

Como dói de novo! Como Carlos Drummond é poeta! Como eu me lembro do Schmidt descendo de um carro com o cravo rubro na lapela cândida! Como gostava de salsichas o Schmidt! Como é densa cada palavra da prosa de Borges! Como Chesterton foi um homem fabuloso! Como era verde o meu vale! Como é bom escrever brincando! Como é que mataram o presidente Kennedy! Como é que o Aldous Huxley foi morrer no mesmo dia! Como era alto o Aldous! Como é que eu vou fazer para ir à cidade com este joelho do tamanho de um mamão! Como elas eram belas! Como eram distantes! Como ficaram murchas! Como tudo nesta vida nasce das humilhações! Como a gente só pode mover-se na direção de um fantasma! Como doeu o meu joelho!

Como tudo chega ao fim! Como seria bom já ter chegado ao fim em Ouro Preto! Como a gente confunde a cor do céu com o cheiro de mato! Como eu iria andando pela estrada beijando o anjo do crepúsculo!

Manchete, 20/05/1967

Congelamento

As pessoas que se apresentam deveriam possuir mais rigor químico: *solteiro efervescente de 70 mg*... *casado* quantum satis... *divorciada de 70º*... *viúva em suspensão*... E assim por diante.

- A esmola está congelada desde que o primeiro mendigo recebeu a primeira moeda — eis aí uma lição de numismática.
- Aos sessenta e quatro anos e meio, depois de fazer doloroso exame de meus conhecimentos, reprovei-me em todas as matérias, menos asseio corporal (5). Pena que Desengano não faça parte do currículo: ganharia um 10 *cum laude*.
- Elisaaá! Sabe quanto tempo o papa leva se vestindo para a missa de Natal?... Também eu não faço a mínima ideia!
- Moro na cidade de Machado e às vezes passo uma temporada na quinta do Eça.
- Se não fossem aqueles prédios ali, você veria o mar daqui!
- Se o cruzado parar, o presidente do Peru poderá parar o sol.

- Homens, e até cachorros, podem ser cons-pí-cu-os. Criança e poesia, nem pensar!
- Há pessoas que fervem a 36°.
- Por via das dúvidas, certidão de casamento só deveria ser concedida a casal que possuísse curso de enfermagem. Em outras palavras, a família é a célula da saúde pública. Se um cônjuge for dez anos mais velho, o mais jovem teria de apresentar certificado de propedêutica geriátrica.
- Há doenças que matam, há doenças que se curam e há doenças que salvam.
- Quando vi uma cerimônia de pajelança me lembrei logo do dermatologista a rodear ritualmente meu corpo nu.
- Abstinência é uma doença que se cura com o alcoolismo, mas a recíproca não é verdadeira.
- O diabético não assimila açúcar, e o abstinente não assimila ausência de álcool.
- Nunca se casar num dia assim, de um sol assim, quer dizer, na plenitude das funções físicas e psíquicas, e nem na decrepitude das mesmas, mas sempre no *intermezzo* lírico.
- O solteiro é um eleitor em trânsito; não é um estado civil, é um estado de alerta.
- Escrever para passar o tempo é espantar para a cabeça do leitor as moscas do tédio.
- O desengano idoso pelo menos dá algum lucro: acabei mais ou menos indiferente às dores menos exigentes e mais concisas, do tipo picada (de agulha, de emoção, de medo, de remorso, de marimbondo).
- Não sabe tocar gaita de foles o uísque brasileiro; e a nossa vodca não sabe dançar balalaica.
- Embriagar-se não é perder espírito, é assanhar os espíritos da nossa treva.
- Um *valet de chambre* é outro herói no quarto.
- Menino precoce, aprendi a falar antes do cinema.

- Delinquentes atrozes e leis ferozes sempre existiram.
- Nascer com o dom oratório é ganhar um prêmio de consolação.
- A família real é o que há de mais consuetudinário na Inglaterra.
- Racionamento de energia é a medida que falta ao assaltante.
- Um orador de boca cheia é um virtuose de refugos: na cesta de entulhos da literatura vai recolhendo imagens esfiapadas, carretéis perifrásticos, antíteses ruborizadas, prosopopeias trovejantes, metonímias desparafusadas, *clips* enferrujados, anáforas babadas, tmeses tortas, anacolutos malignos, sinédoques descartáveis e demais tropos e trapos de hiperbólica aceitação no mercado paralelo.
- Na primeira quinta parte da nossa carreira profissional, fizemos a nossa obrigação ontem; na segunda quinta parte, fazemos hoje; na terceira, faremos amanhã bem cedo; na quarta, amanhã bem tarde; e aí estamos de saco cheio.
- O homem é um animal desligado. Sempre esquecemos de fazer alguma coisa: na infância (porque ainda não temos a cuca formada); na adolescência (porque se trata duma crise psicológica); na juventude (porque estamos interessados demais no sexo oposto); na maturidade (porque nossas obrigações são múltiplas); na velhice (porque as artérias endurecem).
- Quer um conselho?
- Quero, mas só se for usado.
- Tem ela na vida uma curta e única aspiração: lipo.

Jornal do Brasil, 15/02/1987

Quadros cariocas

Um amigo me faz um convite, muito a propósito, ao encontrar-me na Cinelândia:
— Vamos cortar a juba?
— Topo.
— Então vamos pegar o meu carro.
— Pegar carro? Tem tanto barbeiro por aqui mesmo.
— Tem, mas vamos ao meu barbeiro. Lá na Saúde.
— Mas na Saúde tem boa barbearia?
— Boa mesmo não tem não.
— Ué, então por que ir à Saúde cortar o cabelo?
— Porque o papo dos barbeiros da Saúde é o melhor do Rio.

No botequim da minha esquina, noite de domingo, a turma bebe o Flamengo. Um rapaz peto, chapéu disco voador, já está na quinta geladinha. O companheiro quer impedir que ele complete a meia dúzia.
— Bebe mais não, João.

— Bebo.
— Tá gastando muita gaita, João.
— Te enche, Zé. Dinheiro não vale nada; eu não *valo* nada; deixa as água rolá...

Conversa de lotação entre dois senhores:
— Se você não fumasse, meu caro, viveria muito mais.
— Já vivi o bastante, não tem importância.
— Qual a sua idade?
— Cinquenta.
O outro pensou um pouco, sorriu:
— Pois se não fumasse estaria com sessenta.

Um francês me conta que desembarcou no Rio há uns dez anos, disposto a morar num país tranquilo, onde não mais se ouvisse falar em guerra. Desceu no cais, pegou sua bagagem, arranjou um hotel, e saiu para o seu primeiro contato com a cidade, nada conhecendo sobre esta, nada falando de português.

Passando pela Galeria Cruzeiro, conforme identificou depois, atraiu-lhe a atenção um jornal afixado na banca, a exibir a maior manchete já vista em toda a sua vida. Aproximou-se e não lhe foi difícil descobrir o sentido das palavras gigantescas do título: MOBILIZAÇÃO GERAL.

Suas pernas perderam as forças, o sangue fugiu-lhe do rosto. Que falta de sorte! Ter fugido da Europa para ingressar num país no momento em que este se preparava para a guerra! Era demais, era inacreditável!

Espantava-lhe, no entanto, a indiferença com que os outros liam o texto e se retiravam, despreocupados. Com muito esforço, por analogia, foi captando o sentido da notícia encimada por aquela manchete alarmante. Em resumo, era isto: mobilização geral das donas de casa contra a carestia.

Um homem, não de muita idade, me fala do Rio de Janeiro de seu tempo:
— Eu me lembro de uma época em que as donas de casa sorriam para os fornecedores do bairro. Hoje só há um tipo de senhoras que ainda sorriem para os comerciantes: as senhoras dos próprios comerciantes.

No guichê dum departamento do Ministério da Justiça, um funcionário despachava uma senhorita:
— A senhora tem algum documento que prove a sua idade?
— Tenho, a minha cara. O senhor me acha com cara de mais de vinte anos?
O funcionário sorriu, dispensou outra prova, e houve um momento de desafogo na repartição abafada, porque a moça era bonitinha e simpática. Em seguida, houve um momento de bom humor porque um marmanjo quarentão quis aplicar o mesmo golpe:
— Homem, não, meu velho. O senhor terá de trazer certidão de idade.

Um amigo meu me ensina a diferença entre "chatear" e "encher". Chatear é assim: você telefona para um escritório qualquer na cidade.
— Alô, quer me chamar por favor o Valdemar?
— Aqui não tem nenhum Valdemar.
Daí a alguns minutos você liga de novo:

— O Valdemar, por obséquio.
— Cavalheiro, aqui não trabalha nenhum Valdemar.
— Mas não é do número tal?
— É, mas aqui nunca teve nenhum Valdemar.

Mais cinco minutos, você liga o mesmo número:

— Por favor, o Valdemar já chegou?
— Vê se te manca, palhaço. Já não lhe disse que o diabo desse Valdemar nunca trabalhou aqui?
— Mas ele mesmo me disse que trabalhava aí.
— Não chateia.

Daí a dez minutos, ligue de novo:

— Escute uma coisa: o Valdemar não deixou pelo menos um recado?

O outro dessa vez esquece a presença da datilógrafa e diz coisas impublicáveis.

Até aqui é chatear. Para encher, espere passar mais dez minutos, faça nova ligação:

— Alô. Quem fala aqui é o Valdemar! Alguém telefonou para mim?

Manchete, 17/09/1960

Frases que podem ter dito

— Vou tomar uma cana, que não sou de ferro; se o bispo chegar, diga que tive de ir à jazida buscar pedra-sabão. — O Aleijadinho

— Judas saiu para cear com uns amigos... — A mãe do mesmo, à janela

— Eu não fiz a independência desta choldra para cair nas malhas do capital alienígena! — Dom Pedro I

— O pior de tudo é que nunca mais me livrei da claustrofobia. — Jonas

— Fazer revolução com literato é um negócio... mas derrubar governo sem armamento é o mesmo que extrair dente sem boticão. — O Tiradentes

— Se o pessoal topa mesmo, também topo! — Dom Pedro I para José Clemente Pereira

— Esse menino dá um trabalho! — A mãe de Hitler a uma vizinha

— Tinha a certeza que você acabaria me culpando de tudo. — Adão

— Um dia te dou uma traulitada, que você vai ver! — Caim a Abel

— Tive um sonho, essa noite, que nem eu mesmo entendi nada. — Freud

— E lembrar o vidão que eu tinha em Paris! — Napoleão na Rússia

— Só um louco como eu ia se meter num troço desses! — Napoleão em Waterloo

— Mas que calor de rachar! — Dom João VI, chegando

— Se ao menos houvesse um estádio aqui perto, o domingo não seria tão aborrecido. — Dom Pedro II em São Cristóvão

— Ah, se você pudesse falar comigo à distância! — Heloísa despedindo-se de Abelardo

— Já não é sem tempo! — A mulher de Arquimedes, quando este, deixando os cálculos, se espreguiçou e disse: "Acho que vou tomar um banho"

— Pois eu já sabia disso há muito tempo! — Um amigo de Newton, quando este lhe disse: "Descobri que a matéria atrai a matéria na razão direta das massas e na razão inversa do quadrado das distâncias"

— Se alguém perguntar por mim, diga que eu fui por aí... — Pedro Álvares Cabral despedindo-se da família

— Onde está a bacia de Pilatos?! — Um empregado do palácio, entrando na copa, afobado

— Hoje até parece que ele está doente mesmo! — Um fã

de teatro, assistindo a uma representação do *Doente imaginário*, na noite em que Molière morreu

— O que ninguém quer é terreno em Copacabana! — Um corretor de imóveis no princípio do século

— Se ao menos descobrissem uma pílula! — Malthus

— OOOOraaadooor! — Demóstenes, quando lhe perguntaram o que ele queria ser quando crescesse

— E esse sujeito ainda faz frase numa hora desta! — Um soldado de Leônidas

— Se for levar uma lembrancinha para cada um de meus amigos em Veneza, vou ficar com excesso de peso. — Marco Polo

— Agora você precisa se distrair um pouco: vamos ao teatro! — A sra. Lincoln

— Que nariz feio o desse Alighieri! — Comentário de um florentino ao ver o poeta passar

— Agora você precisa escrever qualquer coisa um pouquinho mais comercial... — O empresário de Mozart, depois que ouviu A *flauta mágica*

— Sócrates é fogo! — Platão embevecido com o mestre

Manchete, 01/07/1967

As eternas coincidências

Quando a gente vai botar um chiclete debaixo da cadeira, encontra outro.

Quando esperamos que uma pessoa acabe de usar o telefone do café ou orelhão, um terceiro entra na fila: o número que ligamos sempre está ocupado.

Quando a gente consegue a ligação de um telefone, ocupado antes durante muito tempo, a pessoa procurada saiu naquele instante.

Quando a gente hesita entre dois táxis, toma o que vai parar na bomba para botar gasolina.

Quando esperamos um sinal verde fresquinho, verificamos que daria tempo para atravessar quatro vezes; quando não esperamos, temos de cruzar a rua correndo.

Quando a gente, já de raiva da difícil caça, empurra um móvel para matar uma barata, cai e se estilhaça um objeto de louça.

Quando a gente vai ceder um lugar no divã para a moça

mais bonita da festa, bate dura e grotescamente com a cabeça na bandeira da janela.

É sempre o casal mais antipático ou sem graça, durante a reunião, que se simpatiza conosco.

Quando a gente se coça na rua, sempre nos cumprimenta a pessoa à qual gostaríamos de causar boa impressão.

Quando a gente discute muito com a mulher a respeito do filme a que se deve assistir, acaba sempre vendo mais um sobre a infindável e carniceira Guerra de Secessão.

Quando esperamos o *telefonema*, entre quatro e seis da tarde, verificamos às seis e meia que o nosso aparelho enguiçou.

Manchete, Coluna "Damas & cavalheiros", 26/04/1952
Publicada com o título "As coincidências cotidianas"

Tarde demais para amar

Compor o título de uma notícia, com número igual de letras em cada linha, é às vezes mais laborioso do que escrever a própria notícia. Dessa feita, o caso era trágico: dois homens de certa idade e uma senhora de cinquenta e três anos tinham se hospedado em um hotelzinho do centro, sem que lhes fosse exigida qualquer identificação. Depois de permanecerem no quarto por algumas horas, os dois homens saíram, dizendo na portaria que iam fazer uma refeição ligeira. À meia-noite, o porteiro foi ver o que se passava e, depois de bater em vão muitas vezes, arrombou a porta, encontrando no leito a mulher despida, em estado de coma. No pronto-socorro, para onde a polícia a transportou, a mulher faleceu, vítima de derrame cerebral ocasionado, segundo os médicos, por forte emoção e excesso de esforço despendido.

Tendo noticiado minuciosamente o episódio patético, o jovem repórter puxou nova lauda para a canseira do título. E acabou por produzir uma espécie de poema truncado, que reproduzimos literalmente:

Velhinhos Transviados Causam a Morte
Tarde Demais
Tarde Demais Para Amar: Velhinhos
Tarde
Tarde Demais Para Amar: Velhinha de Meio Século Após Duas Horas de Amor Morreu
Galãs de Cabelos Brancos Provocam a Morte
Transviados
Velhinhos Transviados Causam a Morte de Dama de Cabelos Brancos: Tarde Demais Para Amar
Tarde Demais Para Duas Horas de Amor
Muito Tarde Para
Tarde
Já Muito Tarde
Tarde Demais
No Crepúsculo Amor
Tarde Demais

Diário Carioca, Coluna "Primeiro plano", 20/08/1955
Publicada com o título "Tarde demais"

O brasileiro tranquilo

Meu amigo Otto, a quem enviei desta página uma carta, preparando-lhe o espírito para regressar ao Brasil depois de quase três anos na Europa, já está no Rio, e devagar vai tomando posse das coisas nacionais.

As novidades que advertidamente lhe relatei o impressionaram menos do que outros aspectos permanentes do modo de ser brasileiro, e dos quais até certo ponto se esquecera. São estes justamente os aspectos que contrastam o modo de ser europeu, recordando-se portanto com nitidez quando se volta depois de longa temporada fora.

Antes de tudo, o que mais o espantou foi a intensa humanidade brasileira, a doçura da gente dentro de uma perfeita desorganização, a unanimidade do afeto nacional ao meio de condições de vida precárias ou hostis. Dois brasileiros que se desconheciam constituem sempre uma hipótese de íntima amizade depois de dez ou cinco minutos de conversa, sem que seja necessária a formalidade da apresentação. Nada mais violentamente antieuropeu do que isso.

Um silogismo de Otto — e esse ele já sustentava para os boquiabertos belgas — é que a cultura é apenas a arte da convivência. Ninguém convive com mais suavidade do que o brasileiro. Logo, o povo brasileiro é muito culto.

Outra tese sua é a de que somos, ao contrário do que espalham por aí, um povo altamente disciplinado, estribando essa convicção no argumento de que povo nenhum do mundo aturaria com tamanha paciência os dolorosos contratempos de uma cidade como o Rio de Janeiro, notadamente o tráfego diabólico. O carioca já devia estar louco ou ter explodido em virtude do enervamento cotidiano; só a vocação da disciplina impede essa catástrofe mental coletiva.

Outro raciocínio seu: tendo-se em conta que a Alemanha é um país dotado de todos os recursos para facilitar a disciplina, e no Brasil, pelo contrário, nada existindo para permitir um mínimo de disciplina, o brasileiro é incomparavelmente mais disciplinado do que o alemão. Na Alemanha, tudo funciona, não sendo vantagem a disciplina; no Brasil, nada funciona, revelando-se mais forte portanto a nossa disciplina instintiva.

Para dar-me dois exemplos da fantástica capacidade brasileira de organizar-se para a desorganização, Otto apelou para a eloquência do senso comum, conseguindo transfigurar banalidades que todos sabemos. O Rio, me disse, é uma cidade que dispõe, como qualquer outra metrópole, de todas as complexas e dispendiosas instalações para o fornecimento de água à população: nascentes canalizadas em distâncias imensas, estações elevatórias, enormes reservatórios para tratamento, vasta rede subterrânea para a distribuição, hidrômetros, além de pias, tanques, banheiros e chuveiros para a devida utilização da água representando uma fortuna em investimentos e manutenção. Tudo perfeito, tudo a provar a capacidade civilizadora do homem tropical, faltando exclusivamente um detalhe: a água.

Outro exemplo: o Departamento de Correios e Telégrafos tem de fato uma engrenagem fabulosa, sobretudo tendo-se em vista a nossa imensidade territorial, de índice demográfico rarefeito. Com todos os seus setores modernizados, cobrindo uma superfície de oito milhões e quinhentos mil quilômetros quadrados, um número fantástico de funcionários, equipamentos os mais diversos, trens sulcando os vales e as montanhas, atravessando lonjuras desabitadas, enxames de aviões cortando velozmente todo o país, camionetas carreando a correspondência nos centros urbanos, carteiros prestimosos a carregar os seus fardos como diligentes formigas, o Departamento de Correios constitui, sem dúvida nenhuma, um inestimável esforço administrativo, um serviço público extraordinário, ao qual só podemos imputar um único e pequeno descuido: a carta não chega ao destinatário.

Nada se resolve no Brasil, afirma Otto, mas sem qualquer irrisão ou pessimismo. Para que resolver? Muito melhor do que a solução é a profunda compreensão que todos demonstram pelos nossos problemas, notadamente nos locais encarregados de resolvê-los. Você tem um processo qualquer em uma repartição pública; o mesmo não será resolvido, pelo menos em tempo hábil. Mas que grande e grata simpatia todos ali manifestam pelo seu caso! Que criaturas compreensivas e humanas aqueles funcionários que não despacham o seu processo! Do chefe de seção ao servente, todos estão prontos a prestar-lhe qualquer obséquio pessoal, exceto, naturalmente, a solução (impraticável) do processo. O processo entre nós não existe para ser resolvido, mas para ser compreendido em toda a dimensão de seu conteúdo humano. Tanto maior o desajustamento humano causado pela insolubilidade do processo, mais intensa a solidariedade. Que admiráveis sentimentos humanos, por exemplo, desperta a pobre viúva que há sete, oito, doze meses vem se esforçando para receber seu montepio! Falta apenas um atestado, um papel, uma assinatura, às vezes nem falta nada, apenas um milagre. Mas que beleza o apoio moral com que todos confortam a velhinha! Que criatura de alma delicada o brasileiro!

Outro caráter nacional que muito impressiona o meu amigo é o poder de vincular pessoalmente as mais impessoais relações. Um motorista de táxi que lhe pediu o dobro da corrida justificou-se, contando-lhe em poucos minutos sua vida atribulada. Garante Otto que até os ladrões e assaltantes do Brasil roubam pensando menos no dinheiro, e sim porque não foram com a cara do sujeito.

Tendo também procurado alto funcionário da Alfândega, que nunca vira mais gordo, verificou que este nada podia garantir-lhe quanto à liberação da bagagem antes de dois ou três meses, no mínimo. Claro que muita coisa se estragará dentro desse prazo. E daí? Como compensação a seus prejuízos materiais, o servidor público estabeleceu imediatamente com o contribuinte (Otto) uma camaradagem imediata e esfuziante, quase impossível de ser encontrada na Europa, mesmo entre velhos amigos. Esse bom servidor (mais da alma pública do que da coisa pública), sentado em cima da mesa do gabinete, serviu-lhe vários cafezinhos, mandou buscar dois picolés no sorveteiro da esquina, contou-lhe anedotas picantes e aflições domésticas, bateu-lhe amigavelmente na perna e no ombro, pediu-lhe que aparecesse de vez em quando para um papo, prontificou-se a emprestar-lhe uma lancha-automóvel aos domingos, desdobrou-se enfim em gestos, não friamente cordiais, mas sincera e profundamente afetivos. E Otto arremata:

— Se naquele momento um inglês entrasse no gabinete e nos visse nesse perfeito entendimento, cairia em estado lírico, a dizer para si mesmo: Que coisa bela é uma amizade de infância!

Manchete, 03/10/1959

A ignorância das crianças

— Papai, o sol é feito de bomba atômica?
— Uma girafa pequenininha, mas pequenininha mesmo, ganha de uma borboleta grande?
— Quando não existia nada, o que é que existia?
— Por que não tem jacaré no mar?
— O que é aliás?
— Deus é mais forte do que Tarzã.
— Se o eco existe mesmo, como é que a gente não vê ele?
— Guerra é uma rua velha com uma cerca furada?
— Tartaruga tem clavica?
— Homem mau só diz bobagem?
— Deus está em todo lugar? Ele cheira a flor com meu nariz?
— A pomba é Deus?
— Por que nos Estados Unidos tem cadeira elétrica?
— Anjo conversa com passarinho?
— Pra comprar um país precisa de muito dinheiro?
— Por que o sol nasce todo dia e a gente só nasce uma vez?

— Por que Deus não faz um barulhinho quando ele sai?
— Gêmeo briga na barriga?

Manchete, 05/09/1959
Publicada com o subtítulo "A eterna perplexidade infantil",
é uma das seções da crônica "Para ler com pressa"

O bom humor de Lamartine

O Nássara me contou que, há muitos anos, estava em um café na companhia de Francisco Alves e Luís Barbosa. O caricaturista era mocinho e queria colocar na praça suas primeiras composições carnavalescas. Os dois outros lhe falaram no talento de um rapaz, fiapo de gente, que deveria chegar. Daí a pouco, Nássara era apresentado a um sujeito magrinho, todo sorriso, mas que não chegava a ter nem mesmo um físico de concorrente. Diga-se de passagem que a música popular andava numa fase transitória, muito pouco brasileira, sofrendo de um pedantismo insuportável nas letras, nas interpretações e na melodia. Chico Alves pede ao moço magro para cantar alguma coisa nova. Lamartine limpou a garganta com satisfação, trauteou a introdução de uma marcha e foi cantando com alegria e sem voz:

Quem foi que inventou o Brasil?
Foi seu Cabral, foi seu Cabral,
No dia 21 de abril,
Dois meses depois do Carnaval.

Nássara deixou esquecidas dentro do bolso as composições que desejava apresentar, e entendeu logo que o moço magro já tinha vencido antes de correr. A música popular estava salva, tinha encontrado o caminho da simplicidade, da jovialidade, do brasileirismo autêntico.

Lamartine Babo foi o sujeito menos triste que conheci. Se alguma vez se queixava da vida era para fazer uma brincadeira. Eu, que sempre me impacientei bastante comigo mesmo e outras pessoas puxadas a triste, explorava descaradamente seu bom humor. Em nossos encontros fortuitos, fosse a que hora fosse, em qualquer lugar, antes de falar qualquer coisa, eu o agarrava pelo braço e pedia: "Mete lá o 'Rancho das flores'". Às vezes, ele alegava pressa ou a impropriedade do local, mas jamais conseguiu (ou quis de fato) escapar. Que havia eu de fazer? Ele dispunha em quantidade generosa do que me escasseava: alegria. Eu, desempregado da alegria, tinha que lhe dar essas "facadas" de bom humor.

Só uma vez o vi preocupado. Lamartine me telefonou e marcou um encontro comigo. Contou-me que na véspera tinha tomado uns uísques com Rubem Braga e uma linda moça americana chamada Maureen. A uma certa altura, buscando "musicar" o nome da americana, inventou ali na hora, para seu próprio espanto, um foxtrote de grande bossa. A jovem, é claro, entusiasmou-se com a composição que inspirara e lhe pediu que trouxesse o fox escrito no dia seguinte. Além do valor da própria homenagem, ela queria fazer fosquinhas com a música em um ex-namorado. Lamartine anotou o telefone dela e prometeu tudo de pedra e cal. Pois o problema, me dizia ele consternado, era apenas o seguinte: ao acordar, lembrou-se logo do episódio e teve medo de não se lembrar da melodia. Tentou assoviá-la e o conseguiu, mas — que vergonha — o fox que pensava ter composto era, de cabo a rabo, uma música americana que fizera grande sucesso em 1928, por aí. E agora? Que iria Maureen pensar dele? Quanto mais ele dramatizava, mais eu me ria. Pensando que eu não estava entendendo a gravidade do caso, começou a trautear o fox, a fim de que eu avaliasse melhor a identidade de seu crime. De repente, parou, bateu a mão na testa e exclamou: "Meu Deus, este fox também é um plágio descarado; isso é de uma sinfonia de Tchaikóvski". E passou alegremente a cantarolar a sinfonia.

Mais um exemplo de seu bom humor. Uma vez, foi a uma repartição dos telégrafos tratar de um assunto qualquer. Enquanto esperava diante do balcão, viu que um funcionário da casa tirava um lápis do bolso e transmitia em pancadas de Morse, para um companheiro ao lado, a seguinte mensagem: "Feio e magro". Lamartine, que já fora telegrafista, puxou também um lápis e transmitiu sobre o balcão a resposta: "Feio, magro e telegrafista".

E ele mesmo me contou animadamente esta história: alguém que se dava o nome de Vera, e dizia ter dezoito anos, começou a enviar-lhe cartas bem escritas e sérias, datadas de Boa Esperança. Impressionado com a inteligência de Vera, com seus argutos pensamentos sobre a vida, Lamartine foi ficando sensibilizado, a imaginação trabalhando, passando da curiosidade vaga a uma atenção quase obsessiva. Respondia às cartas, instigava a moça à discussão dos assuntos mais graves a fim de prová-la. As respostas vinham em estilo caprichado e anunciavam um espírito extremamente perspicaz e profundo para uma pessoa tão jovem.

Apesar de a missivista sempre dizer que o encontro pessoal era impossível, um dia ele não resistiu mais, meteu-se em um trem e foi a Boa Esperança. Recebido com todas as homenagens no clube recreativo local, tratou logo de tentar descobrir a identidade da moça. Nada, ninguém queria dizer nada. Riam estranhamente e não diziam coisa nenhuma. Disposto a não sair dali sem desvendar o segredo, pôs-se a namorar a mais balzaquiana e menos sedutora das moças presentes, dançou com ela, passou--lhe uma conversa em grande estilo, até que a jovem, compadecida e lisonjeada, confessou quem era Vera, a inteligente autora das cartas: o irmão dela.

Antes cair das nuvens que de um terceiro andar, dizia o Machado. Era a pura verdade, o puro anticlímax: o irmão da moça, professor de latim no ginásio, era o autor das bem traçadas. O pior é que toda a cidade, sem exceção, sabia do acontecido e se divertia às custas dele; o professor chegava a ler em público no clube as cartas enternecidas de Lamartine, como também lia, para a gozação geral, as respostas que ia enviando ao enamorado.

Qualquer outro, se não chegasse a dizer uns bons palavrões, pelo menos ficaria arrasado com a grotesca frustração. Mas Lamartine Babo foi um mestre do bom humor. "No trem, quando voltei, me disse, não me dei por achado e fiz aquele 'Serra da Boa Esperança que uma esperança encerra...'." E, rindo-se de si mesmo, repetia em voz alta: "Bem feito, Lamartine, quem te mandou ser romântico?".

Esse era mesmo um bom sujeito.

Manchete, 13/07/1963

O bom-copo

É antes de tudo forte e fraco. Porque há dois tipos de bebedores: o pau-d'água e o bom-copo.

O pau-d'água não tem hora para beber. Acorda com sede e a mitiga imediatamente com a talagada, que é início de uma série infindável. Ou que finda com a morte na sarjeta, a cirrose, o *delirium tremens*. A vida é risonha ao pau-d'água. Trata-se do homem que tem um programa e o realiza.

Já a vida do bom-copo é uma luta. O pau-d'água é um ser solitário; o bom-copo é eminentemente um ser rodeado de amigos. De amigos e simpatizantes que acabam por cavar o seu drama inumerável.

O bom-copo é uma espécie de sujeito que tem um violão: não há festa na cidade na qual se possa esquecer o homem do violão. O homem do violão é forçado a comparecer a todas as comemorações locais, aniversários, batizados, casamentos, tudo. Na segunda cerveja tomada por um grupo no botequim ou em casa, alguém se lembra do homem do violão, uma instituição municipal. Ah, ele tem de tocar, sorrir, cantar, repetir, ficar.

O violão do bom-copo é o próprio copo — seu alaúde. Não há também festa sem que sua presença não seja considerada indispensável. Margarida vai dar uma feijoada no sábado: o primeiro nome lembrado é o do bom-copo. Vatapá na casa de Castelinho: Castelinho, que mal o conhece, intima o bom-copo a comparecer sem falta. Linguiça frita à meia-noite na casa do Lula! Lula vai buscar o bom-copo de automóvel. Pândegos que vão comer ostras e beber vinho branco na Barra da Tijuca passam antes pela casa do bom-copo às cinco em ponto da madrugada.

A sua tragédia é que ninguém, absolutamente ninguém, sequer pode imaginar uma recusa de sua parte. A qualquer hora do dia ou da noite, em qualquer circunstância, o bom-copo tem de cumprir o seu dever: comparecer, encher o copo, esvaziá-lo, tornar a enchê-lo, encher-se.

Não se admite nele a mínima pretensão a um descanso. O franco-atirador, isto é, o indivíduo que bebe uma vez ou outra, julga-se no pleno direito de pegar o bom-copo pelo braço, em hora de expediente, e ir arrastando-o até o bar: "Hoje estou chateado, velho. Vamos tomar um pileque".

A convicção de quem faz a importuna intimação é tão implacável que o bom-copo nessas ocasiões não vacila um segundo: deixa trabalho, esposa, filhos e vai acompanhar o outro. Não por gosto, mas por um misterioso compromisso que foi se criando entre ele e a sociedade que o cerca.

Outro drama do bom-copo é que ele não pode parar ou retirar-se mais cedo. Sua indeclinável obrigação é sair do campo de batalha somente depois que o último soldado manifesta a sua vontade de dormir ou de dar uma esticada. No último caso, o bom-copo também tem de esticar. Não há jeito. Seu dever é beber. E nem mesmo lhe resta o consolo de empilecar-se, folgar, brincar. Porque aí ele deixa de ser um bom-copo.

Eu, hein!

Manchete, 26/09/1964

ARTIGO INDEFINIDO
(Crônicas literárias)

O coração das trevas

Joseph Conrad, escritor inglês, chamava-se Józef Teodor Konrad Korzeniowski, como está escrito com todas as letras na lápide de seu túmulo em Canterbury. Só a morte tentou restituir--lhe uma nacionalidade fantasmagórica. Não pode ter havido artista mais desenraizado. Teve de criar ou adotar uma pátria, uma língua, uma tradição, um ideal, como quem usa roupas alheias e precisa fazer imenso esforço para manter a aparência confortável e correta. Henry James, deixando os Estados Unidos e instalando--se de corpo e alma na Grã-Bretanha, fez uma operação espiritual bastante simples, se comparada à proeza de Joseph Conrad, órfão de tudo, isto é, um grande solitário. O comportamento de toda a sua vida foi marcado pela rígida afetação dos adotivos.

Os desencontros de sua existência começam pelo princípio. Sua família era polonesa, mas ele nasceu (em 1857) na Podólia, uma província ucraniana dominada pela Rússia. Balzac morrera há pouco tempo. O jovem Tolstói assiste horrorizado em Paris a uma execução capital. O jovem Dostoiévski executa trabalhos forçados na Sibéria. Turguêniev publica seus romances. Conrad era filho único de um proprietário de terras, espírito letrado, principalmente nas letras nacionalistas da Polônia contra a opressão czarista. A rebeldia patriótica leva seu pai ao exílio no norte da Rússia, quando Józef conta três anos de idade. Foram sete anos de privações. A mãe não resiste. Pouco depois, órfão também de pai, o adolescente passa a ser criado por um tio materno. Mais um grave desencontro ocorre quando o menino de quinze anos assusta o tio com uma deliberação estapafúrdia: o filho de uma família essencialmente agrícola, o mediterrâneo Korzeniowski, pretendia seguir a carreira do mar.

Submissão ou obstinação — não há meio-termo para os órfãos e desenraizados. Com dezessete anos, Conrad conhece suas primeiras experiências navais num veleiro, em Marselha. Associa-se com mais três na compra de um barco, que faz transportes proibidos e é posto a pique de propósito. Conrad fala fluentemente o francês, mas seu estoque de língua inglesa não vai além de umas poucas palavras quando, aos vinte e um anos, vê as costas da Inglaterra pela primeira vez, depois de uma infeliz história de amor e uma tentativa de suicídio. É a bordo de um navio inglês que conhece a Austrália. Em 1880 faz exames em Londres e obtém o posto de terceiro imediato ou coisa parecida. As deliberações obstinadas continuam a ser cumpridas: os mapas em que o menino se perdia se fazem contornos reais, principalmente no oceano Índico, no golfo do Sião, nas ilhas da Malaia.

Seis anos mais tarde obtém o certificado de *Master Mariner*. Aos vinte e nove anos de idade é cidadão britânico. Conrad só podia equilibrar sua anarquia original com os padrões e horários da disciplina vitoriana. Mais um desencontro vital de sua vida se dá em 1890, quando comanda um vapor fluvial no Congo Belga, onde encontra os símbolos dessa própria anarquia interior, repudiada com horror, mas fascinante e implacável. Criança, uma vez, ele apontara o interior da África: é para lá que eu vou. A viagem é assim a integração do seu destino e lhe fornece, ao longo da experiência rememorada, os dados explicativos de seu autoconhecimento, a revelação dos demônios de sua vida e de sua arte.

Deixa a marinha em 1893. Um dos passageiros de sua última viagem é John Galsworthy, futuro romancista, que descreveu mais tarde o comandante do *Torrens*, pele queimada de sol, magro, ombros largos, a falar inglês com acentuado sotaque. Conrad leva cinco anos para compor seu primeiro romance: *A loucura de Almayer*, lido e recomendado por Edward Garnett e publicado em 1895. Os primeiros livros fazem certo sucesso restrito, conquistando os elogios qualificados de H.G. Wells, Henry James e Galsworthy. Só dez anos antes de sua morte, com a publicação de *Chance*, conquistaria muitos leitores, inclusive nos Estados Unidos. Passou suas penúrias financeiras e viveu quase sempre em Kent, com algumas viagens à França e à Polônia. Nos últimos tempos, a nostalgia das origens enfiou sua garra no aventureiro de todos os mares. Casou-se e fez dois filhos. Sempre às voltas com crises de artritismo gotoso, lutava ainda, ao escrever, com mais dois adversários: a língua estrangeira e a composição sofrida (mais de poeta que de prosador) de quem não se contenta com a dimensão linear da narrativa. "*Nostromo*" — confessou uma vez — "está terminado, fato pelo qual meus amigos podem congratular-se comigo como se eu tivesse me restabelecido duma doença perigosa." Foi nesse penar profundo que escreveu treze romances, dois volumes de memórias e vinte e oito contos (as *short stories* inglesas da época em geral são compridíssimas). Entre as principais obras: *Um pária das ilhas* (filmado na Inglaterra, com uma excelente representação de Trevor Howard), O *negro do* Narciso, *Lord Jim, Juventude, Coração das trevas, Tufão, Nostromo, A linha de sombra*. Se não me engano, *Tufão* (seguida de outras narrativas) foi seu primeiro livro traduzido no Brasil.

Deixou inacabado *Suspense*, um romance napoleônico. Surpreendido na Áustria ao estourar a Primeira Grande Guerra, conseguiu retornar à Inglaterra, onde andou por algum tempo prestando serviços de defesa na marinha. Escreveu até o fim e morreu de repente, apesar da moléstia prolongada, de uma crise cardíaca, na manhã de 3 de agosto de 1924.

Não é fácil escolher os melhores livros de Conrad. *Lord Jim* e *Nostromo* costumam ser os mais votados. Em geral, a crítica prefere as narrativas mais curtas. Visto a princípio por muitos apenas como um escritor de paisagens exóticas (essa visão estrábica, para alegria dos editores, continua até hoje), Conrad é de fato um romancista de altas e profundas pretensões. Todas as paisagens estranhas, todos os personagens excêntricos, serviam-lhe somente de pretexto ou (em linguagem de psicologia estética) de símbolos. Buscava com a ficção exclusivamente "o signo exterior de sentimentos íntimos". Sem filiação de escola literária, por meditada convicção, foi um simbolista, confessando-se certo de que todas as grandes criações da literatura têm sido simbólicas. A superfície, o enredo, serviam para atrair o leitor comum à verdade dos símbolos.

Suas descrições são exatas, cruelmente exatas, como qualificou André Gide, tradutor de uma obra sua e admirador fervoroso. Outra entusiasta, Virginia Woolf, logo depois da morte do escritor, demonstrava que, para admirar os personagens e as aventuras contadas por Conrad, precisamos ter uma dupla visão, devemos estar ao mesmo tempo por fora e por dentro.

Muitos livros e autores, tanto de nossa época como do passado, deverão a ampliação de sua audiência, pelo menos nos meios mais intelectualizados, a uma referência airosa de T.S. Eliot. É precisamente o caso de *Heart of Darkness* (*Coração das trevas*). De todas as narrativas de Conrad, talvez seja a mais imprecisa, a mais simbolista, a mais poética, a que mais usa e abusa duma indefinida gama de significados obscuros que se multiplicam e entrelaçam. Essas qualidades vagas assustavam os melhores leitores das primeiras décadas do século, ainda impregnados de realismo e naturalismo. O medo à subliteratura coartava o instinto literário; o que parecia confuso ou esotérico causava alarme aos espíritos que se pretendiam nítidos dentro do absurdo da existência. Assim, o manifesto envolvimento de T.S. Eliot com *Coração das trevas* despertou para esta obra o interesse dos leitores timoratos e dos críticos multidimensionais, isto é, os críticos que colocavam a antropologia, a psicologia e outras ciências entre seus instrumentos de investigação.

A afeição de Eliot pela novela de Conrad era tão intensa que, originalmente, seu mais famoso poema — *The Waste Land* — devia levar como epígrafe uma frase simples de *Coração das trevas*: *"The horror! The horror!"*. Foi a diligência tirânica de Ezra Pound que baniu o nome de Conrad, ainda vivo na época. Mas, no mesmo *Waste Land*, como esmiuçou Elizabeth Drew, a descrição das barcaças do Tâmisa parece modelada no início da narrativa conradiana, quando o rio ilustre é contrastado e comparado ao Congo sombrio. Também o primeiro verso de outro poema de Eliot — *Gerontion* — deve ter sido inspirado em outro período de *Coração das trevas*: "Aqui estou e, deitado no escuro, esperando pela morte". Mas é sobretudo num poema de T.S. Eliot de 1925 (*The Hollow Men — Os homens ocos*) que as implicações com a novela de Conrad são numerosas e evidentes. A partir da epígrafe. A mesma Elizabeth Drew estudou essa confluência, retomada minuciosamente mais tarde por Grover Smith.

Coração das trevas é relativamente uma novela curta: cerca de cento e vinte páginas. O leitor de orientação política (apenas) verá o brutal aspecto da espoliação colonialista; o leitor religioso, o leitor inclinado para a observação antropológica, o leitor moralista... todos os tipos de leitores podem ter um acesso particular à narrativa. Mas o leitor perspicaz entrará pela porta estreita da psicologia.

Marlow, o narrador, encontra-se com a sua pequena audiência em Londres, voltado para o Tâmisa crepuscular. Trata-se de um homem compreensivo, discreto, obcecado pelo demônio da análise, um *gentleman* do mar. Narra suas experiências como comandante de um barco fluvial que penetra pelo Congo.

Mas todos os incidentes da viagem são superficiais, por mais que impressionem o leitor e o próprio Marlow: a verdadeira aventura da novela é a que o narrador e o leitor fazem ao coração da treva, à escuridão do inconsciente, ao negrume sinistro da existência humana. Como nos livros de Kafka, menos explicitamente porém, todas as ações são desconexas, mesmo as mais triviais, ou vão perdendo gradualmente o sentido. O absurdo dos indígenas, com a sua humanidade primitiva, ganha aos poucos a consciência de Marlow, isto é, vai destruindo nele a confiança nos valores do homem civilizado. A analogia da novela de Conrad com a experiência existencial narrada no *Castelo* de Kafka prende o leitor moderno. Por outro lado, o que Conrad pretende mais sugerir do que dizer (como numa sonata) apresenta um correspondente, aqui analítico, com certo fundamento da psicologia de Jung: trata-se de um encontro com a treva interior, um choque amargo, talvez fatal, talvez indispensável ao renascimento ou à renovação do espírito. Em sua viagem, Marlow está empreitado por uma vasta organização colonialista, sediada num grande centro — a cidade sepulcral, povoada de multidões vazias, amedrontadas, cúpidas, vivendo entre a polícia e o açougueiro. Todas as variações das palavras que exprimem escuro, treva, já começam a assombrar a narrativa. Na colônia surge outra palavra — marfim — da qual o autor retira aos poucos todas as alusões simbólicas de um valor que se busca insensatamente. "A palavra 'marfim' retinia no ar, era murmurada, suspirada." Talvez a busca da verdade se identifique com a paixão da mentira. Para uns o marfim pode ser uma verdade enlouquecida; mas para Marlow (ou para o leitor) o marfim poderá simbolizar a verdade final. O Santo Graal, uma resposta para as ações desconexas, a beatitude ou a maldição. De qualquer forma, o marfim é o ídolo, o bezerro de ouro, o símbolo material de uma ilusão fantástica. A mentira vital é o marfim, assim como em *Nostromo* é a prata. Em torno desse fantasmagórico marfim movem-se os homens e, além destes, existe a floresta, imensa, inexplicável, invencível — o cosmo impassível. Somos intrusos numa natureza sinistra e aterrorizante: antes e depois de nós haverá a treva. Só os seres irracionais (e a descoberta da racionalidade truncada dos selvagens é um dos símbolos mais impressionantes da novela) sentem-se à vontade no universo. O animal é hostil ao homem e leva uma vida encantada, dando-se bem no conto de horror que é a existência do homem consciente. Até mesmo a selva é agressiva e está pronta a varrer todos os homenzinhos que dela se aproximam. Esses homenzinhos sofrem de um amoralismo árido, de uma crueldade sem coragem, de uma ambição sem audácia. *Coração das trevas* é o poema do intolerável. Ainda como Kafka. Intolerável, por exemplo, é aquela espera de arrebites que poderão reparar o barco. O contraste entre o inomeável (o *mysterium tremendum* do universo) e as necessidades triviais do cotidiano é uma constante da narrativa.

Sob o pano de fundo negro e ameaçador, a vida prática — na qual o autor de *Coração das trevas* buscou certamente uma psicoterapia — torna-se pouco a pouco absurda e grotesca.

O personagem principal do livro é Mr. Kurtz, que dirige um posto da organização em pleno coração da treva. Caso único da literatura, o personagem principal aparece pouquíssimo em todo o decorrer do livro. Fala pouquíssimas palavras. É muito sumariamente descrito. Na verdade, Mr. Kurtz é menos um homem de carne e osso do que uma voz. A voz que responde ao inconsciente ou à verdade primitiva de Marlow e do leitor.

Não há um sentido exclusivo na novela e esta não tende para uma conclusão definida. Conrad foi sempre muito claro a respeito da concepção que fazia da arte de escrever um romance. Este, quanto mais artístico, mais simbólico. Símbolos que se aderem superpostos como as camadas de uma cebola.

Desse modo, é na imagem central de Kurtz que o leitor deve procurar conhecer-se. Kurtz — isto é repetido várias vezes, desafiando a trivialidade — é *um homem notável*. Por quê? "O mais que se pode esperar da vida é certo conhecimento de si mesmo, que chega tarde demais." Kurtz é notável por isso, embora o autor não o afirme: chegou a certo conhecimento de si mesmo e quando era tarde demais. Trata-se de uma alma minada, possuída, gasta, inutilizada pela solidão essencial.

Buscou uma mentira, o marfim, e encontrou uma verdade: o horror. É a palavra que ele murmura e repete ao morrer: *"O horror! O horror!"* — significando uma súmula metafísica, uma fé sem esperança, uma revolta implacável, um juízo final. Kurtz era um homem notável, um homem raro, que tinha alguma coisa a dizer. Isto: *"O horror! O horror!"*.

Marlow vê nesta expectoração derradeira de uma alma uma afirmação, uma vitória moral paga por inumeráveis derrotas, por abomináveis terrores e abomináveis satisfações.

Coração das trevas é *une saison en enfer*, uma obra que apanhará mais intensamente o leitor de poesia do que o leitor de romances. Em prefácio escrito em 1917, escrevia Conrad, bem ao jeito do tom corriqueiro, mas sutil, que gostava de assumir nos prefácios: "É bem sabido que os homens curiosos metem o nariz em todos os tipos de lugares com os quais nada têm a ver, e deles egressam com toda a sorte de despojos. Esta história (*Heart of Darkness*) e uma outra não incluída neste volume (o volume contém ainda *Youth* e *The End of the Tether*) constituem todos os despojos que eu trouxe do centro da África, onde, de fato, nada tinha eu a fazer". *Coração das trevas* não é propriamente uma novela: é uma visão. A visão do conflito entre a práxis e o esmagamento cósmico. Como salientou William York Tindall, em *The Literary Symbol*, pode ser lido como um sonho. O próprio Marlow diz para os companheiros: "Parece que estou tentando contar um sonho para vocês...". É nas imagens desse sonho que o leitor, de acordo com as luzes e as trevas de sua alma, irá encontrando os significados da novela, numa intensidade que corresponderá a seu instinto de luminosidade e à treva de sua pré-história.

O antagonismo entre a selva feroz e a civilização é aparente: a cidade é sepulcral, a selva é a treva — mas talvez da escuridão brotará, não a luz, mas o horror da verdade. E uma iniciação ao ermo, onde o leitor sensível terá, como Mr. Kurtz, a carne consumida na solidão. E, caso tenhamos também uma voz, alguma coisa para dizer, teremos um assento entre os demônios da terra. Só a solidão total nos conduz às desconhecidas idades do homem, refazendo até mesmo para nós (assunto em pauta em nossos dias) a experiência da antropofagia através da fome continuada.

Há ainda no livro um outro personagem que fascina objetivamente o leitor de nosso tempo: trata-se de um jovem russo que Marlow encontra no posto de Kurtz, fascinado por este, uma espécie de *hippie* da solidão a vagar sem sentido e sem reservas pelo ermo, numa aventura sem cálculo e sem o menor senso prático. Veste-se como um arlequim, e até nisso prenuncia simbolicamente a juventude de hoje, cuja visão é composta de remendos coloridos. Marlow inveja essa *chama nítida e modesta*.

No fim da novela, Marlow procura na Europa a noiva (*my intended!*) de Kurtz para entregar-lhe certos papéis que lhe confiara o moribundo. Enquanto caminha pelas ruas, é um outro homem, um homem que conhece para sempre o ermo, a treva, a voz de uma alma. Choca-se, como se fosse uma obscenidade, com os frívolos e torpes e banais habitantes da cidade sepulcral. É informado vagamente que Kurtz poderia ter sido um grande músico. Ou um grande líder de um partido político, qualquer partido. Talvez tenha sido mesmo um gênio universal. A noiva da alma perdida sofre com intensa dignidade. Marlow vai dizer para ela as últimas palavras de Kurtz. Perde a força. Apesar de detestar apaixonadamente a mentira, o homem do mar não é uma voz, perdida e sem reservas, mas uma criatura civilizada, cheia de restrições. Possuído pelo ermo, é claro que Kurtz não podia amar ninguém. As últimas palavras do homem notável — mente Marlow — foram o nome dela. *Ela sabia. Ela tinha a certeza disso.* No crepúsculo que aos poucos domina o aposento, tudo vai ficando escuro, menos a cabeça loura da mulher, iluminada de uma fé que não se extingue e de amor.

Marlow chega ao fim da narrativa, com a pose de um Buda meditativo. O rio parecia rolar para o coração de uma treva imensa.

Manchete, 07/04/1973
Publicada com o título "O coração da treva"
(Série: As Obras-Primas que Poucos Leram, 23)

Walt Whitman

As reações a Whitman foram intensas e desencontradas: ódio, ironia, desprezo, amor, culto supersticioso, admiração estética com exclusão da *mensagem*, vice-versa, timidez crítica, desvarios intelectuais.

Entre mestres do mesmo ofício, muitos passaram do fervor à frieza, enquanto outros, como Ezra Pound, foram da ira ao entendimento. De 1855 para cá o americano Walt Whitman tem perturbado muito.

Disse Edmund Gosse: "Nunca ninguém voltou de uma visita ao autor de *Leaves of Grass* com uma *mensagem inteligível*". O crítico inglês conheceu o "velho gatão angorá" e ficou dividido entre a reserva intelectual ao escritor (negação das leis e rituais da literatura) e a rendição ao magnetismo de Whitman. Gosse está morto há quarenta anos, mas a perplexidade diante do "bom poeta grisalho" vive ainda.

Irritado com tantas dissensões, Carl Sandburg arrolou os fatos indiscutíveis pelos quais *Leaves of Grass* é o mais peculiar e notável livro da literatura americana: 1) Por seu estilo, é considerado por muitos o livro mais original da América; 2) É também o livro mais estranho, provocando ódio e amor dos dois lados da rua; 3) O livro mais pessoal da literatura americana; 4) Em termos de trabalho, cobre uma vida que durou setenta e três anos; 5) Nenhum outro poeta americano, exceto Poe, teve uma audiência mais persistente em todo o mundo; 6) Nenhum outro livro americano granjeou tantos fervorosos amigos, advogados e patrocinadores; 7) Trata-se do mais solene juramento: a América tem um sentido, um propósito, um destino.

Por estes sete motivos, e por outros de natureza mística, que não poderiam ser capturados em um rol, *Leaves of Grass* é livro que deve ser possuído, guardado, emprestado e lido até ficar sujo e em frangalhos.

Nova York já era uma cidade de tumulto; Brooklyn, um vilarejo; Long Island, uma paisagem rural. Foi nessa ilha em forma de peixe que em 1819 nasceu Walter Whitman, com sangue inglês e holandês, filho de um pequeno fazendeiro e uma doce senhora *quaker*. O campo, o mar e o ambiente moral da infância persistem em Whitman até a morte.

O *quaker* não tira o chapéu para ninguém, certo da fraternidade e da igualdade que o espírito de Deus concedeu a todos os seres humanos; antes de tudo, atende a esse "apelo interior" que determinou profundamente as decisões de ww e pode ser a chave de sua originalidade humana e poética. Originalidade no sentido daquilo que é virgem e permanente em nossa natureza, mas que o medo do indivíduo e a comédia social escondem ou abafam.

Quando Whitman tinha quatro anos, a numerosa família deixa o trato da lavoura e vai morar em Brooklyn, onde o pai se faz carpinteiro de profissão, construindo casas de madeira sob encomenda. A educação formal do menino não vai além de seis anos de escola: ainda garoto, é mensageiro de escritório e aprendiz de tipógrafo, ofício este por que passam diversos escritores americanos da mesma época. Adolescente, já é jornalista e leitor dos romances de Walter Scott. Aos dezessete anos, ao voltar a família para a fazenda de West Hills, em Long Island, torna-se mestre-escola e funda um jornalzinho. Aos vinte e dois anos, quando volta para Nova York, é um rapaz de físico atlético, tez morena, cabelos pretos, olhos azuis. Durante cinco anos trabalha em impressoras, ajuda na lavoura patriarcal durante o verão, publica em jornal sua primeira novela.

Aqui está um dos enigmas do gênio de Whitman: pessoalmente, era um jovem atraente, cheio de vida mas de compostura serena; do ponto de vista literário, entretanto, suas produções durante muitos anos são de uma mediocridade jamais negada por qualquer admirador que haja pesquisado essa pobre paleografia. ww produzia então novelas e artigos do mais chato gênero moralizante, tornando-se defensor das causas rotineiras do humanitarismo impreciso e boboca. Os historiadores literários são unânimes quando se referem ao volume que publica por essa época, com boa tiragem, um romance contra o álcool e a favor da alimentação sadia.

Os versos são igualmente convencionais. É explicável que tarde tanto o "estalo de Vieira" naquele rapaz mais habituado à caixa do tipógrafo e às ferramentas que aos livros. A vida é uma boa universidade para as inteligências agudas, mas seus resultados são mais lentos.

Por enquanto, ele perambula pela Broadway, abre os olhos para o povo e faz política como democrata exaltado, participando de reuniões e campanhas eleitorais, compondo artigos contra a escravidão e perdendo um atrás do outro seus empregos de jornalista — a fim de não mudar de opinião.

O teatro é um dos seus cultos, sobretudo a ópera italiana, da qual surgiria mais tarde — confissão sua — a liberdade formal de seu verso. Frequenta na Broadway o eterno restaurante de artistas e escritores novos e carrega no bolso seus autores preferidos: Homero, Dante, Ésquilo, Shakespeare. Tinha a mania de passear nos cais e andar de ônibus, buscando a amizade de cocheiros, marinheiros, hábito que durou sempre e através do qual se pretendeu chegar a uma evidência de seu homossexualismo, reprimido ou não.

Essa possibilidade continua sem definitiva solução biográfica. A vida sexual de ww é obscura. Em verso e conversa, gabava-se de muitas aventuras femininas, inclusive de ser pai de seis filhos ilegítimos (um morreu na Guerra Civil, outro lhe deu um neto), que nunca foram descobertos. Daí terem visto nessa proclamada virilidade uma máscara de impotência e disposição anormal. A glória de Whitman coincide com o impacto das teorias de Freud: o cantor da camaradagem entre os homens tinha de ser uma fácil e fatal cobaia do novo instrumento de análise psicológica.

De qualquer forma, é preciso má vontade para duvidar da autenticidade de sua paixão por uma *créole*, quando, aos vinte e nove anos, dirigiu um jornal de Nova Orleans. A essência desse amor seria transposta para *Leaves of Grass*:

> Uma vez atravessei uma grande cidade, imprimindo em meu cérebro, para usá-los mais tarde, seus aspectos, edifícios, costumes, tradições. Agora, no entanto, daquela cidade toda só me lembro da mulher que lá encontrei e que por amor me reteve. Dias e noites, noites e dias, ficamos juntos — há tanto tempo, que me esqueci de tudo o mais. Só me lembro (digo ainda) dessa mulher que se agarrou a mim apaixonadamente. Uma vez mais andamos à toa, e nos amamos, e nos separamos; uma vez mais ela aperta a minha mão para que eu não vá embora. E a vejo a meu lado, lábios mudos, tristes e trêmula.

A experiência existencial de ww é menos uma sequência de *razões* do que uma ininterrupta *absorção*. Lê William Blake, a Bíblia, os hinos védicos, a filosofia de Hegel, como todos os intelectuais da época. Mas é vivendo, vendo, cheirando, tocando, é sobretudo ouvindo aquele apelo interior que descobre sua originalidade e se livra da personalidade, isto é, da máscara.

Todo bom poeta — já se disse — torceu o pescoço do mau poeta que havia nele. Não é bem o caso de ww, que fez operação mais difícil, asfixiando lentamente o homem convencional que havia nele, a fim de que lhe nascesse alma nova e virgem e aos gritos de exultação e pasmo como a ave do mar em seu voo inaugural.

As noções de espírito da época (*Zeitgeist*) e espírito nacional (*Volksgeist*), colocadas em circulação pelo Movimento Romântico e desenvolvidas mais tarde por Taine (*meio, raça e momento*), são indispensáveis à configuração do fenômeno Whitman.

No plano mundial, a primeira metade do século XIX vê a independência de vários países latino-americanos, Argentina, Colômbia, México, Peru, Brasil, Venezuela... Desaparece Napoleão. Na segunda metade são fatos capitais a abolição da escravatura e da servidão em vários países, a Guerra Franco-Prussiana, a Comuna, o poder de Bismarck, a prosperidade da Inglaterra vitoriana, a realização da primeira Internacional, a intervenção francesa no México, a doutrina de Darwin, a filosofia de Hegel... Mas a maior novidade, alimentando a fantasia das massas, continua sendo o Novo Mundo, os Estados Unidos especialmente.

Descobre-se o ouro da Califórnia, estende-se a trama ferroviária, ligam-se dois continentes por um cabo, rasga-se o canal de Suez, acredita-se ilimitadamente na técnica, na democratização do capital, na máquina, no progresso, na igualdade.

Na Nova York de meados do século passado há uma euforia

de reformas, um surto de idealismos espiritualistas, frenologistas, mesmeristas, comunitários... Swedenborg renasce na terra pragmatista; Fourier deixa marca, impressionando-se o americano, mais que tudo, com um dos pontos de partida de sua utopia, aquele segundo o qual as paixões são irreprimíveis. Confia-se no poder absoluto da mente.

Nessa cultura efervescente de realismo que se pretende mágico e de mágicas que se pretendem realistas, forma-se o espírito de Whitman. Como cidadão era este a favor dos movimentos libertários europeus; da liberdade; da democracia; da República; do progresso da fidelidade ao homem; do amor físico e espiritual; da comunhão entre os homens, as cidades, os Estados, as nações; do negro e do índio. Contra a monarquia, a escravidão, o antissemitismo e todas as formas de racismo. Como poeta, foi a favor ou contra os mesmos princípios, mas os revestiu de uma ou várias auras simbólicas.

Na França, na mesma época, Baudelaire queria viver *em qualquer lugar, contanto que fosse fora deste mundo*. Whitman queria viver neste mundo, nos Estados Unidos, em Long Island, Manhattan ou Brooklyn, à beira-mar, no alto da montanha, em qualquer lugar, contanto que fosse neste mundo. *Leaves of Grass* pode ser considerada a bíblia da adaptação ou a carta geográfica da terra prometida: a terra prometida é esta mesma, o globo terrestre, o turbilhão da Broadway, a pedra à beira do arroio, a África, a Ásia, o lugar onde nos encontrarmos. Através do corpo, que é a alma, e através da alma, que é o corpo, o homem se ramifica, *aqui e agora*, prendendo-se à terra da qual vive, à terra que é sua, que é ele mesmo.

Rimbaud reconheceu em iluminação brusca e ferina a alienação do homem: A *verdadeira vida está ausente. Não estamos no mundo*. Whitman já seria um dos tipos raros da humanidade só por este motivo: evangelicamente, dedicou sua força a descobrir os caminhos do mundo, a reencontrar a residência do homem, a colocar-nos na presença da vida. Quem, depois de ler ww, não entender isso pode até lecionar literatura, mas não entende mais nada.

Em 1855, a primeira versão de *Leaves of Grass* está pronta: o livro cresceria e se modificaria até os últimos dias do poeta. Não encontrando editor, compõe ele mesmo e imprime os mil exemplares de uma edição de mau gosto. O nome não aparece na capa, e sim um retrato do autor em trajes plebeus. Dentro: Copyright by Walter Whitman. O diminutivo Walt seria adotado no ano seguinte.

Também não encontra livreiros, assustados com o conteúdo da obra, que passa a ser distribuída por uma sociedade de frenologistas, seus amigos. Oferece exemplares a escritores e jornais. As opiniões começam a surgir: lunático, indecente, imbecil, bestial. Sem assinatura, o próprio ww redige e publica na imprensa as primeiras exegeses de seus poemas (uma versão primitiva de *Songs of Myself*).

Quem não fica mordido pelo realismo dos versos refuga a forma (estrofes livres, não metrificadas, ausência de rimas). Apesar dessa dupla liberdade bíblica cantar nas orelhas protestantes desde a Renascença.

O mais importante escritor americano vivo é Ralph Waldo Emerson: pregava a coerência íntima do universo, a correspondência simbólica entre as leis da natureza e as leis morais. Tudo intrinsecamente semelhante ao recado que ww trazia; este afirmou que só conheceu os ensaios de Emerson mais tarde.

A carta que o pensador da Nova Inglaterra escreveu a Whitman a 21 de julho de 1855 ficou datada na história da literatura americana: era o que outro contemporâneo (Melville) chamou, não a propósito: "O choque do reconhecimento".

Com serenidade e grandeza, Emerson dizia: "Meu caro

senhor: Não sou cego para o valor do maravilhoso presente de *Leaves of Grass*. Considero-o o mais extraordinário trabalho de engenho e sabedoria para o qual a América já contribuiu". Entre visões compreensivas, vinha a frase famosa que, se não redime aos críticos, lisonjeia a crítica: "Eu o saúdo no começo de uma grande carreira".

Emerson ainda recomendou a obra a alguns dos melhores nomes do tempo, inclusive Carlyle. Conheceu Whitman e dele se fez amigo para o resto da vida. Sua cosmovisão de filósofo intuitivo encontrara na intuição filosófica de Whitman a asa paralela para uma revoada audaciosa sobre a terra dos homens.

A segunda edição, no ano seguinte, trazia na capa a profecia de Emerson. Não gostou este que fosse usado em público o conteúdo de uma carta particular, mas não chegou a brigar por causa disso. Como não brigou quatro anos depois, quando a terceira edição foi acrescentada de vários poemas (*Os filhos de Adão*) incômodos à hipocrisia da época: o ensaísta de Concord, não por pudicícia, tentou em vão convencer o poeta a eliminar certas passagens. Depois de duas horas de argumentos, quando já se sentia rendido pela mente, Whitman ouviu o "apelo interior", e este prevaleceu mais uma vez.

Na madureza dos quarenta anos, ww é uma figura imponente, saudável, reconhecida apenas por uns poucos, ele que se queria um poeta para multidões. Thoreau, que iria morrer tuberculoso logo depois, faz parte dos iniciados, entre os quais também se acham dois novos amigos: John Burroughs, seu futuro biógrafo, e Douglas O'Connor, jornalista a favor da abolição, capaz de violência e sarcasmo na defesa de ideias.

Uma circunstância na biografia de Whitman desaponta a posteridade: os dois gênios americanos da segunda metade do século XIX não se conheceram e nem tomaram conhecimento um do outro. Herman Melville nasceu sessenta dias depois de Whitman na mesma cidade de Nova York. Como este, era também descendente de ingleses e holandeses. A publicação de *Moby Dick* antecede apenas de quatro anos o aparecimento de *Leaves of Grass*. Frequentemente viveram em localidades próximas ou dentro da mesma cidade. Uma distância de seis meses separa os dois óbitos. Apesar das diferenças, tiveram intensos pontos de contato. Mas não deram a mínima bola um para o outro esses dois renovadores que ficaram atrelados para sempre na história literária.

A Guerra Civil fende a serenidade de Whitman, embora a previsse e procurasse conformá-la à unanimidade de tudo, à fatalidade do universo. Dói-lhe a alma americana com uma contundência física. Seu irmão George é um dos primeiros a alistar--se em 1861.

O profeta da comunhão não é contra os separatistas, mas contra a amputação do corpo americano. Informado no ano seguinte de que o irmão se ferira, parte para o campo de batalha, onde aprende e acata a nova missão: Whitman será enfermeiro, pai, mãe, irmão, amigo de todos os feridos, de todos os que sofrem, rebeldes, negros sem distinção.

Em Washington, para onde vai com os feridos mais graves, passa a ocupar um pequeno quarto na casa de O'Connor, curando feridas nos hospitais, ajudando nas brutais intervenções cirúrgicas, escrevendo cartas para os soldados, contando-lhes histórias, recitando-lhes poemas, lendo-lhes os livros devotos, tudo de acordo com as aptidões e a alma de cada um: "Sou fiel à minha tarefa, não me rendo, pernas e joelhos fraturados, feridas no abdômen, todas essas chagas e muitas outras, eu as trato com a mão impassível (entretanto, sinto um fogo no fundo do meu peito, uma labareda que me consome)".

O dinheiro curto do emprego que lhe arranjam serve para comprar pequenas coisas aos feridos mais abandonados. Decide--se por fim a escrever a um benfeitor de Massachusetts; este mostra a carta a Emerson; amigos e desconhecidos reúnem donativos para os infelizes de Whitman. Fere a mão durante uma cirurgia de emergência, a infecção se complica, a saúde baqueia, os médicos lhe receitam repouso.

Passa seis meses em Long Island, não acha editor para os poemas de guerra, volta a Washington, envelhecido, para ocupar um cargo público, mas se encontra em Brooklyn quando Lincoln é assassinado. Eles se viram várias vezes, mas nunca se falaram. *Leaves of Grass* terá uma espécie de parêntese fúnebre, as *Memórias do presidente Lincoln*.

Whitman iria pronunciar em diferentes cidades uma conferência sobre o morto, vendo na tragédia "a mesma ausência de objetivo especial", conformando-a à sua medida: "O acontecimento principal, o assassinato em si, ocorreu com o silêncio e a simplicidade do mais comum acontecimento, a abertura do botão ou da fava durante o crescimento das plantas".

Lincoln combateu os monopólios nascentes como um câncer dentro do tecido democrático. Depois de sua morte, agrava-se o processo de concentração de poder e capitais nas mãos da minoria.

A industrialização é uma arrancada repentina, sem comparação histórica. ww sabia que fazer dinheiro era primordial, mas, no decorrer do tempo, começava a preocupar-se com "o monstruoso crescimento dos interesses comerciais, e colocou-se cada vez mais ao lado das massas exploradas" (Van Wyck Brooks).

Regozijava-se com o telégrafo, a estrada de ferro transcontinental, o progresso da imprensa, a abertura dos canais, a construção de pontes, "tudo aquilo que pudesse destruir barreiras, unir o Ocidente ao Oriente, os credos, as classes, as raças, os costumes, as cores, os idiomas", mas via por toda parte a degradação do dinheiro, as fraudes eleitorais, a mesquinharia social, o aviltamento individual.

Quando admitiu em 1871 — escreve Roberto E. Spiller — que os fatos americanos não se ajustavam ao ideal do homem democrático, apenas exprime o velho dilema de um mundo novo: Fenimore Cooper havia dito a mesma coisa em seu tempo e Sinclair Lewis iria repeti-la no seu.

O corpo da nação crescia sem alma. A crise coincide com seu *sentimento do mundo*.

Em 1871, como reflexo do progresso mecânico e da agonia do idealismo democrático, publica *Democratic Vistas*, quando aponta a corrupção dos Estados Unidos, traidores da "velha causa", ligando o destino americano ao surgimento futuro de uma arte e uma poesia nativas.

O número de seus admiradores aumenta. Ruskin, os Rossetti, Swinburne, Robert Louis Stevenson, Symonds, Arthur Symons, são alguns de seus leitores de qualidade.

A amizade de Peter Doyle, um rapazinho que encontrou ferido na guerra, não o deixará até o fim. Uma inglesa inteligente, Anne Gilchrist, viúva de um exegeta de William Blake, torna-se sua fiel apaixonada, acabando por passar alguns anos perto dele: foi a "maior amiga". Aos cinquenta e quatro anos, consequência da infecção durante a guerra, sofre paralisia súbita da perna e braço esquerdos. Morre-lhe a mãe octogenária e vai morar com o irmão e a cunhada em Camden.

Sofrimentos físicos alternam com períodos de relativo bem-estar, mas a falta de dinheiro é permanente. A doença não o impede de ir a Baltimore, onde se inaugura um monumento a Edgar Poe. Nas tardes inteiras que passa à beira de um riacho, na companhia de um cão, aspira de novo as forças da vida.

Edward Carpenter vem da Europa só para vê-lo. Faz amizade com um jovem médico canadense, Maurice Bucke, que se tornaria o mais minucioso e fervoroso de seus biógrafos.

No trem transcontinental viaja até as montanhas Rochosas,

encontrando a mesma lei de seus poemas naquela natureza agigantada. Com o dr. Bucke visita o Canadá, *absorvendo* a mensagem do Ontário azul. Os jovens o celebram em Boston (tivesse aí ficado mais uma semana, diria, teria morrido à força de bondade). A Sociedade para a Supressão do Vício o persegue! Aos sessenta e cinco anos, o *viejo hermoso* de Lorca, com sua barba *llena de mariposas*, mora em uma cabana própria em Camden; os amigos lhe compram coisas. A charrete com o cavalo é recebida em lágrimas de alegria. Breve, nem isso: é a cadeira de rodas que lhe traz consolo.

Quando faz setenta anos recebe uma carta pública de Mark Twain, carta que Lewis Mumford considera involuntária piada sinistra. Nela, o humorista e pessimista do Mississippi fica sério e otimista, ao dizer que Whitman tinha vivido os anos mais grandiosos da história do mundo, os mais ricos em benefícios e progresso para os povos, arrolando entre essas dádivas o vapor, a siderurgia, a estrada de ferro, o fonógrafo, a fotogravura, o eletrótipo, a luz elétrica, a máquina de costura, a anestesia cirúrgica, a abolição da escravatura, a monarquia finda na França etc. O ponto crucial era este: Whitman esperasse mais trinta anos para ver as novas maravilhas. Mumford conclui que as maravilhas realmente vieram sob a forma de aviões e dirigíveis que atacaram cidades indefesas, lança-chamas, gases venenosos...

Muitos dos grandes amigos morreram: o velho sábio os enterrou com serenidade. Em dezembro de 1891, uma broncopneumonia começa a colocar fora de combate o atlético Walt Whitman. Em fevereiro do ano seguinte escreve uma carta de adeus aos amigos. No leito pode folhear a décima edição de *Leaves of Grass*, encerrando quatrocentos e onze poemas. Uma espécie de segundo tomo, apenas imaginado, morre com ele ao pôr do sol de 26 de março de 1892. Seu cérebro é entregue à Sociedade Americana de Antropologia (?).

O enterro se faz sem qualquer serviço religioso, mas acompanhado por uma multidão imensa, em improvisado ritual pagão. O culto de Walt Whitman, iniciado em vida, prossegue.

Manchete, 03/08/1968
Publicada com o título "Walt Whitman:
o poeta da alma americana"
(Série: Os Gênios do Nosso Tempo)

Orlando de Virginia Woolf

Quem tem medo de Virginia Woolf? Todo mundo. Seria capaz de apostar que o autor da peça teatral leu a autobiografia de Osbert Sitwell, na qual este conta que jamais entendeu por que as pessoas tinham medo dela — mas tinham. A romancista inglesa foi um tipo acabado de onésima. *Onésima*, segundo a classificação de Jaime Ovalle, é a pessoa que duvida, sorri, desaponta, gela, com um senso de humor que aterroriza as pessoas de fácil ebulição emocional. Alexander Pope foi ainda mais puramente *onésimo* e, para verificar isso, é só consultar a descrição que a própria Virginia Woolf faz do poeta numa passagem de delicioso virtuosismo do livro (romance? poema?) chamado *Orlando*.

Em contrapartida, todos se apaixonavam por Virginia Woolf. Varões e varoas. Moços e velhos. Mágicos e lógicos. Bravos e covardes. Homossexuais e tradicionalistas. Não é bastante racionalizável a fascinação de Virginia, *the Goat* como diziam os íntimos. Não se discute o magnetismo de uma chama. Arrisco apenas a pensar que ela possuía em alto teor todas as nossas fraquezas e todas as qualidades que também gostaríamos de possuir.

Além disso era linda. Não de uma beleza caída do céu por descuido, mas de uma beleza conquistada através da solidão, da contemplação, do ritmo, uma beleza que se desenvolve de dentro para fora e se estampa em ossos angulares e linhas inesperadas. Uma beleza apesar dos outros. Contraditória e quase irritante. Uma beleza feita de imaginação em movimento, não de reflexão, uma beleza de água. Tão rápida que os amigos jamais chegaram a um acordo sobre os olhos de Virginia, a não ser que eram belos. Olhos acinzentados, diz o poeta Stephen Spender. Cor de hematita, negros e azuis, diz o pintor Jacques Émile Blanche. Verdes para David Carnett. Com esses olhos indefinidamente irisados, Virginia viu um mundo em perpétua mutação de cores e formas. A visão, no sentido físico e simbólico, é o seu signo. Anda justa Monique Nathan ao falar que, sem o contexto histórico, a obra de vw perde a articulação concreta. Podemos ir mais longe: obra ou personalidade, ela está sempre articulada, ao contexto, como a ostra à concha; é sempre Virginia mais o contexto, seja este histórico, familiar, urbano, campestre, praieiro. Era uma alma situada no instante, presente portanto na infinitude das experiências, mas sem residência certa ou endereço conhecido.

 O delírio ambulatório, a compulsão itinerante, aparecem em vários antepassados de Virginia. Seu pai, Sir Leslie Stephen, foi um dos renomados andarilhos e alpinistas do século XIX. Esforçou-se também para andar em outros sentidos: menino fraco, decidiu ser forte; encaminhado na carreira eclesiástica, tomou o desvio do agnosticismo. Historiador, crítico literário, jornalista, Sir Leslie casou-se pela primeira vez com uma filha do célebre Thackeray. A mãe de Virginia, uma viúva, mãe de três filhos pelo primeiro casamento, deu ao ilustre Stephen mais quatro crianças: Vanessa, que se tornaria pintora, Thoby, que morreria de febre tifoide, Virginia, Adrian. Um dos filhos da mãe de Virginia infernizaria a vida da adolescente com insistentes carícias fora do esquadro fraternal. Não é preciso ser freudiano ortodoxo para debitar bastante a esses assaltos eróticos algumas deformações principais do comportamento psíquico de Virginia Woolf, que tinha apenas seis anos quando o meio-irmão, de vinte, passou a aterrorizá-la com mãos incestuosas; dois meses antes de morrer vw ainda se refere em carta a seus calafrios de pavor.

Menina, Virginia arranhava as irmãs e as paredes, já destra em duas táticas de combate: sabia ferir e sabia fazer rir. O pai não batizava os filhos, mas teve ela por padrinho honorário um ilustre americano, o escritor James Russell Lowell, que lhe fez versos e ganhou a primeira carta da afilhada, escrita aos seis anos de idade. De saúde complicada, a educação da menina e da mocinha quase que se limitou a aulas particulares. Deve-se a isso algum prejuízo: a escritora, o gênio (muito cedo passou a ser o gênio da família e dos amigos) contou nos dedos durante toda a vida. Mas o saldo foi lucrativo: teve a liberdade de movimentar-se para os lados onde o espírito a chamava e o espírito a chamava para a biblioteca paterna, surpreendentemente aberta para a época, onde estavam as encadernações de Platão, Ésquilo, Espinosa, David Hume. As matemáticas nada perderam e as letras ganharam uma cunhagem nova.

A família Stephen foi sempre muito chegada a lutos e desgraças. Uma meia-irmã de Virginia era louca. A morte da mãe, quando tinha treze anos, foi a sombra, o túnel. Dolorosamente excitada, passou a ouvir "vozes horríveis". A depressão chegou à fase crítica de horror pelas pessoas. Aulas suspensas, recomendações de vida simples. Morre outra meia-irmã, Stella, de doce perfil. Virginia busca talvez uma explicação para o destino em Ésquilo e Eurípedes. É a vez de Sir Leslie em 1904. Os divertimentos comuns da adolescência não distraem Virginia: vinte e cinco anos depois, ainda tremeria ao passar de ônibus diante da casa onde sofrera as torturas de um baile. Enquanto Vanessa, irmã querida, libertara-se do pai aparentemente, a dor filial de Virginia torna-se pesada e obsessiva. De uma viagem à Itália e Paris resulta nova crise nervosa com uma primeira tentativa de suicídio: salta de uma janela. Ouve passarinhos cantando em grego e, pior que isso, ouve o rei Eduardo VII, disfarçado entre azáleas, a dizer as piores bandalheiras. Depois de uma viagem à Grécia é a morte do irmão. Vanessa casa-se com o crítico Clive Bell. Virginia tem seu primeiro *flirt* com um helenista já mais idoso e que também morreria logo depois de repente. Escreve, escreve sempre, jornal de família, descrições de paisagens, diários, contos, cartas. Gosta de trabalhar em pé, talvez para não ficar em posição mais cômoda do que Vanessa diante do cavalete. Quando na rua, um amigo da família — o famoso Henry James — diz que sabe... que sabe que ela também escrevia, a moça fica perturbada dos pés à cabeça.

Se suas atitudes não se encaixam umas nas outras, isso não deve espantar ninguém: vw passou a vida toda a escrever sobre isso, sobre a falta de identidade ou de consistência da alma ou, se quiser, sobre a falta de personalidade. Quando T.S. Eliot a levou à leitura de Montaigne, devia o poeta ter sentido a alta frequência do caráter ondulante e fugidio da jovem escritora. É preciso aprender a não ter medo de Virginia Woolf. Foi o que fez seu sobrinho Quentin Bell ao escrever-lhe a biografia. Nesta se conta, com inexcedível parcimônia e um bom senso quase científico, o franco namoro de Virginia com o marido da irmã queridíssima, Vanessa, mãe de Quentin Bell. Amor mesmo, no sentido em que até as crianças o entendem hoje, só aconteceu uma vez. Mas o resto — a paixão, o ciúme, o cortejo de solicitudes — prolongou-se para sempre. É igualmente impossível para um latino, para mim pelo menos, compreender a reação (ou a falta de reação) de Vanessa diante do romance. Eles, que são ingleses, que se entendam. O mesmo Quentin Bell, como se estivesse falando de uma figura isabelina, duvida, apenas duvida, que sua mãe tenha feito amor na sala, à frente de todos, com o economista John Maynard Keynes. Motivo apresentado: Mr. Keynes, naquela época, andava atrás de outra coisa, e a coisa era o escritor Lytton Strachey, possivelmente.

Foi este último, o arguto ensaísta da era vitoriana, que deslanchou a liberdade, pelo menos de palavras e temas, no clã dos Stephen. Ao entrar para uma visita, deparando com uma mancha no vestido alvo de Vanessa (recém-casada), perguntou: Sêmen? A palavra mágica quebrou todas as barreiras de reserva e hipocrisia. Foi um alívio geral. A turma — conta vw — passou a conversar sobre cópula com a mesma franqueza com que discutia sobre a natureza do bem. Foi na época em que ela andava às turras com o manuscrito do que viria a ser *The Voyage Out*. Mas foi por volta de 1910-12 que sobretudo Vanessa & Cia., já amante de um pintor e ensaísta, o sensato e sensível Roger Fry, optaram pela liberdade sexual, pelo *neopaganismo*, um pouco pra valer, um pouco para gozar os basbaques vitorianos. O senso de humor de Vanessa era ao mesmo tempo doce e ferino. Como nesta observação: "Gostaria de Lytton como cunhado mais do que ninguém, mas, pelo que vejo, a única possibilidade disso seria se ele se apaixonasse pelo meu irmão Adrian, e, mesmo assim, Adrian provavelmente o recusaria". Virginia divertia-se com tudo isso, mas tirava o corpo fora. Considerava-se uma *covarde sexual*. Uma noite numa praia, o poeta Rupert Brook propôs que ficassem nus e caíssem no mar. Topou. Na volta, ao contar a proeza, ficou desapontada com o desinteresse geral. Para ela foi importante: anos mais tarde continuaria a relatar o episódio para esse ou aquele jovem escritor.

De qualquer forma, o departamento sexual dos *bloomsberries* (apelido posto nos componentes da tribo de Virginia) era apenas um pormenor do *prafrentismo* social, político e moral de todos: ela, Vanessa, Clive Bell, Lytton Strachey, Keynes, o pintor Duncan Grant, T.S. Eliot, Katherine Mansfield, Roger Fry, Vita Sackville-West... Há meio século, na Grã-Bretanha ainda impregnada do incenso vitoriano, eles viviam exatamente (tão exatamente quanto possível) como os jovens de hoje: em grande camaradagem de homens e mulheres; com um máximo de liberdade na escolha dos temas de conversação; em contestações; e até em *campings* mistos.

Era a primeira vez que uma geração de escritores e artistas britânicos punha em discussão a infraestrutura do *establishment*. Quase nenhum deles chegou a equacionar essa revisão em termos dialéticos; mas todos perceberam a fragilidade e a falsidade dos epifenômenos do século da rainha Vitória. Foi uma espécie de curto-circuito, pois os *bloomsberries* descendiam muitos de famílias aristocratas, pelo menos de famílias secularmente reputadas, e vinham dos esquemas estereotipados de Oxford e Cambridge.

O conceito social dos amigos de vw foi muito deturpado pela geração engajada na política. A própria, dentro de sua concha bivalve, dentro do seu egotismo neurótico, teve sempre atitudes sociais limpas e corretas: ria-se do conservadorismo, odiava o fascismo, simpatizava-se com os republicanos espanhóis. Chegou a participar de reuniões feministas simplórias, mas com muito boa vontade e violentação de si mesma. Não lhe cabe a culpa se entre o feminismo daquele tempo e Betty Friedan vai a mesma diferença existente entre o *Demoiselle* de Santos Dumont e o supersônico. Num ponto valeu: ninguém denunciou melhor do que vw a ridícula pomposidade da moral e das atitudes masculinas. Foi aí que o seu gênio flagrou a fatuidade e a hipocrisia do macho.

Libertação tinha um sentido muito mais angustiado naquele tempo. Era libertar-se do lar, do comportamento que o homem esperava da moça bem-educada. vw compreendeu isso com humildade: só poderia tornar-se escritora caso esquecesse a condição de mulher, caso conquistasse o seu espaço moral, até mesmo seu espaço físico (*a room of one's own*). Chegou a ser, como disse no fim, a mulher mais livre da Inglaterra? Pelo menos viveu e se matou para isso.

Voltemos ao contexto histórico de Monique Nathan. Depois da Primeira Guerra, o painel social da Inglaterra é este: aristocracia rural em decadência, ascensão da classe média, capitalismo industrial e comercial, trabalhismo, sindicalismo, greves, supremacia crescente da economia americana, complicações irlandesas, instabilidade financeira. Treme-treme no edifício vitoriano. Reação intelectual contra a máscara ou a mistificação. Darwin. Freud. Criação de uma mentalidade jovem muito parecida com o atual *já era* (Vitória já era). Faxina no *estabelecimento*. Feminismo de reação contra o gineceu inglês (só depois da guerra, a inglesa teve o direito de votar e de exercer as profissões reservadas aos homens). O Império Britânico começava a ser apedrejado de dentro para fora. As mãos que apedrejam obedecem a algumas centenas de cabeças entre as mais extensivamente cultivadas que jamais floresceram no jardim terrestre. Não era mais o delírio poético que contestava a sociedade; era a inteligência. Fendia-se um império feito de colônias sombrias, feito de ideias e legislações que pretendiam ser eternas. Foi assim que as próprias flores de Oxford e Cambridge começaram a contrariar os interesses e as moralidades interessadas dos magníficos aristocratas e dos soberbos magnatas da Grã-Bretanha.

Uma flor, esta caseira, chamava-se Adeline Virginia Stephen. Tinha trinta e seis anos quando publicou *Orlando*. Estava casada, castamente casada (quem deseja informações sobre vw só deve esperar pelo inesperado) com um homem paciente, inteligente, correto, devotado: Leonard Woolf. Publicara até então seis livros. *Orlando* foi escrito a grande velocidade. É uma torrente ritmada que se estende por três séculos da história da Inglaterra. Surpresa: o mesmo personagem cobre esses trezentos anos de existência. Maior surpresa ainda: Orlando é alternadamente homem e mulher. A androginia andava no ar que os poetas farejam. Uns seis anos antes, Katherine Mansfield anotava no diário: "Não somos nem machos nem fêmeas. Escolhi o homem que desenvolverá e ampliará em mim o que há de masculino; ele me escolheu para engrandecer nele o que há de feminino". A figura mais importante do mais famoso poema da época (*The Waste Land* — T.S. Eliot) é Tirésias, o velho andrógino da Antiguidade, o vidente cego. Coleridge já divisara uma androginia espiritual em todos os grandes criadores. Shakespeare seria para vw o máximo da potencialidade masculina-feminina. Contudo, as intuições dos escritores ingleses estavam em atraso. Já em 1898 Freud manifestava para um amigo sua crença na bissexualidade fundamental do ser humano: "Estou me habituando a considerar todo ato sexual como um acontecimento implicando quatro pessoas". Jung, por sua vez, pretende identificar no psiquismo a tendência de reconstituir um estado de coexistência do masculino e do feminino. Desses dois postulados partiram os poetas da ciência psicológica. Hoje se fala em mito confirmado pela biologia; sobre a teoria dos hormônios estaria o fundamento da bissexualidade, com um tríplice campo de pesquisas: bissexualidade biológica em diversos animais; traços de bissexualidade anatômica no ser humano; bissexualidade permanente e flutuante através das secreções de hormônios masculino e feminino. (Cf. Suzanne Lilar, *Planète*, n. 12.)

Assim, partindo da poesia/mito, a ciência retorna aos emboléus ao estado primitivo: o amor seria a tentativa de reconstituir uma indistinção sexual perdida. Mas *Orlando* não é uma fantasia científica sobre a androginia. Nem mesmo chega a ser propriamente uma fantasia poética ou mítica sobre a androginia.

De toda a especulação moderna, o que mais interessaria a vw seria decerto a hipótese de que o psiquismo humano é estreitamente tributário da oscilação permanente do equilíbrio hormonal. Pois, com *Orlando*, vw se fez uma espécie de Diana Caçadora: a peça procurada no bosque intrincado é a identidade humana, o ser contínuo, a personalidade íntegra. A caçada serve para mostrar que a caça não existe: em vez de um eu integral, encontramos o esmiuçamento da personalidade. *Orlando* é um poema sobre o tempo, melhor, sobre a fugacidade do ser e das projeções do ser dentro do tempo. O tempo é o personagem. Orlando é um indivíduo-dividido, ilogicidade insolúvel. Esse indivíduo é inerme dentro do tempo, e é o tempo que corrige a passibilidade da pessoa, repetindo-a através das sucessivas eras, em uma fantasia musical libérrima, mas que recorre indefinidamente aos mesmos motivos: beleza, sexo, amor, natureza, solidão, sofrimento e morte. É como se algo todo-poderoso — o deus Tempo — assoviasse a música do destino humano, o *fatum*, o fado. É um *scherzo*, uma brincadeira musical do tempo. Este, o autor, compõe, supremo virtuosismo, através de cada homem/motivo a sonata completa de toda a Humanidade.

Outro personagem concorrente é o Espírito da Época, a submissão ao efêmero, às ilusões em vigência. O Espírito da Época é a nossa limitação e por isso é importante. É a moeda corrente: quem usar outra pode ser apanhado como falsário. Com pespontos bem femininos anota vw: "A transação entre um escritor e o espírito da época é de infinita delicadeza, e a fortuna de suas obras depende de um bom arranjo entre os dois". A vida interior é inenarrável: "Orlando estava tão quieta que se ouviria a queda de um alfinete. Quem dera que houvesse caído um alfinete. Sempre teria sido um pouco de vida".

O livro brotou da contemplação meditativa de um retrato de Vita Sackville-West. Uma paródia aos mais acurados estudos biográficos da época. Contudo, é também autobiográfico, indisfarçavelmente nas páginas finais, até certo ponto autocomplacentes, mas dramáticas: "Se a heroína de nossa biografia não se decide nem a matar nem a querer, mas só a pensar e imaginar, podemos deduzir que não se trata de outra coisa além de um corpo morto e abandoná-la".

Aqui se pode talvez detectar um dos veios neuróticos que levaram vw ao suicídio; se a pessoa simples luta contra a rejeição afetiva dos outros, a sensibilidade complexa costuma provocá-la ou inventá-la. Virginia amplificava eletronicamente as menores contrariedades. Mas *Orlando* deve ter sido também uma tentativa de recuperação da normalidade (?) feminina de vw, condenada a um encadeamento de raciocínios que a afastavam da espontaneidade a que, por ter nascido mulher, tinha direito.

Pode-se ainda dizer que o personagem de *Orlando* é o próprio ritmo do livro. Ritmo de água. Na água encontraríamos as conotações mais sensíveis do simbolismo woolfiano. Um crítico chega a afirmar que a água é a substância do romance de vw e não um elemento decorativo.

O trágico apelo das águas... Quem buscou a morte nas águas de um rio conquistou o direito de ter deixado em uma obra sutil essa frase banal. *Orlando* pode ser ainda um romance sobre a vida. Agora sou eu que me arrisco no foco da banalidade. Que é a vida? "A vida não é uma série de lanternas dispostas simetricamente, a vida é um halo luminoso, um invólucro meio transparente onde somos encerrados desde o nascimento de nossa consciência até a morte." A tarefa do romancista — pergunta ela — não será exprimir esse espírito mutável, desconhecido e ilimitado, sejam quais forem as aberrações e complexidades que ele possa apresentar? Jamais conheci qualquer pessoa — diz Osbert Sitwell — com uma percepção mais sensível das menores sombras atiradas em torno dela. Depois de túneis e mais túneis, de crises e mais crises, depois de ter escrito nove romances, sete volumes de ensaios, duas biografias e vinte e seis cadernos de um diário, em 1941 as sombras estreitam-se espessas em torno de Virginia Woolf. No mês de abril, dois meses depois da morte de Joyce, seu bastão e seu chapéu foram achados à margem de um rio. O corpo só foi encontrado semanas mais tarde. Deixou para o marido este bilhete: "Tenho a impressão de que vou ficar louca. Ouço vozes e não posso concentrar-me em meu trabalho. Lutei contra isso, mas não posso continuar lutando. Devo-te toda a felicidade de minha vida. Foste impecavelmente bom para mim. Não posso continuar estragando tua vida".

Manchete, 16/06/1973
(Série: As Obras-Primas que Poucos Leram, 33)

Grande sertão: veredas

Porque esse livro conta uma história que não ouvíramos ainda, que precisávamos ouvir, uma história que agora se torna impossível imaginar não existindo; porque devemos escutar uma história ao amanhecer, outra ao meio-dia, outra ao cair da noite; uma história na infância, outra ao abrir-se das luzes e das sombras da maturidade, outra quando um farol no golfo escuro decidir o caminho da velhice; porque há uma história no princípio, outra no meio, outra no fim do mundo; porque as três histórias são uma única história: os enredos do homem com a sua força e o seu medo, e os da mulher com a sua fragilidade e a sua coragem; porque esse livro repete a parábola da vida humana sobre a Terra e nos molha no frescor das primitivas vegetações terrestres, até aclarar-se e ofuscar-nos em definitivas indagações da consciência; porque os homens são um único homem, e um único homem são todos os homens; porque Riobaldo esteve no Egeu, no castelo que preparava a guerra santa, na grande revolução libertária, no sertão de Minas entre os jagunços, e Riobaldo está a meu lado; porque a metafísica de Riobaldo percorre os tempos do mundo de ponta a ponta; porque Riobaldo é a ação que se contempla e o pensamento que sai armado cavaleiro;

porque a invenção desse livro é constante como os movimentos da natureza e as inquietações do pensamento, nessa reciprocidade que faz o homem patético perante as vagas do oceano e inelutável a órbita das estrelas;

porque filosofar é a solidão do homem anônimo e, no entanto, através da solidão, esse anônimo comunga na filosofia universal; porque só o exercício do sofrimento pode abrir esperanças ao pensamento de Riobaldo; e o pensamento deste vai, perdido e achado, como um bando de homens armados através do sertão;

porque essa obra de arte, generosa, fértil, indo não sei onde, onde a levar o espírito, tem a armação matemática com que se desenhou a harmonia de um templo em louvor de um espírito sem forma, além de todos os cálculos; porque sempre acima da sintaxe estruturada há de soprar o vento do espírito — para que as contradições do destino se realizem;

porque todas as partes desse livro cooperam entre si e aspiram a um fim; porque todas as suas figuras cooperam entre si e aspiram a um fim; porque seus hipérbatos, pleonasmos, anacolutos, anástrofes, idiotismos, prosopopeias, hipérboles, perífrases, metonímias, sinédoques cooperam entre si e aspiram a um fim; e o fim a que aspiram é o entendimento e a denúncia dos homens; para que estes não continuem matéria de escândalo, mas ponto de partida à vida comum, amor comum;

e ainda porque nesse livro se repetem a perplexidade das lendas mais antigas e o bem-mal dos mais velhos testamentos; "porque eu quero todos os pastos demarcados"; porque esse livro funciona em qualquer página, sendo composto de círculos concêntricos;

porque o ritmo é o comentário que o autor faz a suas palavras, suas personalidades; e porque nesse livro o comentário é de um movimento amplo e de uma iniludível vivência;

porque Riobaldo viu, ouviu, cheirou, provou da terra e dos corações; porque se integrou na profunda apreensão de seus sentidos, dando uma medida de beleza e verdade às especulações;

porque as regiões compõem o mundo e o definem, como o tecido celular define o órgão e o organismo;

porque o pouco que sabemos esse livro ordena e nos ensina;

porque o Brasil existe; porque os brasileiros existem;

porque seguimos todos através do grande sertão, e aos poucos nos distinguimos no lusco-fusco do mato;

porque nós guardamos para sempre um livro como esse: eu o louvo com modéstia e espanto.

Manchete, 13/10/1956

Fernando Pessoa (1)

No ano de 1888 é publicado *Os Maias* de Eça de Queirós; nasce em junho o poeta Fernando Pessoa, que jamais chegou a entender ou admirar o primeiro; as duas figuras modernas de Portugal que mais impressionam o leitor de nossos dias só poderiam encontrar-se por um desses exercícios artificiosos que se chamam paralelos.

Desconhecido inteiramente do público, mas prestigiado por pequeno grupo, Pessoa é o inspirador de movimentos literários que escandalizam os intelectuais lisboetas. Escreve irritantes artigos de estética. São surtos efêmeros, mais ou menos brilhantes, tocados de boa auréola de mistificação, sincera ou insincera, e que recebem nomes igualmente sofisticados: paulismo (de pauis), interseccionismo, sensacionismo. Das conversas de café surge a inevitável revista dos literatos inconformados — *Orfeu* —, da qual são publicados dois números em 1915.

Vivendo pobremente, empenhado na correspondência inglesa e francesa de escritórios comerciais, Pessoa engaja-se na preocupação obsessiva de fazer o autodiagnóstico psíquico.

O austríaco Max Nordau, discípulo de Lombroso, tem uma influência exagerada sobre as ideias do poeta, que se considera um degenerado à luz de uma doutrina que há muito deixou de ter beneplácito científico. É também na mesma fonte que procura explicação, quase sempre engenhosa e sempre tortuosa, para os desdobramentos de personalidade de que resultaram os heterônimos. Ao que me parece, toda a terminologia, toda a orientação científica de Fernando Pessoa, não passou de defesa inconsciente contra a força desconjuntiva de seu desequilíbrio emocional. Ele próprio classifica-se como "histeroneurastênico" com uma convicção sectária. (Seu medo desordenado muito faz lembrar as crises de outro artista de identidade flutuante e ubíqua — Virginia Woolf.) Por outro lado, as teorias de Nordau sobre a superior degenerescência do artista talvez lhe valessem como um atestado liberatório da excepcionalidade de seu gênio. É possível que Pessoa tenha passado a existência toda a pretender-se um gênio, a posar de gênio, sem ter a certeza do que era de fato um gênio. A abulia foi o caldo corrosivo em que se deixou destruir gradativamente.

Pobre Pessoa, um tímido, um pobre, um abúlico, um bêbado, tendo de abrigar em seu corpo frágil e doentio trezentas ou trezentas e cinquenta pessoas, nascidas ao mesmo tempo do caos e de uma inteligência racionalizante em excesso. Pois além dos heterônimos, há inúmeros anônimos que passaram por Pessoa, que nele viveram temporadas mais ou menos breves. O "drama em gente" não se limitou à literatura. E uma dessas pessoas, bem inesperada, seria o médium, que em certa época passou a receber, através de suas mãos, misteriosas mensagens. Outra seria o platônico apaixonado que acompanhava a moça de escritório depois do trabalho e lhe escrevia cartas, que não seriam de amor se não fossem ridículas. Outra seria o cabalista que acaba se envolvendo num caso policial por artes e tramoias de um inglês muito adoidado. Certo é que a vida de Fernando António Nogueira Pessoa seria uma barafunda incongruente se não emanasse de todas as suas distorções um nítido e harmonioso gênio poético.

Manchete, 29/09/1973
Publicada com o título *"Ficções do interlúdio de Fernando Pessoa"*
(Série: As Obras-Primas que Poucos Leram, 48)

Fernando Pessoa (2)

Toda grande poesia pode ser muitas vezes desagradável. A de Fernando Pessoa é quase sempre desagradável. Tem aquela qualidade irredutível, esmagadora, desmoralizante, paralítica, do sentimento-pensamento do homem que se encontre, por exemplo, no velório de sua mãe. Ou aquela qualidade alarmante e alarmada do homem que se sabe programado por um câncer. É uma poesia irrespirável. Todos os gestos são possíveis; mas é inútil fazê-los. O corpo é uma máquina suscetível a todas as volúpias e dores; mas é inútil senti-las. Santidade e crime são calotas iguais de uma esfera vazia. O homem pode escolher e vestir todas as fantasias, criar máscaras originais, novas pessoas para si mesmo, mas continuará nu e incomunicável, na festa do Grã-Mogol e na viagem lunar.

O homem é o inventor daquilo que lhe falta. Inventa a vida porque está morto. Inventa a moral porque é instinto. Inventa a ação porque é paralítico. Inventa a individualidade porque é uma coorte de almas minúsculas, desenfreadas e contundentes.

Inventa a ciência porque não pode entender nada. Inventa o amor porque é egoísmo. E assim por diante.

Fernando Pessoa é o poeta quase sempre postado diante da essa mortuária de sua mãe — a terra. A terra está imanentemente morta. Um dia morrerá o Esteves da tabacaria e morrerá o poeta que o confronta:

> *Ele deixará a tabuleta, e eu deixarei os versos.*
> *A certa altura morrerá a tabuleta também e os versos*
>   [*também.*
> *Depois de certa altura morrerá a rua onde esteve a tabuleta.*
> *E a língua em que foram escritos os versos.*
> *Morrerá depois o planeta girante em que tudo isto se deu.*

Noves fora, nada. Os *noves* são as sensações, as emoções, os sentimentos, as lembranças, as ideias: o espírito de Fernando Pessoa está sempre a escamotear automaticamente esse substrato de realidade irreal — e encontrando o Nada.

A vida é a capacidade ilusória de construir, mas é também a capacidade realista de destruir. Fernando Pessoa é o poderoso empreendedor daquilo que podia ser feito. Jamais voltará à ilha de Ítaca porque jamais partirá da ilha de Ítaca. Mas, se partisse, seria o mesmo, como se não tivesse partido.

Não vale a pena ser um semideus da ação, das sensações ou do pensamento; é preferível — porque menos excessivamente inútil — ser a menina que come chocolate ou o Esteves da tabacaria.

Fernando Pessoa foi um histérico, um esquizoide, um gênio. Não vou discutir a validade de seu comportamento diante da existência. Porque não se pode discutir o mérito da reação de um homem que se encontra no velório de sua mãe: nós, os leitores, acharemos alívio lá fora, respirando fundo, olhando o jardim, fumando um cigarro, contando uma anedota.

A não ser que nos defraude a certeza — ou a ilusão — de que foi também a nossa mãe que morreu: então não haverá alívio, só a esperança do esquecimento.

Se o esquecimento vier, construiremos uma casa, criaremos uma filosofia, estabeleceremos um plano de justiça, iremos à cidade, publicaremos um livro, ganharemos dinheiro, sentiremos dores e prazeres.

Mas se o esquecimento não vier, ficaremos para sempre histéricos.

Pena que não sejamos, pelo menos, gênios.

Manchete, 29/09/1973
Publicada com o título *"Ficções do interlúdio* de Fernando Pessoa"
(Série: As Obras-Primas que Poucos Leram, 48)

Bandeira do Brasil — um patrimônio que não requer tombamento

Coexistem na prosa de Manuel Bandeira conhecimento erudito da linguagem e ouvido esperto para o linguajar comum. Andava nas duas pernas. Confinado ao quarto pela doença, aprendeu a curtir este quarto; a rua, já amorável desde a infância, foi o prazeroso espaço do convalescente. Essa bipolaridade dinâmica, concentração e expansão, ilumina a dupla, mas não antagônica, personalidade de Bandeira. Sabedoria foi a resultante da convivência, intensa e contida, nas duas frequências da maré humana: solidão e comunhão.

Literatos e artistas numerosos inclinam-se demais para um exclusivismo de experiências: enclausuram-se no escritório ou se espalham na disponibilidade rueira da boemia. Os primeiros só olham a rua pela janela da imaginação; e os boêmios (etilistas ou não), diletantes de ambientes, fecham os olhos quando entram em casa. É o quarto livresco em tempo integral; ou a rua provocativa, tarde, noite e madrugada. Com uma sagacidade hipocrática, o cidadão de Pasárgada, em sístoles e diástoles tão ritmadas quanto possível, fez do quarto o caminho compulsivo para a rua e da rua o caminho amável para o quarto. Deu-se muito bem (aquele simpático sorriso dentuço!) com os moleques da rua Curvelo e os salamaleques da sociedade literária.

Foi um animado bisbilhoteiro: de naves barrocas, altares, sacristias, claustros, antiquários, livrarias, museus, engenhos de cana, cozinhas, dicionários, quintais, tudo, principalmente a língua do povo. Já veio, por todos os sentidos, abrasileirado da infância recifense, petropolitana, carioca. Um Mário de Andrade, um Rodrigo M. F. de Andrade, um Gilberto Freyre, companheiros de bancada, apenas o teriam apoiado na sintonia operacional dessa índole.

Era visto (aquele sorriso dentuço!) em exposições, lançamentos de livros, teatros, reuniões amigáveis, e principalmente salas de concerto. Viu o samba nascente, baixou em macumbas, participou de júris os mais diversos. Na eleição de Miss Brasil, no Quitandinha, com ele participei da escolha de Martha Rocha, em 1954. Passamos a noite no hotel e tive a alegria de acompanhá-lo na viagem de volta ao Rio na manhã seguinte. Descemos a serra escutando no rádio do carro a transmissão do jogo Brasil e Hungria, Copa do Mundo na Suíça. Meu consagrado companheiro sofreu como um torcedor contumaz os noventa minutos de nossa derrota para a seleção de Puskás e outros cobras magiares.

Estou a falar trivialidades porque as trivialidades de Manuel iluminam sua imagem cotidiana. E o cotidiano é o pão da crônica. Apesar de o poeta — na própria criação poética — ter salvado de seus naufrágios os elementos mais cotidianos, nas crônicas é que nos mostra o documentário solto de sua vida. Por isso mesmo, por indução de suas crônicas, passei a lamentar, por absurdo, o fato de Camões não ter sido igualmente cronista. Azar!

Nas revelações de Bandeira há uma constante, esta: depois de certa época, ainda jovem, só passou a escrever por duas motivações: desabafo íntimo (quase sempre em verso) e encomenda (quase sempre em prosa). Escreveu a propósito lúcidas autoanálises de cristalização criadora do inconsciente.

Há duas razões para alguém escrever por encomenda: para remendar orçamento ou para satisfazer um amigo. Foi pra ajeitar a receita que Bandeira produziu as crônicas mais antigas, no *Diário Nacional,* de São Paulo, em A *Província,* de Recife. Colaborou também com artigos mais objetivamente literários, para jornais de Juiz de Fora, Belo Horizonte e outros lugares. Atendendo pedidos, sempre escreveu, mesmo depois de finanças razoavelmente resolvidas.

Às vezes protestava docemente contra a tirania dos amigos... mas continuava a satisfazê-los. Eu que o diga! Por pressão tirânica de Fernando Sabino, João Condé, e eu na trinca, Manuel teceu a renda bonita de um livro inteiro: *Itinerário de Pasárgada.*

Não me arrependo da impertinência opressora: o livro é uma obra-prima de singeleza cicerônica, na qual se apontam os volumes arquitetônicos, as paisagens pictóricas e as nuanças afetivas do caminho criador de Manuel Bandeira. Ou, pra dizer tudo num lugar-comum: é um livro aberto!

O cronista Manuel Bandeira... São cinco sentidos vivazes a serviço de três virtudes predominantes: critério, ternura e humor.

Tudo à brasileira. Ou, na expressão de Otávio Tarquínio, tudo de um regionalismo profundo.

O aprendiz Manuel Bandeira deixou lições peripatéticas de um brasileiro civilizado. Foi a cultura sem pose, o popular sem cafajestismo.

Em linguagem descontraída escreveu sobre arquitetura brasileira, costumes brasileiros, músicos brasileiros, artes brasileiras, literatura brasileira, gente brasileira. Poucas vezes tomou por modelo assunto de fora.

Ora, não é vantagem ser brasileiro, mas pode ser uma fatalidade. E quando isso acontece a gente só pode expatriar-se botando uma máscara risível, falsificando a identidade e forçando um sotaque qualquer.

O Manuel Bandeira das crônicas é um monumento de nosso patrimônio literário: não requer tombamento. Ele mesmo o fez, sem consciência disso, meio brincando, nas linhas que escreveu por este Brasil tão Brasil, tão bandeiriano.

Jornal do Brasil, 04/01/1987

Contradições de Mark Twain

Mark Twain raramente duvidou de que fosse um homem engraçado; mas nunca teve certeza de ser bom escritor. Sempre dependeu dos outros para informar-se se o que escrevia era bom ou não prestava. Ouviu conselhos até de pessoas que não entendiam do riscado. Entretanto, T.S. Eliot, que seria o bicho-papão da crítica literária, escreveu que o estilo de Mark Twain de certa época era um redescobrimento da língua inglesa. E Hemingway diria que *Huckleberry Finn* (que está fazendo noventa anos) era o melhor livro americano, de onde tudo partiu, jamais ultrapassado.

Como Hemingway, Twain acreditava no azar e na sorte. Acreditaram-se ambos homens de sorte — até o momento, bem definido, em que a deusa os abandonou e entraram por um cano sombrio.

Durante a vida toda foi um homem em perpétuo movimento. Agnosticismo de pai e calvinismo de mãe estão na base das numerosas contradições de quem tirou das ambiguidades e semelhanças dos irmãos gêmeos um ponto de partida para intermináveis reflexões sobre a natureza humana. A dupla personalidade é pensamento que retorna sempre a suas cogitações. Ainda nos dias que precederam sua morte dois temas obsessivos empolgaram o velho fatigado: a formação de sindicatos (arma do fraco contra o forte) e a duplicidade Jekyll-Hyde.

O humor, originalmente rural, só na década de 20 seria urbanizado. Mark Twain nasceu humorista em estado bruto. Levou anos e anos aprendendo a fazer graça. Ou aprendendo a fazer dinheiro de graça. É em torno do dinheiro que se tece outra trepadeira de contradições do humorista. A *falta de dinheiro* é a raiz de todo o mal. Levou a vida tentando abater a raiz de todos os males, metendo-se em projetos que deveriam dar para juntar dinheiro suficiente a uma existência beatífica. Chegou a crer que faria uma das grandes fortunas americanas. Essa confiança desassisada na mina de ouro (tratava-se, no caso, duma impressora tipográfica revolucionária) acabou por levar à falência e à humilhação um velho cheio de glória, amigo dos ricaços, íntimo de Ulysses Grant, convidado de honra do Kaiser, admirado pelos últimos monarcas e pelos primeiros presidentes de novas repúblicas. Por outro lado, disse que o verdadeiro perigo amarelo era o ouro.

Sempre que fracassava em qualquer empreendimento, voltava a ser conferencista, dedicando-se a isso como o diretor que calcula todos os efeitos duma montagem cômica. Acabou odiando esse gênero de trabalho quando se viu forçado a repetir espetáculos ambulantes à cata de remendos para suas finanças erguidas e arruinadas uma porção de vezes.

O irreverente Mark Twain seria o mais grave e convencional dos maridos, zangando-se quando um estranho se referia a sua família em termos que fugissem um pouquinho à formalidade. Todo o substrato puritano desse cínico condensou-se nas relações familiares. Como pai, o mais quadrado que se possa imaginar. Foi companheiro de Freud ao determinar que o *Dom Quixote* não era leitura honesta para noivas castas. Nos últimos anos, fechado na dor brutal de numerosas mortes na família, o engraçado se fez arrependido, atormentando-se nas teias de vasto e difuso complexo de culpas.

Em suma foi um trágico humorista, que se arrependeu de todas as coisas da vida. Teve por consolo final o alívio dos piores desesperados: nada era importante, tudo não passava de fantástica brincadeira. De fato não teve graça o fim da vida do homem que escreveu isto: "Acho que somos apenas microscópicos vermes ocultos no sangue de uma enorme criatura, e é com esta criatura que Deus se preocupa, e não conosco". Ele próprio dera para passar horas olhando por um microscópio, assombrado com a pluralidade dos mundos e a disparidade das dimensões. Os números o obcecavam; confessou que nunca se sentiu atraído pela ficção e só gostava de ler os fatos e as estatísticas.

Tendo crescido às margens do Mississippi, as realidades e os símbolos do rio entranharam-se nele. Todos os grandes rios que fez questão de contemplar eram o Mississippi. Dos pequenos escarneceu, tendo dito que o Arno seria mesmo um rio caso bombeassem um grande volume de água para dentro de seu leito. O Neckar era tão estreito que uma pessoa poderia lançar um cachorro dum lado para o outro. Em compensação, o Nilo era tão largo que só possuía uma margem. Também o Amazonas andou na imaginação desse místico da realidade: antes de tornar-se escritor, pretendeu explorar-lhe as origens (segundo alguns) ou explorar-lhe o cacau (segundo outros). As duas coisas certamente.

Considerava-se um preguiçoso nato esse monstro de energia, mas quando imaginava o paraíso duma vilazinha alemã, onde ninguém o conhecesse nem falava inglês, seu objetivo era trabalhar em paz.

Já sucesso em sua terra, foi à Inglaterra, onde pensava colher material para uma gozação de vendagem garantida; a recepção carinhosa dos ingleses atrapalhou-lhe os planos; tornou-se anglófilo. Trocaria depois a Inglaterra pela Alemanha, onde era reconhecido na rua e olhado com veneração. Irritando-se com os costumes licenciosos dos franceses, colecionava por escrito as mais picantes anedotas de Paris.

Mark Twain foi uma ilustração desta observação que pertence a ele e a todo o século XIX: "Todo homem é uma lua, e tem um lado escuro que não mostra para ninguém". A partir dos psicanalistas de Viena e dos astronautas americanos, estamos tentando esclarecer essa obscuridade moral e física.

Mark Twain, depois de crises de amor e desamor pela civilização, chegou a uma conversão negativa: o Grande Século fora um fracasso, a democracia chegara a um sombrio coletivismo industrial. A visão enquadrava-se na moldura maior do pessimismo cósmico do humorista: a vida não tinha sentido nem dignidade. O resultado de todas as vidas é um lugar-comum: o coração partido.

Mas raro escritor foi tão compassivo com os pobres e tão afeiçoado aos humildes. Não porque a pobreza fosse santa (a eterna hipocrisia), pelo contrário: porque a miséria era a mãe da gula, da sordidez, da inveja, do ódio, da malícia, da crueldade, da mesquinharia, da mentira, da fraude, do roubo, do assassinato.

Humorista para ele era justamente a pessoa que possuía uma simpatia radical pelos pobres e humilhados.

Manchete, 11/05/1974
Publicada com o título "Contradições do humorista"

A tristeza de Augusto dos Anjos

Augusto dos Anjos foi um verdadeiro poeta. Complicou-se ingenuamente julgando-se monista-evolucionista, perdeu-se adolescentemente em intenções macabras, atochou brasileiramente os seus versos com palavras difíceis. Mas foi bom e verdadeiro poeta. Porque possuía, como poucos poetas nossos, uma orelha hábil para o ritmo e uma extraordinária capacidade de fixar imagens. Possuía sobretudo o dom de encadear um verso ao outro. Essa fluência é ainda mais admirável em uma época de poetas que parecem a ter perdido, em uma época de versos sincopados e bruscos.

Augusto dos Anjos, no entanto, com o seu autêntico talento, podia ter sido um poeta ainda melhor. E o que lhe faltou para isso foi um pouco de alegria pessoal, de vivacidade.

A tristeza coletiva e paisagística do Brasil pesa indiretamente em seus poemas com uma força enorme. Esse é o lado verdadeiro e bom de sua sensibilidade. O lado ruim e artificial desta é o pessimismo filosófico que o poeta cândida e magoadamente assumiu. Acredito que a sua afetação niilista se originou enraizadamente na sua falta de alegria pessoal, na melancolia da luta desfavorável que manteve com a vida prática.

O depoimento objetivo e lúcido de José Oiticica, amigo do poeta, é incisivo. Na explicação de Augusto dos Anjos, o fator ponderável não é a doença, é a penúria: "Nunca me falou em doença. Jamais o vi doente". E acrescenta José Oiticica: "O que atenazou a vida do poeta foi a luta pelo vil dinheiro".

Nossa impressão é esta: há em Augusto dos Anjos uma tristeza natural, nascida do choque de seu espírito observador e sensível com uma realidade que fornece substanciosos motivos à melancolia; e há nele uma afetada tristeza intelectual, conseqüência sutil das dificuldades que encontrou.

Houvesse sua vida sido mais fácil, e em seus poemas haveria de resplandecer apenas a tristeza de suas observações colhidas na realidade. O poeta teria sido melhor, mais forte. Assim fosse, possivelmente os elementos de tristeza de sua poesia não funcionariam apenas como imagens que engrossam a sua filosofia pessimista. Esses elementos ganhariam um vigor puro com a objetividade. As paisagens miseráveis em torno dos engenhos, as coisas sórdidas e tristes que tanto o perturbaram, perderiam o seu caráter abstrato de simples moldura ao clima de seu pessimismo, e ganhariam a perspectiva social que realmente possui. Nossa convicção é de que o poeta, liberto de sua atitude filosófica, teria escrito, com os mesmos motivos de sua sensibilidade, uma poesia incomparavelmente mais valiosa.

Não me parece exato é explicá-lo por meio da doença. "Um caso patológico em toda a extensão da palavra", afirma precipitadamente Medeiros e Albuquerque. O que se deu com Augusto dos Anjos, além da autenticidade de sua vocação poética e da falsidade de sua filosofia, foi o prolongamento do espírito adolescente. Foi adolescente até a morte. Adolescente quando adotou o pensamento "do insigne Herbert Spencer"; adolescente quando, acompanhando a moda, se fez cultuador de Haeckel; adolescente pela sua gravidade; adolescente quando proclamou seu nojo à Humanidade; adolescente pelo seu vocabulário esdrúxulo; adolescente pelo seu desejo de passar-se por um poeta fúnebre; adolescente, cândido adolescente, quando dedicou um livro como o *Eu* à sua esposa.

E poeta de adolescentes Augusto dos Anjos permanece. Para os homens maduros, mesmo de um país escandalosamente romântico como o Brasil, o "pensamento" de Augusto dos Anjos não pode ser levado a sério. Nós, adultos, buscaremos em sua poesia a docilidade do ritmo, a beleza das imagens, e na história de sua curta e triste vida uma lição mais sadia e mais prática do que o seu pessimismo.

Manchete, 11/08/1956

García Lorca

Pablo Neruda descreve assim o autor do *Romancero gitano*: "Era um relâmpago físico, uma energia em contínua rapidez, uma ternura completamente sobre-humana. Sua pessoa era mágica e morena e trazia a felicidade".

Guillermo de Torre: "Quem poderia ter ficado imune ante o seu lirismo penetrante, a sua infantilidade risonha, a sua alegria desabrida?".

O poeta Pedro Salinas sentia que ele vinha antes de chegar, era a festa, era a alegria.

Império de simpatia, para Dámaso Alonso.

Perto de Lorca, constatou Jorge Guillén, nem calor nem frio: fazia Federico.

Num dos momentos mais desagradáveis de sua vida, o próprio "império" escrevia a um amigo: "É preciso ser alegre, o dever de ser alegre".

Que importa que o mais alto cimo de Federico García Lorca, como o de todo grande poeta, não fosse o da alegria? Só poetas, não apenas grandes mas muito especiais, sabem juntar uma sombria obsessão de morte a uma ânsia vital ilimitada.

Poetas que extravasam dos versos e continuam, depois de mortos, a provocar, em quem os viu ou não viu, a nostalgia da presença sensorial. No caso dele, era tão excitante essa centelha física que quase se bastava: não se pode imaginar artista de sucesso garantido mais descuidado em "edificar" uma obra, em corporificar os poemas. Não que fosse um improvisador ou uma espécie de boêmio de gênio; costumava trabalhar um poema curto demoradamente, deixá-lo a depurar na gaveta, para retomá-lo várias vezes, certo de que era poeta por graça de Deus, ou do diabo, e do artista artífice.

García Lorca tem analogias bastante expressivas com o nosso Mário de Andrade e que poderiam ser desenvolvidas: esses olhos claros para o que é inspiração e artesanato; aquela mesma fascinação pessoal que não se explica, mas todos sentem, e que em Andaluzia pode ser causada por um *duende*; o mesmo gosto popular, equilibrado com a disciplina do que é de fato clássico na tradição; instinto simpático pelos grupos humanos pobres ou primitivos; ouvido fino para a música; espírito de ordem e de aventura; visão dos valores plásticos; e daí se poderia partir para incidências bem minudentes, como, por exemplo, o da mesma ternura pelos diminutivos (até de verbos) do andaluz e do brasileiro. Lorca dava importância ao amor de Granada pelo diminuto, uma verdadeira estética das coisas diminutas, "a nota mais distinta e o mais delicado brinquedo" dos artistas granadinos.

Quando nasceu Federico García? 1898 ou 1899? Até hoje as duas datas se revezam nos compêndios e a coisa já deu motivos a pruridos polêmicos. Por uma infantilidade qualquer, superstição ou brincadeira, o poeta deixou indecisa a data de seu nascimento, afirmando um "erudito lorquiano" que ele veio ao mundo a 5 de junho de 1899, retrucando outro que isto se deu a 15 de junho do mesmo ano ou do anterior.

Mas foi, sem dúvida, em Fuente Vaqueros, nos arredores de Granada, em terras de Andaluzia, filho de proprietários rurais.

Depois de bancos escolares em Almeria e Granada, por volta dos vinte anos ele se encontra em Madri enturmado na residência de estudantes e nos cafés com os jovens artistas, o cineasta Luis Buñuel, o pintor Salvador Dalí, o prosador Guillermo de Torre, o poeta Rafael Alberti, entre muitos. Dalí pinta a seu modo esse encontro: "O fenômeno poético, em sua integridade e crueza, apresentou-se por si mesmo diante de mim, subitamente, em carne e osso, confuso, rubro-sangue, viscoso e sublime, tremulante com mil fogos de escuridão e de biologia subterrânea, como toda a matéria dotada com a originalidade de sua própria forma". Numa ode famosa, por sua vez, o poeta retrataria um Dalí claro, rigoroso, pré-surrealista. Ambos se incumbem de divertir a moçada com teorias humorísticas e balés burlescos. Às vezes Federico tem de recitar os próprios poemas, o que, mesmo com o mínimo histrionismo, testemunham os outros, centuplicava o encanto dos versos e fazia de cada novo espectador um agente promocional do rapaz de Granada.

Apesar de desconhecido seu livro de estreia poética, apesar do fracasso de sua primeira comédia, a fama de García Lorca abriu-se em círculos concêntricos como a água mansa ferida pela pedra. E hoje, depois do triunfo teatral, depois da glória póstuma do sacrifício de sangue, verifica-se que o auditório de Lorca só é talvez superado na literatura espanhola pelo de Cervantes. Bem ou mal, ele está traduzido em todas as partes do mundo. E até pouco tempo, só antes dos barbudinhos e das motocas, em qualquer esquina do mundo, quem voltasse pra casa numa madrugada de verão, poderia ouvir de repente numa reunião burguesa uma voz tentando dar expressão ao romance da casada infiel: "E eu que fui com ela ao rio/ pensando que era donzela/ tinha porém um marido./ Foi a noite de São Tiago/ e quase por compromisso./ Os lampiões se apagaram/ e se acenderam os grilos./ Já nas últimas esquinas/ toquei seus peitos dormidos/ e se me abriram de pronto/ como ramos de jacintos./ A goma de sua anágua/ ressoava em meus ouvidos/ como uma peça de seda/ por dez facas feita em tiras./ Sem luz de prata nas copas/ têm as árvores crescido,/ e um horizonte de cães/ a latir longe do rio./ Atravessando o sarçal,/ mais os juncos e os espinhos,/ sob os seus bastos cabelos/ fiz um côncavo no limo./ Arranquei minha gravata./ Ela tirou o vestido./ Eu, cinturão com revólver./ Ela, seus quatro corpinhos./ Nem nardos nem caracóis/ têm uma cútis tão fina,/ nem os cristais com a lua/ relumbram com tanto brilho./ Suas coxas me escapavam/ como peixes surpreendidos,/ metade cheias de luz,/ metade cheias de frio./ Viajei naquela noite/ pelo melhor dos caminhos,/ montado em potra de nácar/ sem rédeas e sem estribos./ Não quero dizer, por homens,/ as coisas que ela me disse,/ pois a luz do entendimento/ me faz muito comedido./ Sujos de beijos e areia,/ os dois deixamos o rio./ Contra a brisa combatiam/ as armas brancas dos lírios./ Procedi como quem sou./ Como gitano legítimo./ Dei-lhe cesta de costura,/ grande, de cetim palhiço,/ e não quis enamorar-me porque, tendo seu marido,/ disse a mim que era donzela/ quando eu a levava ao rio".

O *Romancero gitano* é o mais alto livro de García Lorca, *trabalhado e sólido como uma pedra,* como ele queria seus romances. Pablo Neruda disse a mim que a obra-prima do amigo teria sido *Sonetos del amor oscuro,* um livro que sumiu, também considerado por Vicente Aleixandre um "prodígio de paixão, de entusiasmo, de felicidade, de tormento, puro e ardente monumento ao amor". Registre-se mais uma vez a lamentável perda. Mas o *Romancero* é um livro perfeito.

Foi publicado pela primeira vez em 1928, e um ano antes o

autor já se confessava um pouco aborrecido com o mito de sua gitaneria: "Procuro harmonizar o mitológico gitano com o puramente vulgar dos dias presentes, e o resultado é estranho, mas creio que de uma beleza nova". Os gitanos são o tema, mais nada, e ele preferia dizer que se tratava de um livro de Andaluzia.

Quando, numa carta, Lorca procura contar o que era a Huerta de San Vicente, onde morava, talvez estivesse traduzindo em prosa o que buscava transmitir na poesia do *Romancero gitano*: "Há tantos jasmins no jardim e tantas damas-da-noite que pela madrugada nos dá a todos de casa uma dor lírica de cabeça tão maravilhosa como a que sofre a água retida. E, no entanto, nada é excessivo. Este é o prodígio de Andaluzia".

É isso aí. Como toda obra-prima que se preza, o *Romancero* é um objeto de luxo, mas que, no caso, faz questão de ser o luxo da água e do jasmim. Não excessivo. Vários críticos ressaltam no livro a insistência do contraste entre a vida natural dos gitanos e o peso repressor ou civilizado que emana duramente da Guarda Civil. Sim. Mas acreditamos que se pode esticar mais e melhor a percepção desse contraste, até o ponto feliz e tenso em que sentiremos, dentro de cada um de nós, os impulsos e as respectivas contrações, um ego e um superego, um gitano e um guarda-civil.

Lorca, sem aludir a interpretações simbólicas (a poesia de alta voltagem sempre ultrapassa o domínio que o autor possui de suas próprias intenções), não queria que o livro fosse tomado como um mural pitoresco do gitanismo. Era mais um *retábulo do andaluzismo*: "É um canto andaluz no qual os gitanos servem de estribilho. Reúne todos os elementos poéticos locais e neles coloco a etiqueta mais facilmente visível. Romances de vários personagens aparentes, que têm um único personagem essencial: Granada". Melhor ainda: "A poesia é um outro mundo".

Mais sutilmente explícito, não poderia ser. Para o ensaísta inglês C. M. Bowra, a geração lorquiana aspirava a um movimento mais vigoroso do que Juan Ramón Jiménez e mais musical do que Antonio Machado; se algum livro subiu a essa altura, foi o *Romancero*.

Guillermo Díaz-Plaja o estudou exaustivamente, chegando a levantar a estatística de cores, flora, animais etc. São apenas dezoito poemas, bastante curtos, em redondilha maior, de rimas toantes, uma tradição da lírica espanhola, revitalizada por alguns modernos. Um bom exemplo da arquitetura e da atmosfera de *Romancero* pode ser encontrado em "Preciosa y el aire" (na tradução de Afonso Félix de Souza): "A lua de pergaminho/ Preciosa vem tangê-la/ por uma anfíbia vereda/ de cristais e de loureiros./ O silêncio sem estrelas,/ fugindo aos sons do pandeiro,/ cai onde o mar bate e canta/ sua noite cheia de peixes./ Nos altos picos da serra/ dormem os carabineiros/ a guardar as brancas torres/ onde moram os ingleses./ Perto os gitanos do rio/ matam o seu tempo erguendo/ coretos de caracóis/ e ramos de pinho verde./ A lua de pergaminho/ Preciosa vem tangê-la/ Ao vê-la — eis que se levanta/ o vento sempre desperto./ *San Cristobalón* desnudo,/ cheio de línguas celestes,/ olha a menina tocando/ uma doce gaita ausente./ — Menina, deixa que eu erga/ teu vestido para ver-te./ Abre em meus dedos antigos/ a rosa azul de teu ventre./ — Preciosa arroja o pandeiro/ e corre não se detendo./ Com o ardor de sua espada/ machão o vento a persegue./ — Franze seu rumor o mar./ Encolhem-se as oliveiras./ Cantam as flautas da sombra/ e o liso tantã da neve./ — Preciosa, corre, Preciosa,/ que te pega o vento verde!/ Olha-o por onde ele chega!/ Sátiro de estrelas baixas/ e com línguas reluzentes,/ — Preciosa encontra uma casa,/ onde entra, morta de medo./ Lá, muito acima dos pinhos,/ mora o cônsul dos ingleses./ — Assustados pelos gritos/ chegam três carabineiros,/ negras capas ajustadas/ e os bonés cobrindo as têmporas./ O cônsul dá à gitana/ um copo morno de leite,/ e um cálice de genebra/ que Preciosa não aceita./ — E enquanto conta, chorando,/ a aventura àquela gente,/ o vento, furioso, morde/ em cima a ardósia das telhas".

Embora o "caso" aí narrado contenha elementos de lendas clássicas, García Lorca escreveu a um amigo ter inventado esse mito; melhor para ele e para a autenticidade simbólica da mitologia. Díaz-Plaja vê nesse poema um exemplo típico de uma característica de todo o livro: "O uso de uma linguagem metafórica convivendo com uma linguagem extremamente normal". Mais elaborada análise do poema faz entretanto um professor de Illinois (J. F. Nims), aproximando Preciosa da Gitanilla de Cervantes, outro modelo de castidade aos quinze anos. San Cristobalón, meio pagão, meio cristão, importante no folclore espanhol, é uma espécie de Pã, um deus da fertilidade, pronto a fazer vítimas preciosas. Para escapar, a menina recorre à proteção artificial no mundo civilizado, com seus policiais e estrangeiros ricos. Aqui o conflito entre a inocência e o sexo é cósmico, e se há moral nesse romance Lorca não foi o primeiro a dizê-la. Preciosa viu-se um instante a salvo, nos domínios do convencional, e o que pode ter acontecido mais tarde ninguém sabe, ninguém viu.

O melhor da análise de Nims é o que parece óbvio depois de enunciado: trata-se de um balé de imagens. Três personagens: a menina assustada, o desabrido San Cristobalón, o impecável cônsul inglês. Três carabineiros. Os gitanos são de água, ondulações do rio. Para o Silêncio, a Noite, o Mar, as Oliveiras, podemos imaginar dançarinos. O poeta é o coreógrafo; o poema é o que eles fazem.

Certo. García Lorca jamais perdeu seu gosto de visualizar balés ingênuos, nem mesmo nos versos ácidos e retorcidos sobre Nova York. *O artista deve chorar e rir com o povo*; isso não deve ser tomado num sentido de dramaticidade social; deve ser tomado ao pé da letra, declarado por um granadino inclinado à compreensão simpática dos perseguidos, do gitano, do negro, do judeu.

Romance sonâmbulo é outro dos poemas mais famosos de Lorca. Rafael Alberti o considerava a melhor *balada moderna* da literatura espanhola. *Verde que te quiero verde*. Bowra traduziu isto para o inglês: *Green, how I love you, green*. Francamente: foi-se a verde graça. Nims viu nesse verso um intraduzível feitiço, que significa tudo e nada significa. *Verde* significa *green*; *te quiero* significa *I love you* e *I want you*. *Que*, não passaria de modo algum para o inglês, significando algo como *the fact is that*, e sendo ao mesmo tempo mais que um expletivo retórico. Não dá! Concluiu com juízo o professor; e o leitor que dê um jeito de morar na integral verdade destas palavras: *Verde que te quiero verde*. Para nós, brasileiros, não é nada difícil, no caso; mas por aí temos uma ideia dos abismos que faíscam na singeleza da sintaxe lorquiana.

Às vezes, no entanto, não é por falta de alcance sintático, mas por falta de informações justas, que o leitor pode perder-se nos diminutos jogos de cena peculiares a García Lorca. Por exemplo: "*Antonio Torres Heredia, filho e neto de Camborios, com uma vara de vime vai a Sevilha ver os touros*".

Se não soubermos que Torres, Heredia e Camborio são nomes fidalgos da gitaneria, e que esta ressuma uns ares de aristocracia, bem típica, não poderemos avaliar o significado nobre da vara de vime que o garboso gitano conduz na jornada para Sevilha. Só depois de integrado no clima senhoril dos Camborios, o leitor poderá apreender a altivez dessa vara de vime na mão de quem dispõe da nobreza de um passado, do esplendor do presente e da ociosidade do futuro, a ponto de se dar ao luxo de ir às touradas de Sevilha.

Na metade do caminho, cortou limões redondos e os foi atirando à água até que a pôs de ouro. Só penetrados neste luxuoso espaço vital do gitano, percorrido com palavras tão rápidas, poderemos logo depois, com ele, sofrer os horrores da humilhação do calabouço (e esta palavra também é essencial à fortuna do texto), enquanto os guardas-civis, como os leitores distraídos (achando que não houve mais do que uma detenção por vadiagem), bebem limonada, todos.

Toda atenção é pouca na leitura do *Romancero gitano* e quem perde demais é o desatento.

Os artistas espanhóis conseguem com uma espontaneidade quase racial harmonizar o erudito e o popular; García Lorca foi um mestre habilíssimo dessa arte, que surge com o mesmo vigor gracioso na música de seu amigo Manuel de Falla. Mas temos de levantar as orelhas para não vir a gozar uma vulgaridade onde brilha uma finura, ou para não levantar um monumento à cultura onde se improvisou uma boa palhaçada.

Guillermo de Torre é categórico: para ele, Federico García Lorca nunca teve a menor relação ativa com a política e recusava participar de atos de sentido político. Possível portanto que apenas a *Guardia Civil* teve uma relação ativa e repulsiva com a poesia de Lorca. Certo é que os falangistas de Granada o retiraram de uma casa, onde pensara refugiar-se, durante a noite. Na manhã seguinte estava fuzilado e morto. Tinha trinta e sete anos. *Mataron a Federico cuando la luz asomaba.* Quase todos os poetas, de 1936 aos nossos dias, cantaram o crime. Mas em prosa ele ainda não foi contado direito.

Manchete, 26/04/1975
Publicada com o título *"Romancero gitano* de García Lorca"
(Série: As Obras-Primas que Poucos Leram)

O poeta que se foi

Um amigo meu, escritor de sucesso, costuma dizer que a literatura já era. Diz e demonstra. Concordo com ele e vou além: tudo já era, menos as multidões. Não há nada mais de interesse permanente ou durável em nosso tempo, a não ser alimentar as multidões ou explorá-las, impedir que elas morram ou matá-las, aliviar os seus males ou agravá-los, adular-lhes as pobres esperanças ou aterrorizá-las com ameaças. A unidade passou a ser multidão; o que não entra nesta escala só pode ter um interesse circunstancial ou fugaz.

A literatura esses dias ficou ainda mais antiga com a morte de um dos mais precisos poetas do século xx: W. H. Auden. Há muitos anos, no início da televisão aqui no Rio, perguntaram ao escritor Stephen Spender qual era o mais importante poeta inglês de nosso tempo. O entrevistado respondeu que os mais importantes poetas ingleses eram dois americanos: T.S. Eliot, que nasceu nos Estados Unidos e se naturalizou inglês, e W. H. Auden, que nasceu na Inglaterra e se naturalizou americano.

Auden centrou atenções sobre assuntos que podem parecer

estranhos a um poeta. Seu livro de cabeceira era um tratado de mineralogia. Amava a paisagem rochosa, e não o vale florido. Conhecia especialmente bem o "clima de opinião" criado pelas teorias de Freud. Importava-se muito com a neurose e o câncer. Em vez de lírios, preferia contemplar as multidões sofridas do subúrbio. Seu sonho poético não adejava em torno da musa, mas em torno de uma Cidade Justa. Preferia o viajor ao leitor. Lia filósofos e teólogos, mas afirmava com uma petulância irritante (para os intelectuais bobocas) que o amor é mais importante que a filosofia. "Se o amor foi aniquilado, só resta o ódio para ser odiado." O problema humano básico é a angústia do homem no tempo. Por humilhação, fez-se cristão. E soube, talvez explicou isso melhor do que ninguém, que a poesia não passa de um jogo do conhecimento. Quando o poeta, ao criar, substitui uma palavra por outra, é como alguém que tenta lembrar um número de telefone: "8357. Não, não é este. 8457, está na ponta da minha língua. Um momentinho. 8657, é isto mesmo".

Artesão, criou um estilo audenesco, minudente, dramático e irônico, preferindo as medidas tradicionais inglesas e a rima; um estilo seco e preciso de quem faz um diagnóstico. Não acreditou na glória, na perfeição, na transcendência de sua poesia, pois sempre somos levados a julgar importante aquilo que sabemos fazer bem. Importante, diz a estrela ou o anjo, é pegar a mão do Terror e descer ao fosso da Tribulação. Importante é saber que a opção do amor está diante de nós até a hora da morte. Com consistência e concisão, Auden buscou no jogo das palavras encontrar uma imagem verbal da divagação espiritual do homem.

Manchete, 20/10/1973

Neruda, poeta também erótico

A vida de toda criatura dá, pelo menos, um romance. Mas a de Pablo Neruda foi um poema, um poema que ele mesmo escreveu a partir dos dez anos de idade. São muitos os prosadores de primeiro time que se mostram incapazes de escrever um verso. O caso contrário é incomum. Neruda fazia parte desses estranhos poetas inaptos para a prosa. Até suas declarações políticas eram tisnadas de poesia.

Nasceu no frio e na desgraça, entre vinhedos e ventanias. Um mês depois a mãe morria tuberculosa. Em Temuco, no sul do Chile, onde viveu a infância e a adolescência, os romances russos que lhe empresta Gabriela Mistral só podem ter agravado a índole sombria do menino sensível e pobre. O pai é ferroviário. O clima é péssimo. A chuva e o vento hão de chicotear o poeta a vida inteira. O piano de sua infância são as goteiras. O piano de verdade, o que deveria trazer um pouco de devaneio e importância ao lar, esse jamais passou pela porta, apesar das medições meticulosas que o pai fazia na mesma; o piano que jamais entrou na casa humilde virou mito.

O nome era Nefatali Ricardo Reyes Basoalto, difícil de ser carregado sobre os ombros de um poeta, que era triste, magro, precoce e usava uma capa escura. O garoto publica o primeiro livro de versos aos quinze anos. Caso também raro esse, no qual o menino-poeta-prodígio não acabaria mais prosaico do que uma instrução do Imposto de Renda, pelo contrário.

Dois anos depois Neruda está em Santiago: ia aprender a ser professor secundário. Sem chegar ao fim do curso, publicou um livro que vem sendo editado e recitado em todas as línguas: *Vinte poemas de amor e uma canção desesperada*.

O chileno é muito chegado à poesia, boa ou má. O talento do jovem fez rapidamente relações públicas e particulares. Inicia-se, desse modo, via poética, a carreira consular daquele moço tão burocrata quanto um relâmpago ou um tiro no ouvido. Levando consigo seus temporais alarmantes, serve em países do Oriente, depois Barcelona, Madri, Paris, México. Transforma-se em pouco tempo — o clichê aqui é indispensável — num festejado poeta. O sucesso sempre ajuda um homem a desfazer-se de sua sombra. A Guerra da Espanha fez o resto. Nasce um novo Neruda, menos empapado da chuva metafísica, inundado de marxismo. Eleito senador, tem de fugir pelos Andes, quando o Partido Comunista é declarado ilegal. Ao chegar à fronteira do Chile com a Argentina, desce do cavalo e grava com a faca no tronco de uma árvore um poema de adeus, o mais curto de todos: PN.

O mundo dá voltas, muitas. Neruda acabou prêmio Nobel e embaixador. Ele que havia escrito mais ou menos isto: um bobo é um bobo em qualquer parte do mundo, mas quando aparece um bobo no Chile é imediatamente feito embaixador.

É este o esquema mínimo da vida de um poeta que conseguiu ser porta-voz de todas as linguagens do amor.

O amor da juventude é dividido em dois, dois estados líquidos que não se misturam, como a água e o vinho. Neruda não escaparia a essa contingência: seus primeiros poemas são ou freneticamente eróticos ou dolentemente crepusculares. Mas acabei de mentir: a água e o vinho se misturam, pois eu mesmo tomei muita sangria (muita água e pouco vinho) na puberdade. As flores do romantismo não existiriam sem as raízes sexuais. Só que o jovem, poeta ou não, é ainda inepto para fazer a síntese botânica.

Flor ou raiz, há nos poemas antigos de Neruda a constante audácia, não só literária, mas também social e moral. Ainda sob este aspecto, foi precursor, um revolucionário que protestava contra o medo das palavras que designam o corpo.

A ilha da sombra e da angústia é marcada no grande arquipélago nerudiano com o livro *Residencia en la Tierra*. Reflete a solidão de um Prometeu amarrado aos consulados do Oriente. O marxista negou depois o livro, embora não impedisse as reedições desses poemas que não ajudavam a viver, mas a morrer. Mas *Residencia en la Tierra*, entendo eu, há de permanecer como a experiência poética mais original de Neruda: a afluência surrealista talvez não tenha dado à literatura nada de mais substancioso. Nesse livro é que se marca mais funda a primeira fase do poeta: a desintegração; assim como o livro *Odes elementares* (1955) data nitidamente a segunda fase, a tentativa de reintegração, de reconciliação com o universo.

Os poemas eróticos de *Residencia* acompanham a mudança de linguagem presente em todo o livro. O processo é emocional, como o da música, a sintaxe tem a analogia aparentemente absurda dos sonhos. Talvez de maneira inédita na história da poesia, canta-se aí o erotismo do "senhor solitário", do homem que sofre temporariamente de inanição sexual. Não é mais o madrigal da dama ausente, mas a canção crua da ausência de damas: "Os jovens homossexuais e as moças amorosas, e as longas viúvas que sofrem a delirante insônia, e as jovens senhoras engravidadas faz trinta horas, e os gatos roucos que cruzam o meu jardim em trevas, como um colar de palpitantes ostras sexuais rodeiam a minha residência solitária, como inimigos estabelecidos contra a minha alma, como conspiradores em trajes de dormitório que trocassem longos beijos espessos como instruções".

Essa dissonância onírica é a mesma de todos os poemas eróticos daquele tempo. É como se o poema fosse construído não de peças manufaturadas — tijolos, telhas, vigas, armações de ferro — mas de destroços encontrados pelo náufrago da ilha deserta.

A conversão marxista de Pablo Neruda tem como corolário imediato a conversão à fidelidade, à monogamia. As odes e os poemas posteriores representam esse matrimônio com a mulher e as coisas, a gaivota, o oceano, o dicionário, a cebola, a cor verde, e tudo mais. É como se o poeta se munisse de uma câmara fotográfica e saísse pelo mundo a fazer flagrantes coloridos. Numa das odes precisamente, Neruda faz as contas com o amor, não se arrependendo de ter sido ladrão dos caminhos, mas não vendo lucro no balanço; no fim sempre ganhou a solidão; até que encontrou a companheira que lhe entrou para dentro da pele. Ele que amava o amor dos marinheiros, que beijam e se vão.

Manchete, 27/10/1973

Morte contemporânea

Se indagasse do sol ou do girassol o que andou fazendo Van Gogh, eles me responderiam que se deu uma orelha cortada, um grito de luz no campo onde crocitava uma vírgula escura, e ele morreu de revólver.

Se perguntasse às colinas de Turim pelas quatro dimensões do talento de Cesare Pavese, talvez dissessem que trabalhar cansa, que o ofício de viver não vale a pena, e que, apenas, ele escreveu, antes de deglutir o barbitúrico noturno: "Nem mais uma palavra. Um gesto. Não escreverei mais".

Se quisesse saber da valsa vienense onde anda o pensamento doido de Otto Weininger, a valsa contaria devagar que a criança de Viena se matou para ganhar uma aposta.

Aliás, que aconteceu em Viena? Que vertigem endoideceu os deuses do bosque? Uma singelíssima história, madame: o escritor Hofmannsthal morre de coração no dia do enterro de seu filho, morto por suicídio; o escritor Arthur Schnitzler sofre o fim trágico do amigo; e a filha de Schnitzler senão consumir-se em desespero e loucura?

Se buscasse informações em Buenos Aires sobre as boinas coloridas de Alfonsina Storni, as grandes casas de chá de antes da guerra ficariam caladas; mas talvez uma senhora de idade, com os lábios ainda quentes, se pusesse a contar que a poeta lançou-se no rio da Prata.

Se exigisse desta mesa enodoada uma notícia clara sobre Gérard de Nerval, entrevisto como um cão danado no inverno danado de janeiro, há mais de cem anos, a mesa me estenderia, humildemente, este bilhete: "Titia: não me espere hoje à tarde, pois a noite será negra e branca". O cantante amanhecer de Paris encontrou o poeta enforcado numa grade. Na rua da Velha Lanterna.

Também espero que o mar de Cuba não me engane. Houve um poeta que amava as pontes. Fazia pontes. Existirá esperança para as pontes? A vaga noturna do golfo do México reluz como punhais iluminados. Hart Crane saltou no mar noturno quando se encaminhava para casa, em Nova York.

Também Shelley morreu afogado, mas na Itália, em Viareggio.

Passo os dedos no fio desta navalha. Foi com esta lâmina que Guy de Maupassant quis decapitar-se, para morrer paralítico, um ano e meio depois, num manicômio de Paris.

Percorro os hotéis cujas varandas dão para o tédio da rua ou para o tédio do mar. Mas não encontro o menino Mário de Sá-Carneiro, um gordo que sabia as artes de ser oblíquo e achou a morte com as suas mãos.

Sento-me neste banco da praça pública de Ponta Delgada. Aqui se matou Antero de Quental, Santo Antero, como rezava o Eça. Na mão de Deus, na sua mão direita...

Foi no Natal que se matou Raul Pompeia.

O colombiano José Asunción Silva caminhava pela noite toda cheia de murmúrios, de perfumes e da música das asas; mas os negócios não deram certo; e ele, que pouco antes se salvara angustiadamente dum naufrágio, pôs termo a seus dias. Foi em 96.

Isadora Duncan casou-se com o poeta russo Essénin a bordo dum avião. Ele escreveu um poema com o próprio sangue e se matou. Ela morreu quando a echarpe se enrolou na roda do automóvel.

"Comigo a anatomia ficou louca: sou todo coração." E na primavera de 1930 o gigante Maiakóvski deu um tiro no seu gigantesco coração.

Seria Henry de Montherlant também um rei de dor?

Virginia devia ter medo de Virginia Woolf, que talvez acabasse na loucura. Por isso entrou nas águas do rio e sumiu.

Santos Chocano, há cinquenta anos, matou o escritor Edwin Elmore, depois de acalorada discussão (como dizem os jornais). Refugiou-se no Chile, onde, em 1934, morreu apunhalado dentro dum bonde.

Georg Trakl, poeta bom, morreu misteriosamente na Primeira Guerra, com vinte e sete anos de idade.

Alain-Fournier, que confiava na magia da infância, morreu nos primeiros combates de Verdun.

Charles Péguy, que confiava na magia em Deus, morreu no Marne.

Rupert Brooke morreu com vinte e oito anos, também na Primeira Guerra. Grécia.

Apollinaire, voluntário, artilheiro e infante, ferido gravemente na cabeça, ficou muito fraco com as sucessivas operações e foi levado na gripe espanhola.

Saint-Exupéry desapareceu num voo de reconhecimento sobre o Mediterrâneo em julho de 1944.

Com trinta anos de idade, Manuel Antônio de Almeida morreu em naufrágio, quando ia do Rio para Campos.

Gonçalves Dias também morreu em naufrágio, quando já se avistava a terra maranhense.

Stefan Zweig, com a mulher, matou-se em Petrópolis, apesar de toda a hospitalidade brasileira.

Hemingway deu um tiro na cabeça; como seu pai.

Albert Camus, que via no suicídio o único problema filosófico, morreu num desastre de automóvel.

O poeta Robert Desnos morreu num campo de concentração, na Tchecoslováquia, quando a guerra chegava ao fim.

Jackson Pollock, o pintor, como David Cobean, o caricaturista, morreu de desastre de automóvel.

T. E. Lawrence, o homem da Arábia, morreu a grande velocidade, de motocicleta, quando tentava desviar-se de dois ciclistas.

Os artistas cantam mas nem sempre morrem como passarinhos.

P.S. — Várias pessoas, depois que publiquei uma página sobre artistas mortos violentamente, acusam os meus *esquecimentos*. Não houve isso: não pretendi cadastrar a violência na área artística, mas apenas dar uma dica emocional de uma situação que me impressiona. Nem os homens que passam grande parte do tempo nos estúdios estão a salvo das violentas formas de morte dos nossos dias. Mas posso citar outros nomes que me acorrem sem esforço. Em desastre de auto morreram escritores como Ronald de Carvalho, Roy Campbell; Antônio Botto e Brito Broca morreram atropelados; Gandhi, García Lorca, Martin Luther King morreram assassinados; Lúcia Miguel Pereira, Otávio Tarquínio de Sousa e Galeão Coutinho morreram em desastres aéreos; Verhaeren morreu esmagado por um trem; o suicídio levou ainda o fascista Drieu La Rochelle, o ensaísta F. O. Matthiessen, o surrealista René Crevel, o argentino Leopoldo Lugones; Jackson de Figueiredo morreu afogado; a guerra também levou T. E. Hulme, Edward Thomas, Francis Ledwidge, Wilfred Owen, John McCrae, canadense, autor do famoso *In Flanders Fields*, morto de pneumonia na frente de combate. Em combate morreu ainda Alan Seeger, autor do famosíssimo "I Have a Rendezvous with Death", poema favorito de John Kennedy e que Jacqueline sabia de cor, segundo conta Arthur Schlesinger. Para o presidente americano, no primeiro e último versos do poema há toda uma predestinação: "Terei uma entrevista com a morte, jamais a essa entrevista faltarei".

Manchete, 20/01/1973
Publicada com o título "A morte contemporânea"

O anjo bêbado

Meu caro Luis: a poesia, como tudo o mais neste mundo, tende para a rotina que acabará por torná-la ineficaz. Que é a decadência de todo ser vivo senão a rotina? Perdida a exuberância criadora das células, entorpecida a função dos órgãos, um organismo é uma assembleia acadêmica: os rins estão lá, os pulmões estão lá, o coração continua batendo, mas tudo na função rotineira que os corrompe dia a dia.

O mesmo acontece com a poesia de cada povo, em cada época. Começa pela vitalidade e acaba pelo enrijecimento; parte da espontaneidade infantil e acaba se cristalizando em formas, fôrmas e fórmulas.

Há bons poetas sérios em todas as literaturas, mas dá-se o seguinte: o poeta sério significa que uma espécie de poesia foi afinal aprendida, que um certo conjunto de leis e truques poéticos foi descoberto, racionalizado, ocasionando a fatalidade do aparecimento de muitos alunos-de-poesia que passam por poetas, determinando ainda a fundação de um gosto oficial. Aí a poesia de um povo se faz acadêmica e vira letra morta. Quem poderá salvá-la?

Um vagabundo. Um poeta que não seja sério. Uma poesia nacional atingida por qualquer modalidade de formalismo só pode ser salva por um boêmio, um lírico, um desrespeitador da ordem, um criador de ouvido sincronizado à invenção popular e indiferente à lição dos mestres.

Um poeta boêmio não é forçosamente o que se chama um homem boêmio; o mais das vezes no entanto essas duas faculdades do inconformismo se encontram juntas nesses tipos fabulosos, esses poetas que recriam uma linguagem, mais próximo do tipo popular que o literato.

Não são poetas sérios. São muitas vezes pobres-diabos aos quais os professores universitários negam cumprimento: o professor de amanhã dará um curso sobre o vagabundo de ontem.

Toda sociedade acaba por estabelecer a conspiração da gravidade contra a espontaneidade, dos preconceitos contra a inquietação, do academismo contra a poesia. É quando os inconformados são o sal da terra.

O caso de Homero pode ser simbólico: foi tão vagabundo que sua personalidade se dissipou em lendas, tão pouco sério que chegamos a negar sua existência. Contudo, é o padrinho de toda a poesia ocidental.

Os *professores* continuam até hoje a ler Horácio, mas os poetas e *leitores* preferem os versos de um licencioso, o inventor da elegia moderna, o boêmio que pegou o cotidiano e fez poesia: Catulo.

Na mesma península, em outro *turning point* da sensibilidade e da linguagem, surge um boêmio santo: Francisco de Assis. O franciscanismo é a pura boemia da religião, a pregação do convívio universal, a purificação da pobreza, um convite aos vagabundos. O *poverello* era tão boêmio, ou tão lírico, que humanizou os animais, o sol, a terra, o fogo e o próprio Deus. Além disso, tratou com a mesma intimidade a poesia, escrevendo versos irregulares de linguagem popular em época de rigidez canônica.

O lírico Omar Khayyam, a despeito da exegese mística, continua desde Fitzgerald o vinho favorito dos boêmios. Antes dele, no início do oitavo século perambula pelas tabernas do vale da China Li Po, que poderia ser o patrono de todos os vagabundos da terra. A iconografia só o representa de copo na mão: ele está na minha frente, em marfim, reclinado, bebendo em sossego: "Entre as flores, um frasco de vinho. Bebo sozinho, sem mais ninguém. Erguendo a taça, convido a lua. Eis que somos três com a minha sombra". Chamado a palácio para compor as letras de umas canções, Li Po chegou tão alto que o imperador teve de atirar-lhe à cara um jarro de água fria. A China produziu uma infinidade de poetas, mas esse vagabundo é preferido pelo povo e pelos doutos que chegaram a reconhecer o gênio de sua linguagem popular.

Há um miraculoso vagabundo, Luis, em todas as literaturas. Só me parece difícil localizá-lo na poesia espanhola, onde os escritores são mais ou menos boêmios de raça, onde os poetas nunca se afastam demais das fontes populares, Góngora inclusive.

Mas veja o caso de Púchkin: se o gênio do poeta é fora do comum, o homem Púchkin poderia ser relatado a Marte como um tipo característico da espécie humana, caso um dia tivéssemos de enviar àquele planeta um relatório desse tipo. E não será essa mesmice humana de Púchkin que o fez poeta bem-amado da Rússia czarista e da União Soviética, do sábio e do simples, decorado pelos que amam a poesia e por aqueles aos quais a poesia é indiferente? Um dia comecei a estudar a árdua língua russa só para lê-lo, chegando a decifrar uma estrofe do *Eugênio Oneguin*; se alguma vez chegar a retomar aquelas lições, que o saiba o Dops, é para continuar a leitura interrompida: vá escrever bonito e conciso assim no inferno.

E que me diz você de Villon? De Verlaine? De Rimbaud? Três vagabundos, três marginais, três almas em fogo, três pastores que reconduziram a poesia francesa à essência humana.

O nosso Camões, sempre metido em rixas, para quem o espaço geográfico do mundo antigo parece ter sido pequeno, vítima de ciclones, naufrágios, dívidas, paixões tresloucadas, que foi senão um aventureiro típico da Renascença? A lírica camoniana continua sendo a expressão da sentimentalidade de nossa raça.

Robert Burns, poeta das prostitutas, dos vagabundos, da vida sensual e do uísque, não é, a par de sua linguagem espantosamente moderna, a própria Escócia?

O bêbado Gunther não foi o grande inimigo do cultismo alemão?

E Whitman?

Sim, Luis, a poesia pode ser séria, os poetas podem ser sérios; mas cabe aos vagabundos salvá-la da morte que se esconde na seriedade.

É o que faz no momento o poeta Eugênio Evtuchenko, quando pergunta à literatura oficial soviética *onde estão as flores*. É pergunta de lírico. Em qualquer regime, só os vagabundos são capazes de notar que faltam as flores e dizer que elas são necessárias. Mesmo abstêmio, o poeta costuma ser um anjo bêbado.

Manchete, 03/07/1965
Publicada com o título "Missão dos vagabundos"

Lembrança de Bernanos

Deixamos o noturno à meia-noite. O homenzinho deu-me um quarto com janela para o mar. Absurdo, porque estávamos no interior de Minas, na mediterrânea e alta cidade de Barbacena. Mas, já disse João Artur, não se pode ser sério quando se tem dezessete anos.

Tinha mais, uns vinte. Os outros (éramos uma dúzia) andavam também por essa idade, que é o doce-amargo subúrbio da adolescência.

Íamos visitar o escritor francês. Mas no dia seguinte, no domingo de manhã, os barbacenenses usavam roupas claras e não sabiam indicar o caminho de Cruz das Almas. Bernanos? Não conheciam. Escritor? O escritor local era um poeta lúgubre chamado Honório. Estávamos perdidos na tranquilidade dominical.

Alguém então lembrou que o escritor costumava escrever em cafés. Para não perder a medida exata da mágoa humana. Com o risco de passar por um bêbado, o que ele seria, talvez, se as autoridades alfandegárias não taxassem tão alto os álcoois consoladores. Ele mesmo o disse.

A perplexidade do taberneiro foi a mesma. Mas o único freguês da casa — um moço que bebia sua cerveja matinal — teve uma ideia. Não estaríamos procurando o "francês"? É isso mesmo. Um sujeito manco? Exatamente. O taberneiro se arrependeu de sua falta de sagacidade, e compartilhou também da glória de saber. Ora, "seu Jorge"! Vinha muito ao bar. Ainda há poucos dias, tinha descido bengaladas em um rapaz que implicara com ele e o chamara de nazista.

E seguimos de táxi pelo caminho esburacado e árido de Cruz das Almas. Foi a senhora do escritor que nos recebeu. Georges Bernanos estava *"là bas"*, ouvindo o sacrifício da missa.

Entramos na casa simples e limpa como um convento. Sobre a escrivaninha quase preta, havia uma Bíblia, um dicionário francês e *Os sertões*. Da parede, pendia a Cruz de Lorena.

Bernanos entrou com seus olhos que faiscavam como água inquieta à luz do sol. Mostrava-se alegre, jovial. Pessoalmente, o sarcasmo duro de seus escritos transformava-se em verve e ironia. Mas madame Bernanos não tinha o hábito do sorriso, ou o perdera. Fumava incessantemente, como de resto toda a família, e falava nervosamente na guerra.

Durante o almoço, brincou-se.

— *Le chien attend la viande* — disse Magela, que até então permanecera calado.

A sobremesa era invenção do romancista — e ele o confessou com orgulho. Dentro de um tacho enorme, bananas partidas mergulhadas em cachaça.

Depois do almoço, houve a tarde. Bernanos falando, rindo, faiscando. Queriam explorar politicamente a briga a que se referira o dono do botequim. Seu entusiasmo por Euclides da Cunha. Sua reconciliação com Jacques Maritain, que lhe escrevera para perguntar como ele encontrara aquela beleza de título: *Le Chemin de la Croix-des-Âmes*.

Seu monarquismo: "Ainda sou monárquico, mas se fosse preciso, hoje em dia, eu me levantar desta cadeira e ir até aquela porta para restaurar a monarquia, ficaria aqui sentado".

Leu-nos também a sua última colaboração para O *Jornal*, um artigo polêmico. Interrompia a leitura para rir-se de suas próprias maldades.

Saímos à boca da noite. Bernanos nos seguiu em seu cavalo ruço até as proximidades de Barbacena. Sentia falta de amigos para conversar. Não podíamos calcular de quanto lhe valera a nossa visita. Despediu-se e voltou.

Uma hora depois, estávamos conversando no saguão do pequeno hotel, quando o cavalo ruço enfiou a cabeça pela janela. O escritor sorriu como se pedisse desculpas:

— Vou ficar com vocês mais um pouco. Quando cheguei em casa, senti-me insuportavelmente sozinho.

Diário Carioca, Coluna "Primeiro plano", 08/03/1953
Publicada sem título

Os diferentes estilos

Parodiando Raymond Queneau, que toma um livro inteiro para descrever de todos os modos possíveis um episódio corriqueiro, acontecido em um ônibus de Paris, narra-se aqui, em diversas modalidades de *estilo*, um fato comum da vida carioca, a saber: o corpo de um homem de quarenta anos presumíveis é encontrado de madrugada pelo vigia de uma construção, à margem da lagoa Rodrigo de Freitas, não existindo sinais de morte violenta.

Estilo interjetivo — Um cadáver! Encontrado em plena madrugada! Em pleno bairro de Ipanema! Um homem desconhecido! Coitado! Menos de quarenta anos! Um que morreu quando a cidade acordava! Que pena!

Estilo colorido — Na hora cor-de-rosa da aurora, à margem da cinzenta lagoa Rodrigo de Freitas, um vigia de cor preta encontrou o cadáver de um homem branco, cabelos louros, olhos azuis, trajando calça amarela, casaco pardo, sapato marrom, gravata branca com bolinhas azuis. Para este o destino foi negro.

Estilo antimunicipalista — Quando mais um dia de sofrimentos e desmandos nasceu para esta cidade tão malgovernada, nas margens imundas, esburacadas e fétidas da lagoa Rodrigo de Freitas, e em cujos arredores falta água há vários meses, sem falar nas frequentes mortandades de peixes já famosas, o vigia de uma construção (já permitiram, por debaixo do pano, a ignominiosa elevação de gabarito em Ipanema) encontrou o cadáver de um desgraçado morador desta cidade sem policiamento. Como não podia deixar de ser, o corpo ficou ali entregue às moscas que pululam naquele perigoso foco de epidemias. Até quando?

Estilo reacionário — Os moradores da lagoa Rodrigo de Freitas tiveram na manhã de hoje o profundo desagrado de deparar com o cadáver de um vagabundo que foi logo escolher para morrer (de bêbedo) um dos bairros mais elegantes desta cidade, como se já não bastasse para enfear aquele local uma sórdida favela que nos envergonha aos olhos dos americanos que nos visitam ou que nos dão a honra de residir no Rio.

Estilo então — Então o vigia de uma construção em Ipanema, não tendo sono, saiu então para um passeio de madrugada. Encontrou então o cadáver de um homem. Resolveu então procurar um guarda. Então o guarda veio e tomou então as providências necessárias. Aí então eu resolvi te contar isto.

Estilo áulico — À sobremesa, alguém falou ao presidente que na manhã de hoje o cadáver de um homem havia sido encontrado na lagoa Rodrigo de Freitas. O presidente exigiu imediatamente que um de seus auxiliares telegrafasse em seu nome à família enlutada. Como lhe informassem que a vítima ainda não fora identificada, S. Exa., com o seu estimulante bom humor, alegrou os presentes com uma das suas apreciadas blagues.

Estilo schmidtiano — Coisa terrível é o encontro com um cadáver desconhecido à margem de um lago triste à luz fria da aurora! Trajava-se com alguma humildade mas seus olhos eram azuis, olhos para a festa alegre colorida deste mundo. Era trágico vê-lo morto. Mas ele não estava ali, ingressara para sempre no reino inviolável e escuro da morte, este rio um pouco profundo caluniado de morte.

Estilo complexo de Édipo — Onde andará a mãezinha do homem encontrado morto na lagoa Rodrigo de Freitas? Ela que o amamentou, ela que o embalou em seus braços carinhosos?

Estilo preciosista — No crepúsculo matutino de hoje, quando fulgia solitária e longínqua a estrela-d'alva, o atalaia de uma construção civil, que perambulava insone pela orla sinuosa e murmurante de uma lagoa serena, deparou com a atra e lúrida visão de um ignoto e gélido ser humano, já eternamente sem o hausto que vivifica.

Estilo Nelson Rodrigues — Usava gravata de bolinhas azuis e morreu!

Estilo sem jeito — Eu queria ter o dom da palavra, o gênio de um Rui ou o estro de um Castro Alves, para descrever o que se passou na manhã de hoje. Mas não sei escrever, porque nem todas as pessoas que têm sentimento são capazes de expressar esse sentimento. Mas eu gostaria de deixar, ainda que sem brilho literário, tudo aquilo que senti. Não sei se cabe aqui a palavra "sensibilidade". Talvez não caiba. Talvez seja uma tragédia. Não sei escrever mas o leitor poderá perfeitamente imaginar o que foi isso. Triste, muito triste. Ah, se eu soubesse escrever.

Estilo feminino — Imagine você, Tutsi, que ontem eu fui ao Sacha's, legalíssimo, e dormi tarde. Com o Tony. Pois logo hoje, minha filha, que eu estava exausta e tinha hora marcada no cabeleireiro, e estava também querendo dar uma passada na costureira, acho mesmo que vou fazer aquele plissadinho, como o da Teresa, o Roberto resolveu me telefonar quando eu estava no melhor do sono. Mas o que era mesmo que eu queria te contar? Ah, menina, quando eu olhei da janela, vi uma coisa horrível, um homem morto lá na beira da Lagoa. Estou tão nervosa! Logo eu que tenho horror de gente morta!

Estilo lúdico ou infantil — Na madrugada de hoje por cima, o corpo de um homem por baixo foi encontrado por cima pelo vigia de uma construção por baixo. A vítima por baixo não trazia identificação por cima. Tinha aparentemente por cima a idade de quarenta anos por baixo.

Estilo concretista — Dead dead man man mexe mexe Mensch Mensch MENSCHEIT.

Estilo didático — Podemos encarar a morte do desconhecido encontrado morto à margem da Lagoa em três aspectos: a) policial; b) humano; c) teológico. Policial: o homem em sociedade; humano: o homem em si mesmo; teológico: o homem em Deus. Polícia e homem: fenômeno; alma e Deus: epifenômeno. Muito simples, como os senhores veem.

Manchete, 01/08/1959

Quintal alheio

"Eu não a amava o suficiente para não esquecer que não sou bonito." (Stendhal)

"Um amigo é um homem que tem mais crédito do que ninguém quando fala mal de nós." (Jean Rostand)

"As velhas amizades se improvisam." (Courteline)

"O mais belo momento do amor é quando se sobe a escada." (Clemenceau)

"A antiguidade talvez tenha sido feita para ser o pão dos professores." (Irmãos Goncourt)

"A simetria é um pleonasmo visual. A beleza é assimétrica. Um rosto, um poema assimétricos. Os anjos mancam. A beleza manca." (Cocteau)

Manchete, 19/08/1967
Publicada com o subtítulo "Quintal alheio", é uma das seções da crônica "Dos homens e das suas palavras"

O GOL É NECESSÁRIO
(Crônicas de futebol)

O Botafogo e eu

Que partilhamos defeitos e qualidades comuns, não há dúvida. Nos meus torneios, quando mais preciso manter os números do placar, bobeio num lance, faço gol contra, comprometo, tal qual o Botafogo, uma difícil campanha.

A mim e a ele soem acontecer sumidouros de depressão, dos quais irrompemos eventualmente para a euforia de uma tarde luminosa.

Sou preto e branco também, quero dizer, me destorço para pinçar nas pontas do mesmo compasso os dualismos do mundo, não aceito o maniqueísmo do bem e do mal, antes me obstino em admitir que no branco existe o preto e no preto, o branco.

Sou um menino de rua perdido na dramaticidade existencial da poesia; pois o Botafogo é um menino de rua perdido na poética dramaticidade do futebol.

Há coisas que só acontecem ao Botafogo e a mim. Também a minha cidadela pode ruir ante um chute ridículo do pé direito do Escurinho.

O Botafogo tem uma sede, mas esqueceu a vida social; também eu só abro os meus salões e os meus jardins à noite silenciosa.

O Botafogo é de futebol e regatas; também eu sou de bola e de penosas travessias aquáticas.

O Botafogo é um clube com temperamento amadorístico, mas forçado, a fim de não ser engolido pelas feras, a profissionalizar-se ao máximo; também sou cem por cento um coração amador, compelido a viver a troco de soldo.

Reagimos ambos quando menos se espera; forra-nos, sem dúvida, um estofo neurótico. Se a vida fosse lógica, o Botafogo deixaria de levar o futebol a sério, fechando suas portas; eu, se a vida fosse lógica, deixaria de levar o mundo a sério, fechando os meus olhos.

O Botafogo é capaz de quebrar lanças por um companheiro injustiçado pela Federação; eu aguardo a azagaia de uma justiça geral.

O Botafogo pratica em geral o 4-3-3; como eu, que me distribuo assim em campo; no arco, as mãos, feitas para proteger minha porta; na parede defensiva, meus braços, meu peito aberto, meus joelhos e meus pés; no miolo apoiador, trabalho com os pulmões e o fígado; vou à ofensiva com a cabeça, a loucura e o coração. Falta um, Zagalo. Em mim, essa energia sem colocação definida é a alma, indo e vindo, indistinta, atônita, sarrafeada, desmilinguindo-se até o minuto final.

O Botafogo é capaz de cometer uma injustiça brutal a um filho seu, e rasgar as vestes com as unhas do remorso; como eu.

O Botafogo põe gravata e vai à macumba cuidar de seu destino; eu meto o calção de banho e vou à praia discutir com Deus.

O Botafogo não se dá bem com os limites do sistema tático; tem que ser como eu, dramaticamente inventado na hora.

Miguel Ângelo é botafogo, Leonardo é flamengo, Rafael é fluminense; Stendhal é botafogo, Balzac é flamengo, Flaubert é fluminense; Bach é botafogo, Beethoven é flamengo, Mozart é fluminense. Sem desfazer dos outros, é com eles que eu fico, Miguel, Henrique, João Sebastião. Dostoiévski é botafogo, Tolstói é flamengo (na literatura russa não há fluminense); Baudelaire é fluminense, Verlaine é flamengo, Rimbaud é botafogo; Camões não é vasco, é flamengo, Garrett é fluminense, Fernando Pessoa é botafogo. Sim, Machado de Assis é fluminense, mas no fundo, no fundo, debaixo da capa cética, Machado, um bairrista, morava onde? Laranjeiras!

O Botafogo é paixão, é Brasil, é confusão; Campos Paulo Mendes é paixão, Brasil, confusão.

O Botafogo conquistou um campeonato esmagando inesperadamente o Fluminense de 6 a 2; uma vez, enfrentei um dragão enorme e entrei no castelo encantado.

O Botafogo, às vezes, se maltrata, como eu; o Botafogo é meio boêmio, como eu; o Botafogo sem Garrincha seria menos Botafogo, como eu; o Botafogo tem um pé em Minas Gerais, como eu; o Botafogo tem um possesso, como eu; o Botafogo é mais surpreendente do que consequente, como eu; ultimamente, o Botafogo anda cheio de cobras e lagartos, como eu.

O Botafogo é mais abstrato do que concreto; tem folhas-secas; alterna o fervor com a indolência; às vezes, estranhamente, sai de uma derrota feia mais orgulhoso e mais botafogo do que se houvesse vencido; tudo isso, eu também.

Enfim, senhoras e senhores, o Botafogo é um tanto tantã (que nem eu). E a insígnia de meu coração é também (literatura) uma estrela solitária.

Manchete, 25/08/1962

O gol é necessário

No futebol, o gol é o pão do povo. Quando dava gol em nossos campos, o torcedor pegava o seu pão no estádio aos gritos de contentamento e ficava a saboreá-lo com os amigos durante uma semana. A gestação do gol era tão séria que os jornais publicavam nos dias seguintes o seu diagrama.

O torcedor não mudou, continuando como sempre com fome de gol: mudou o futebol. Vai se tornando avaro esse esporte, pois, vivendo à custa do consumidor, nega a mercadoria pela qual este paga, não à vista, mas antes de ver: gols. O homem da arquibancada, sequioso dos tentos de seu clube, é ainda o único homem-gol, pois o presidente do clube, os vice-presidentes, o tesoureiro, os conselheiros, o diretor de futebol e seus parentes, os beneméritos, o técnico, o médico, o massagista, o roupeiro, todos eles se batem com unhas, dentes e risquinhos no quadro-negro pelo futebol das trincheiras, à base de contra-ataques, o futebol sem a mácula do gol, amarrado, aferrolhado, no qual os jogadores não devem jogar propriamente, mas construir um muro onde a bola chutada pelo adversário repique e retorne: uma nova modalidade da pelota basca com frontão.

O técnico não precisa, e nem é aconselhável, entender de futebol: preferível que seja um duro mestre pedreiro, capaz de construir em campo o muro que impeça a bola de passar. Os jogadores, reduzidos à condição de tijolos e reboco, não precisam ter habilidade: preferível que sejam uns manguarões quadrados, limitando com abundância de espaço material as possibilidades de penetração da bola. E assim, após cada jogo, babam-se de vaidade ao microfone os generais dessa batalha sem tiros: o time que eles comandam ganhou de 1 a 0, ou só perdeu de 1 a 0 ou o resultado ficou num 0 a 0 oco, demonstrando que o futebol moderninho atingiu o máximo da perfeição negativa: o marcador em branco, o plano da alimentação popular sem alimento, o jardim sem plantas, o viveiro sem passarinhos, o véu da noiva virginalmente alvo.

Quando o futebol começou, o goleiro ficava em solidão debaixo dos paus e dez eufóricos iam para a frente mandar brasa. O bom senso descobriu os zagueiros, acabando com essa guerra campal; mais tarde, o centromédio, que era um sexto atacante, recuou para ajudar mais a defesa; foram os australianos, dizem, os primeiros a transformar um atacante em defensor; os suíços, de pouca intimidade com objetos redondos, criaram em 1950 o famoso ferrolho, revelando aos boquiabertos dirigentes do mundo esportivo que um time medíocre pode endurecer uma partida desigual e perder de pouco. Aí, a aritmética defensiva começou a pular na cabeça dos matemáticos do futebol: o 4-2-4, o 4-3-3, o 4-4-2, o 5-4-1, o 5-5-0...

Há cerca de dez anos, os húngaros abandonaram a equação defensiva e organizaram um conjunto ofensivamente elástico, que, deixando o campo vencedor de 6 a 4, 7 a 3, e outros resultados generosos, ensinou de novo ao mundo que o gol é a alegria do povo. Pouco depois o Santos fazia a mesma coisa, e deixou de ser apenas o clube de Vila Belmiro para virar o clube à parte no carinho de todos os brasileiros fiéis ao futebol produtivo mas bonito.

Manchete, 10/10/1964

Mané Garrincha

Quando ele avança tudo vale. A ética do futebol não vigora para Mané. O *fair play* exigido pelos britânicos é posto à margem pelos marcadores, pelos juízes, pelas torcidas. Regras do *association* abrem estranhas exceções para ele. Uma conivência complacente se estabelece de imediato entre o árbitro e o marcador, o primeiro compreendendo o segundo, fechando os olhos às sarrafadas mais duras, aos carrinhos perigosos, aos trancos violentos, às obstruções mais evidentes. Quando esses recursos falecem, o marcador em desespero, sem medo ao ridículo, agarra a camisa de Garrincha. Aí o juiz apita a falta, mas sem advertir o faltoso: o recurso é limpo quando se trata de Garrincha.

"Todos os jogadores do mundo", ensina o professor Nilton Santos, "são marcáveis, menos seu Mané. Mané em dia de Mané só com revólver." Nilton é o mais consciente dos fãs de Garrincha, costumando dizer que, se ainda jogou futebol depois dos trinta anos, foi por ser do mesmo time de seu Mané.

Quando Garrincha apareceu para treinar em General Severiano, a diretoria andava louca atrás dum ponta-direita. Nilton

Santos, um pouco por comodismo, outro tanto por humorismo, marcava os candidatos à posição no grito. O ponta pegava a bola e, antes de conseguir dominá-la, já sabendo que andava por ali o melhor zagueiro do mundo, ouvia o grito: "Oi!". Bastava para que a bola lhe fugisse, sobrando para pés afeitos a trabalhá-la.

Uma tarde apareceu para treinar um menino de pernas tortas. Já no vestiário o técnico Gentil Cardoso, rindo-se, chamara a atenção de todos para o candidato: aquele sujeito poderia ser tudo na vida, menos jogador de futebol. Começado o treino, lá pelas tantas uma bola sobrou para Garrincha. Nilton proferiu o grito de costume, mas o menino torto matou a bola com facilidade e ficou esperando. Ferido pela ousadia, Nilton partiu para cima do garoto com decisão. (Já joguei contra ele: é uma extração rápida e sem dor.) Talvez naquele momento estivesse em jogo não só a bola, mas o destino de Garrincha. Se Nilton o desarmasse e lhe aplicasse como corretivo à petulância duas ou três fintas, Gentil Cardoso não esperaria muito para enviar o novato sem jeito para o chuveiro. Apesar desse perigo, e a despeito de estar enfrentando um jogador da mais alta categoria, Mané escolheu o caminho da porta estreita: driblar Nilton Santos. Talvez pensasse: ou dou uma finta neste cobra ou volto para o trabalho mal pago da fábrica.

Só três vezes em sua carreira Nilton levou drible entre as pernas: a primeira foi ali naquele instante. A turma que não perde treino ficou boquiaberta; o lance não consagrou o estreante, mas abriu um crédito de curiosidade para Garrincha. Seu destino estava salvo.

Quem levou Garrincha para o Botafogo foi Arati, depois de apitar uma partida em Pau Grande, 3º distrito do município de Magé. Tendo começado a chutar bola aos dez anos de idade, Garrincha não teve outro clube além do Pau Grande Futebol Clube e do Botafogo. Apesar de sua modéstia inacreditável, duas vezes seu Mané, aconselhado pelos outros, desconfiou que tinha futebol suficiente para tornar-se profissional. Uma tarde bateu em São Januário. Era então o Vasco um quadro de craques experientes, cobertos de glória, uma espécie de Academia de Futebol, sem perspectiva para estreantes. Garrincha uniformizou-se, mas não chegou a ser apresentado à bola vascaína. Meses depois foi parar no Fluminense, conseguindo treinar meio-tempo, já na hora da penumbra e do cansaço de Gradim, o técnico, que não deu pelo acontecimento que passou à sua frente.

No Botafogo Garrincha estreou na mesma semana em que apareceu, jogando no time de baixo. No domingo seguinte, a dramática torcida botafoguense via entrar em campo aquele extrema de pernas desajeitadas. Há coisas que só acontecem ao Botafogo, resmungaram nas sociais; um jogador de pernas tortas, essa não. O adversário era o Bonsucesso. Já antes do término do primeiro tempo, Manuel Francisco dos Santos tomava conta da posição, correndo como um potro, batendo na bola com segurança, fintando com estilo próprio, cobrando escanteios dos dois lados, sendo que do lado esquerdo a bola descrevia uma curva não prevista pela geometria euclidiana e pelos arqueiros.

Em suma, apareceu feito, praticando um futebol pessoal e desconcertante, ao qual só falta o dom da cabeçada.

Não quero ser modesto em matéria de futebol: descobri de imediato esse mundo novo — Garrincha — com a intuição alvoroçada de todas as alegrias que dele me viriam. Senti Garrincha e Pelé à primeira vista. Esse orgulho ninguém me tira.

Transformado em ídolo duma parte da torcida alvinegra (os eternos bobocas continuavam a negá-lo), Mané seria um dos artilheiros do campeonato de 1953 e, sem dúvida, a revelação do ano. Sob pseudônimo, escrevi para a *Revista da Semana* uma reportagem, lembrando que o ponta botafoguense deveria pelo menos ser convocado para os treinos da Seleção Brasileira que iria disputar na Suíça a Copa do Mundo de 1954. Zezé Moreira não tomou conhecimento nem de minha reportagem, nem de Garrincha. Fomos eliminados no jogo contra a Hungria, após uma campanha de classificação sem brilho e sem brio.

Há pouco tempo, um amigo meu, tricolor cordial, perguntou a Garrincha se era verdade que o clube dele era o Fluminense. Não, sempre tivera mais inclinação pelo Botafogo mesmo. "Mas um repórter", replicou o outro, "escreveu que você lhe confessou ser torcedor do Fluminense." Garrincha se riu e contou que o jornalista tinha lhe pedido o favor de poder divulgar essa mentira, pois dependia dum furo esportivo para continuar no emprego. E seu Mané acrescentou: "Eu nunca fui muito de futebol não!". É claro que começamos a rir. Garrincha ilustrou seu ponto de vista: "Ué, vocês querem saber duma coisa? No último jogo daquela Copa que teve aqui no Rio, eu não dei bola. Não ouvi nem rádio. Fui caçar passarinho. Rapaz, quando cheguei de tardinha lá em Pau Grande, levei um susto danado: tava todo mundo chorando. Pensei logo que fosse desastre de trem. Quando me contaram que o Brasil tinha perdido é que eu fiquei calmo e falei pro pessoal que era bobagem chorar por causa de futebol".

Enquanto duzentos mil brasileiros penavam no Maracanã, enquanto todo o Brasil carpia diante do rádio, Garrincha caçava passarinho nas capoeiras da Raiz da Serra. Friaça fazia o primeiro gol, uma rolinha caía morta. Schiaffino empatava para os uruguaios, um tiziu levava chumbo. Ghiggia enfiava a bola da amargura nacional entre Barbosa e a trave, Garrincha derrubava com um tiro uma outra garrincha.

Sim, foi um desastre de trem, o trem chamado Brasil descarrilou ao entrar na estação terminal; todos os brasileiros saíram gravemente feridos, menos Manuel Francisco dos Santos, o caçador que oito anos mais tarde arrasaria o plano quinquenal soviético para o futebol, destruindo depois o cartesianismo francês, comendo a Suécia impecável por uma perna. O caçador que doze anos mais tarde traria de novo para o Brasil a Copa Jules Rimet.

Um dia é da caça, outro do caçador. Nas horas vagas, seu Mané caça; nas horas de trabalho, é caçado. Foi caçando que ganhou o apelido de Garrincha com um N que o Aurélio não registra, mas que é também uma forma popular de designar a garricha ou garriça, ave feiinha que os livros dizem pertencer à família dos troglotídeos, isto é, das cavernas.

Desde que a gente se coloca no próprio espaço, não reflete mais. Se tivesse que escolher os pensamentos que mais me instruem sobre o mundo e a vida, esse aforismo dos cadernos do pintor Georges Braque entraria na minha lista. A frase me vem muito à lembrança quando espio o fenômeno Garrincha. Não há paraíso terrestre melhor do que executar uma ação dentro do espaço que lhe é próprio. Não refletir mais, livrar-se da inteligência. Criar uma ação por uma fatalidade fácil. Dentro do nosso espaço.

A alegria do futebol de Garrincha está nisso: dentro do campo, ele se integra no espaço que lhe é próprio, não reflete mais, não perde tempo com a vagareza do raciocínio, não sofre a tentação dos desvios existentes no caminho da inteligência. Como um poeta tocado por um anjo, como um compositor seguindo a melodia que lhe cai do céu, como um bailarino atrelado ao ritmo, Garrincha joga futebol por pura inspiração, por magia, sem sofrimento, sem reservas, sem planos. O futebol requintadamente intelectual de Didi é sofrido e sujeito a todas as falhas do intelecto. Garrincha, pelo contrário, se suas condições físicas estão perfeitas, se nada lhe pesa na alma, é como se fosse um boneco a que se desse corda: não reflete mais. Garrincha é como Rimbaud: gênio em estado nascente. Se um técnico desprovido de sensibilidade decide funcionar como *cérebro* de Garrincha, tentando ser a *consciência* que lhe falta, isto é, transmitindo-lhe instruções concretas, lógicas, coercitivas, pronto — é o fim. O grande mago perde a espontaneidade, o espaço, o instinto, a força. Em vez do milagre, que ele sabe fazer, ensinam-lhe a fazer um truque sensato. Não pode haver maior tolice.

João Saldanha sabia que não há instrução possível para Garrincha. Se a virtude do Mané nada tem a ver com a lógica, não será através da lógica que lhe corrigiremos os possíveis defeitos. E defeitos e virtudes não são partes que se possam isolar em Garrincha, que escreve certo por linhas tortas. Suas pernas são os símbolos desconexos dessa ilogicidade criadora.

O jornalista Armando Nogueira tem uma teoria muito boa sobre o drible de seu Mané, apesar de Mário Filho não concordar com ele e comigo. "O drible", diz Armandinho, "é, em essência, fingir que se vai fazer uma coisa e fazer outra; fingir por exemplo que se vai sair pela esquerda, e sair pela direita. Pois o Garrincha", conclui o comentarista, "é a negação do drible. Ele pega a bola e para; o marcador sabe que ele vai sair pela direita; seu Mané mostra com o corpo que vai sair pela direita; quando finge que vai sair pela esquerda, ninguém acredita: ele vai sair pela direita; o público todo sabe que ele vai sair para a direita; seu Mané mostra mais uma vez que vai sair pela direita; a essa altura, a convicção do marcador é granítica: ele vai sair pela direita; Garrincha parte e sai pela direita. Um murmúrio de espanto percorre o estádio: o esperado aconteceu, o antônimo do drible aconteceu."

Descobri há tempos uma graça espantosa nessa *finta* de Garrincha: às vezes o adversário retarda o mais possível a entrada em cima dele, na improvável esperança duma oportunidade melhor. Garrincha avança um pouco, o adversário recua. Que faz então? Tenta o marcador, oferecendo-lhe um pouco da bola, adiantando esta a um ponto suficiente para encher de cobiça o pobre João. João parte para a bola de acordo com o princípio de

Neném Prancha: como quem parte para um prato de comida. Seu Mané então sai pela direita.

Manchete, 05/01/1963 e 12/01/1963
Publicada em duas partes, com os títulos
"História de Mané Garrincha" e "Ainda Mané Garrincha"

Salvo pelo Flamengo

Desde garotinho que não sou Flamengo, mas tenho pelo clube da Gávea uma dívida séria, que torno pública neste escrito. Em 1956, passei uma semana em Estocolmo, hospedado em um hotel chamado Aston. Era primavera, pelo menos teoricamente, havia um congresso internacional na cidade, os hotéis estavam lotados, criando contratempos para turistas do interior ou estrangeiros. A recepção do Aston, por exemplo, vivia sempre cheia de gente implorando por um quarto ou discutindo a respeito de uma reserva feita por telegrama ou telefone.

Estava há dois ou três dias na cidade, quando me pediram para receber um brasileiro e encaminhá-lo ao hotel, onde lhe fora reservado de fato um apartamento. Era uma hora da madrugada quando entramos no hotel e me encaminhei até o empregado do balcão, dando-lhe o nome do meu amigo e lembrando-lhe a reserva. O funcionário, homem de uns sessenta anos e de uma honesta cara escandinava, tomou uma atitude estranha e difusa, que a princípio me surpreendeu e ia acabando por me indignar: ele não confirmava a existência da reserva, nem deixava de confirmar. Como começasse a protestar, vi que seu rosto tomava uma expressão aflita; eu entendendo cada vez menos. Quando passei a exigir o apartamento com alguma energia, o homem, trêmulo, nervoso, pediu-me desculpas e trouxe afinal a ficha de identificação. Foi aí que vi levantar-se da penumbra de uma saleta contígua o gigante.

Se o leitor conhece um homem forte, muito forte mesmo, imagine uma pessoa duas vezes mais forte, e terá uma ideia desse gigante que veio andando até nós, botando ódio pelos olhos e espetacularmente bêbado. O monstro passou por mim com desprezo e, agarrando o empregado pela gola do uniforme, entrou a sacudi-lo e insultá-lo em sueco. Às vezes, éramos arrolados nessa invectiva, pois o gigante nos apontava enquanto dizia coisas. O empregado, demonstrando possuir um bom instinto de conservação, deixava-se sacolejar à vontade. Rosnando, o ciclope foi sentar-se de novo na saleta, onde só então dei pela presença de outro sujeito, também bêbado, mas sinistramente silencioso.

É hoje, pensei. Sair do meu Brasilzinho tão bom, fazer uma viagem imensa, para ser trucidado sem explicação por um bêbado. O fato de ser na Suécia, onde arbitrários atos de violência não são comuns, ainda tornava mais absurdo, um absurdo existencialista, o meu triste fim.

Indaguei do empregado o que se passava. Ficou mudo. Insisti na pergunta, e ele, sussurrando desamparadamente, explicou-me que o gigante estava a pensar: primeiro, que não conseguira vaga no hotel por ser sueco e estar embriagado; segundo, que nós conseguíramos por ser americanos, norte-americanos. Ora, se meu amigo de fato era meio ruivo, seu jeitão era mineiro; quanto a mim, se fosse americano, só poderia ser filho de portugueses. Por outro lado, o meu inglês amarrado não deixava a menor dúvida sobre a questão de ser ou não ser americano. Só mesmo um sueco bêbado em uma madrugada de neve e vento iria supor que fôssemos americanos. Mas agora era o próprio gigante que bradava para nós com sarcasmo e ira:

— *American! American!*

Fiquei um pouco mais esperançoso, acreditando que ele falasse inglês, e disse-lhe, exagerando minha alegria e meu orgulho por isso, que não éramos americanos coisa nenhuma, éramos brasileiros.

Não entendeu ou talvez pensou que estivéssemos covardemente a renegar a nossa pátria, voltando a vociferar, em um esforço linguístico que contraía todos os músculos de seu rosto:

— *American! Dollar! No like!*

As palavras em si significavam pouco, mas a maneira de exprimi-las era de uma eloquência que teria destruído Catilina muito mais depressa que os discursos de Cícero. Durante alguns minutos mantivemos os dois uma polêmica oratória nestes termos:

— *American!*
— *No, Brazilian!*
— *American!*
— *Brazilian!*

Essa versátil discussão ia levar-me ao abismo, quando de súbito me pareceu que a palavra *Brazilian* havia penetrado por fim em sua testa granítica. Descontraindo os músculos, o gigante me perguntou:

— *Brazil?! No American? Brazil?*

Não tinha certeza se ele estava me gozando, mas sua expressão era tão estranhamente deslumbrada e infantil que afirmei cheio de entusiasmo:

— *Yes, Brazil!*

Ele se levantou, cambaleou, aproximou-se, apontou meu amigo:

— *Brazil?*
— *Brazil, Brazil.*

Veio chegando, sorrindo, em pleno estado de graça, e gritou com alma, como se saudasse o nascimento de um mundo novo:
— Flamengo!! Flamengo!!
Imediatamente, o gigante entrou em transe e começou a fazer problemáticas firulas com uma bola imaginária, mas dando a entender cabalmente o quanto ele admirava (admirava é pouco: o quanto ele amava) o malabarismo dos nossos jogadores. O gigante se desencantara, virando menino. A certa altura, depois de fazer um passe de letra, parou e confessou-me com um orgulho caloroso:
— *I* Flamengo! *I* Rubens!
Ele não era sueco, não era gigante, não era bêbado, não era um ex-campeão de hóquei (conforme soube depois), era Flamengo, era Rubens. Depois cutucou-me o peito, tomado de perigosa dúvida:
— *You!* Flamengo?
Que o Botafogo me perdoe, mas era um caso de vida ou de morte, e também gritei descaradamente:
— Flamengo! *Yes!* Flamengo! *The greatest one!*

Manchete, 13/02/1960

Copa 1958

Antes de 1958, Ary Barroso implicava muito com o futebol do Garrincha. Dum episódio característico me lembro muito bem. Ary transmitia na tevê um jogo do Botafogo e dizia pausado: "Garrincha com a bola. Vai driblar. É claro. Vai driblar de novo. Vai perder a bola. Olha ali, um saçarico pra cá, outro pra lá. Garrincha passa pelo adversário. Assim também não é possível. Vocês estão vendo? Garrincha vai driblar de novo. Vai perder. Por que ele não centrou logo? Claro que vai perder. Gol de Garrincha". A última frase veio seca e mal-humorada: também o Ary fora driblado lá na tribuna.

Principalmente por causa de Garrincha, ele e eu pegávamos discussões animadíssimas, que não só acabavam alegremente: já eram entremeadas de brincadeiras. Uma vez, *no aceso da paixão*, apelei para a linha dura e lhe disse a sentença fatal: "Você não entende nada de futebol!". Ary, apanhado de surpresa, achou engraçadíssima minha (falsa) opinião e ficou sacudido por tremores de riso durante mais de meia hora.

Aí veio a Copa da Suécia. Ouvi as irradiações num bar de

Ipanema na companhia de amigos. Ary ainda não dera as caras. João Condé, tendo aparecido apenas no jogo com a Inglaterra (0 a 0), fora proibido de voltar. Terminada a partida com os suecos... Bem, não é difícil imaginar. Um senhor desconhecido, que ouvira o jogo a suar frio e extremamente pálido, como se fora *ao vivo* a descrição do Apocalipse, continuava em transe, hirto e bestificado, enquanto a turma o arrastava como um robô pela dança carnavalesca e enfiava-lhe pela boca paralisada grandes goladas de uísque. Darwin Brandão parou o bonde no peito e ofereceu uísque a motorneiro, condutor e passageiros. Os dois primeiros desceram para a confraternização, mas recusando a bebida: já vinham do Bar Vinte com uma garrafa de pinga. Mal terminado o jogo (tudo acontece em Ipanema), surgiu também no bar uma duquesa da França. Uma duquesa no duro, dessas que ainda têm castelo, e cujos antepassados foram protegidos ou perseguidos por Luís XI. Chegara há pouco tempo da França e não falava português. Mas o repórter Nestor Leite, também conhecido por Boca Negra, há muitos anos que deixou a sua "tribo" na Amazônia e se instalou no Rio. Nestor entendeu perfeitamente o que a duquesa dizia: tinha torcido pela França, *évidemment, évidemment*... Tendo a França perdido, passara a torcer pelo Brasil, *évidemment*... Nestor abraçou a duquesa com uma ternura derramada de gratidão e comandou imediatamente uma champanha. A duquesa afirmou com veemência que preferia um chope, e todos nós acreditamos, menos o Nestor. Veio a champanha, muito nacional e meio morna, sempre sob os protestos da elegante e simpática duquesa.

Não sei se o leitor se lembra duma fabulosa champanha que jorra numa cena do filme *Les Enfants du Paradis*. Pois a do Nestor foi muito mais fabulosa: jorrou com uma força de jato de poço de petróleo, e inundou os cabelos tratados, o vestido de seda, a alma nobre da duquesa. Foi uma festa.

Raimundo Nogueira, Haroldo Barbosa e Fernando Lobo tinham fugido da raia, por prudência de ordem coronária, e pescavam sem rádio na Barra da Tijuca. Ouvindo o foguetório, vieram em desabalada para Ipanema. Invadiram o bar com quilos de talco (reminiscência do Carnaval pernambucano).

Uma cortina branca envolvia tudo e todas as pessoas quando ouvi uma voz que vinha da porta a clamar meu nome e sobrenome. Era o Ary, que continuou à porta gesticulando. Atenuada a cerração de talco, vi que a sua expressão era dessa rara plenitude que limpa do rosto humano o desencanto, a decepção, o medo. Ainda na porta, ele gritava para mim, escandindo as sílabas a seu modo:

— Estou aqui para penitenciar-me! É o maior! É o maior! Que beleza, meu Deus! Que beleza! O Garrincha é o maior gênio que já houve neste país! Que beleza! Que beleza!!

Manchete, 20/02/1965
Publicada com o título "Memória de gente (3)"

13 maneiras de ver um canário

I

Gilmar, quando Deus é servido,
come um frango
psicanalítico
por partida. Depois tranquilo-tranquilo, fecha a porta do
[inferno.

II

Vê Djalma Santos, indo e vindo, saltando, disparando, correndo, chutando, cabeceando, apoiando, defendendo, corrigindo, ajudando, às vezes, inexplicavelmente, até sorrindo em seu combate.
Vê Djalma Santos e reconhece logo: ele acredita em Deus, é um servo de Deus, um lateral direito de Deus.

III

Mauro afirma em Marden, Samuel Smiles, na força da vontade, na vontade da força, na constância do caráter, na vitória suprema da coragem, e em todos os sentimentos de aço, que eu, por exemplo, não li.

IV

Nilton Santos confia na bola; a bola confia em Nilton Santos; Nilton Santos ama a bola; a bola ama Nilton Santos.
Também nesse clima de devoção mútua não pode haver problema.

V

O povo disse tudo: antes Zózimo do que mal acompanhado.

VI

Zito é mensageiro de dois mundos:
o da vida, na área adversária (onde residem os mistérios
[gozosos)
e o da morte, na área do coração brasileiro (onde residem os
[mistérios dolorosos).
Zito ziguezagueava zunindo para o Norte.
Zito ziguezagueava zunindo para o Sul.

VII

Como o poeta limpando as lentes do verso,

como o microscopista debruçado sobre o câncer,
como o camponês a separar o joio do trigo,
como o compositor a perseguir a melodia,
o futebol de Didi é.
É lento, sofrido, difícil, inspirado, idealista.
Eis um homem que quase achou o que não existe: perfeição.

VIII

É pela cartilha da infância que se joga futebol.
Garrincha vê a ave. Garrincha voa atrás da ave.
A ave voa aonde quer.
Garrincha voa aonde quer atrás da ave.
O voo de Garrincha-ave é a chave,
a única chave.
E um bando de homens se espanta no capim.

IX

Vavá não crê, Vavá confere, Vavá vai ver.
Zagueiro faz escudo das traves da chuteira:
Vavá vai ver.
Goleiro faz maça medieva do osso do joelho:
Vavá (de Pernambuco)
vai ver.
Para o que der e vier, Vavá vai ver.

X

Há uma dramaticidade em Pelé que eu não me consinto
                                      [adivinhar.

Como Cristóvão Rilke, Pelé tem um canto de amor e de
[morte.
Como Cristóvão Rilke, Pelé é o porta-estandarte.
Como o de Langenau, Pelé está no coração das fileiras mas
[está sozinho.

XI

E eis que um jovem disse: "Quando vinha acaso um leão ou
urso e levava um carneiro do meio do rebanho, eu corria
[após
eles e os agarrava e os afogava e matava; o mesmo que fiz a
eles, farei a este filisteu". E foi assim que Davi-Amarildo
liquidou Golias-Fúria com duas pedradas de sua funda.

XII

Minuto por minuto, durante 540 minutos, Zagalo cumpriu
[o seu dever.

XIII

Olhei por fim o XIII canário
e era o brasileiro anônimo da rua, do mato, do mar,
o coração batendo, bicampeão do mundo.

Manchete, 07/07/1962
Publicada com o título "13 maneiras de olhar"

Pok-Tai-Pok

No México, na abertura dos jogos, os sacerdotes carregavam a imagem do deus da bola de borracha, convictos de que ganhar ou perder o jogo era a felicidade ou a desgraça. Estamos falando do México pré-colombiano.

O jogo da bola possuía significação cósmica: o campo simbolizava o céu noturno, a partida representava o antagonismo entre a luz e a treva, a vitória ou a derrota do sol. Os jogadores, segundo o capitão Gonzalo Oviedo, eram dez, ou mais, de cada lado. Este mesmo espanhol, dos meados do século XVII, admira-se da elasticidade da bola indígena, muito mais viva do que a bola cristã, feita de bexiga inflada. O gol era um anel de pedra entalhada.

A existência de firulas antes de Colombo exige o crédito da transcrição literal: "Os índios não jogam a bola com a mão ou com o punho; recebem a bola no ombro, cotovelo, cabeça, pé e muita vez nos quadris, e a devolvem com muita graça e agilidade".

No México, o futebol pré-colombiano chamava-se *tlachtli*; *batey*, entre os aruaques das Grandes Antilhas; e os maias deram-

-lhe um nome comunicativo, já sugerindo o *association*, o passe de primeira, a tabelinha: *pok-tai-pok*.

O jogo da bola parece ser também antiquíssimo no Pará e no Amazonas. Quem me dá essa ciência toda é Cássio Fonseca, homem de cultura elástica (vale o duplo sentido).

O dia em que me fizerem técnico do Botafogo, darei uma só instrução aos jogadores: "Futebol, meus amigos, é simplesmente *pok-tai-pok*".

Jornal do Brasil, 24/07/1988
Publicada com o título *"Pok-tai-pok association"*

Nostalgia

O futebol de hoje tem certa monotonia de repartição pública. Os jogadores assinam o ponto, cumprem o regulamento, respeitam o Sr. Diretor, desempenham suas obrigações elementares durante noventa minutos de expediente.

O chefe dos jogadores, como em geral o chefe de repartição, fica de fora do expediente; é o técnico, o super-homem, o arquientendedor! Prepara o serviço com antecedência e dá entrevistas misteriosas. Os onze funcionários nada mais devem fazer do que executar a tarefa confiada. O pavor do jogador comum é não desagradar o técnico, e o pavor do técnico é não desagradar o craque. Uma faltazinha, e é a demissão, o demérito no boletim, é não ser incluído no próximo jogo.

Mas quem joga mesmo agora é o técnico! Este, com a nova escola, goza uma vantagem: arrola em sua folha corrida as vitórias e põe nos jogadores, seus funcionários, a culpa das derrotas.

Às vezes, acontece o seguinte: o primeiro tempo é chato, o segundo tempo melhora. Por quê? Porque o primeiro tempo, invariavelmente, é jogado pelos dois técnicos dos dois times, os jogadores entram em campo para redigir os ofícios, lavrar as ordens de serviço, expedir memorandos e circulares. Como essa burocracia frequentemente dá errado para todos os dois lados, além de aborrecer o público, os dois técnicos, no segundo tempo, concedem um pouco mais de liberdade aos vinte e dois homens em campo. Aí, a coisa melhora. Aí, existe realmente um pouco de futebol à maneira antiga, isto é, futebol invenção e amor... Aliás, cheio de amor, pois é o amor que inventa tudo...

Jornal do Brasil, 20/05/1990

Poesia é necessária, mas foi frango

A bola, rápida, cai
Passando
Por entre os braços erguidos
Do garboso jogador.
Palmas, delírio — grandeza!
Alguém atira uma rosa
Para os "onze" vencedores,
E ao longe o sol agoniza
— Numa boêmia de cores.

(Antônio Botto)

Manchete, 19/08/1967

ESTA OBRA FOI COMPOSTA PELO ESTÚDIO O.L.M./ FLAVIO PERALTA EM
ELECTRA E IMPRESSA EM OFSETE PELA GRÁFICA PAYM SOBRE PAPEL PÓLEN
NATURAL DA SUZANO S.A. PARA A EDITORA SCHWARCZ EM MAIO DE 2025

A marca FSC® é a garantia de que a madeira utilizada na fabricação do papel deste livro provém de florestas que foram gerenciadas de maneira ambientalmente correta, socialmente justa e economicamente viável, além de outras fontes de origem controlada.